非常道

华发生 ◎ 著

成都时代出版社
CHENGDU TIMES PRESS

图书在版编目(CIP)数据

非常道 / 华发生著. -- 成都：成都时代出版社，
2025. 3. -- ISBN 978-7-5464-3531-2

Ⅰ．I247.5

中国国家版本馆 CIP 数据核字第 2024MA8794 号

非常道

FEICHANGDAO

华 发 生 / 著

出 品 人	钟 江
责任编辑	樊思岐
责任校对	李 航
责任印制	江 黎 曾译乐
装帧设计	新梦渡
出版发行	成都时代出版社
电 话	（028）86742352（编辑部）
	（028）86763285（图书发行）
印 刷	武汉鑫佳捷印务有限公司
规 格	170mm×240mm
印 张	16.25
字 数	290 千字
版 次	2025 年 3 月第 1 版
印 次	2025 年 3 月第 1 次印刷
书 号	ISBN 978-7-5464-3531-2
定 价	88.00 元

序

华发生的非典型性武侠世界

陈　渐

　　我与华发生相识相交恰好整二十年，一直无法准确定义他和他的小说。他的个性既肆意又拘谨，既张扬又内敛；而他的小说则是既根植传统，又富有创新，在那个流行新武侠的时代，虽不刻意求新求变，却又于方寸之间暗涌新变。

　　华发生很少写长篇，主要以两三万字的中短篇示人。2005 年我在《武侠故事》做编辑部主任时，发表了他的第一篇小说《兄弟》，后来又陆续编发了他近百部中短篇，这些小说像珍珠般散落在这二十年里，让人很难有机会去思考他的风格、技法和流派。这次《非常道》的结集出版，令我忽然间彻底看懂了华发生的小说——他一直在营造一个非典型性武侠世界。

　　所谓"非典型性"，是指有别于典型性事物的独特性质。华发生的武侠小说所呈现的独特性在于，不拘泥于传统武侠小说的叙事模式，而是采用了更为灵活和现代的叙事技巧。他借助武侠小说这一载体令现代的技法、内容和母题得以重生。

　　是的，华发生的武侠小说，本质上是武侠版寓言。

　　华发生从二十年前写第一篇小说至今，始终专注于利用武侠小说的外壳承载深刻而丰富的主题思想，他的小说是一部部探讨人性、道德、权力和命运的深刻寓言。他所写的每一个故事，都在展现人性的光辉与阴暗，道德的坚守与妥协，权力的争夺与更迭，命运的无常与对命运的抗争。对这些主题思想的探讨，提升了他的小说的文学价值和思想深度。

　　华发生很喜欢将故事场景设置在极端的环境下，然后借此将人性的复杂性和道德的模糊性放大；最终借助人物的抉择，探讨在生死存亡面前，道德和人性的界限。

这部《非常道》也是如此。

这是一部中篇武侠小说合集，全书以"正气盟"与"大洪神教"的恩怨情仇为背景，通过九个错综复杂的中篇小说，构建了一个既古典又现代的江湖，让读者在刀光剑影中领略非常叙事的魅力与人性的深邃。

比如第一篇《药王》，故事进展到药王将魔尸恢复成正常人，仍然是略显普通的传统武侠，然而这些人随即投入寻宝冒险，被感染成魔尸之后又回来找药王医治。故事的主题破囊而出，原来讲述的是权势与贪婪，救赎与牺牲。

《非常道》的叙事结构独树一帜，它摒弃了传统的线性叙事方式，构建非线性、多线索并行推进的叙事网络。它穿插了九个相对独立而又相互关联的篇章，每个故事章节既是相对独立的单元，又相互交织，共同构成了整个江湖的宏大画卷。这种结构不仅增加了故事的丰富性和立体感，也体现了华发生对传统叙事模式的大胆革新。他仿佛在制作一幅拼图，让读者自行拼接，自行组建一个完整的江湖。

写短篇的人往往文字极其精简，极其精确，他们似乎觉得每多写一个字都是一种累赘。华发生也是一个吝于笔墨的人，他笔墨虽简，却把故事讲述得极其清晰，把情节设计得巧妙而充满悬疑。故事中的每个转折点都出人意料，每个揭秘都震撼人心。他善用悬念和伏笔，使故事情节层层递进，高潮迭起。读者在阅读过程中，不仅能感受武侠的热血与豪情，更能体会解谜的乐趣和思想的深度。

我之所以用"非典型性"来总结华发生的《非常道》，是因为其超越了武侠小说的范畴，实质上是一部具有现代文学表达的社会寓言和哲学寓言。或许，这才是华发生理想的武侠世界。

是为序。

（陈渐，作家、编剧，中国作协会员，河南省作协理事。著名期刊《武侠故事》编辑部主任。影视作品有院线电影《全城通缉》等。小说有《大学桥》《地狱传媒》《地下有耳》《弗洛伊德禁地》《帝世纪》《西游八十一案》等十余部作品，2022 年度作品连续登上日本"周刊文春推理小说 Best 10""这本推理小说了不起"两大榜单，并代表中国作家首次入围"日本推理作家协会奖"。另有多部小说已经影视改编，其中《西域列王纪》被改编为网剧《四方馆》，《大唐泥犁狱》《长安击壤歌》亦即将被改编播出。）

目录

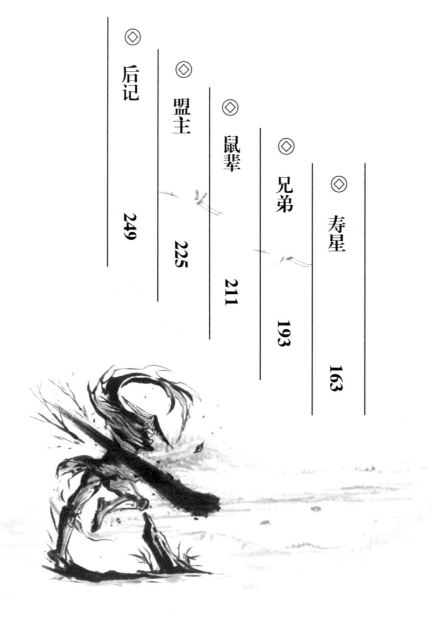

药王

叁合谷

天色将晚，正气盟的各路好汉三三两两地按照盟主云天岳的指示，在叁合谷外歇息下来，待第二天天亮后才准备进谷。

谁都知道，叁合谷是昔日大洪神教藏宝的地方。大洪神教搜刮江湖多年，珍宝、秘籍多如牛毛，这叁合谷绝对是一个大宝藏。虽然奔波劳碌了一天，大家都十分疲倦，但是可以看出来，大家都没有熟睡的意思。他们互相监视着，生怕一走神，就有人偷偷潜入谷去，尽管谷内毒瘴密布，连蝼蚁也不容易生存。

六年前，三十九家帮派结成正气盟，一举荡平遗祸江湖数百年的大洪神教。当年，正气盟攻破大洪神教的总坛后，分成两路人马继续清剿大洪神教余孽。前任正气盟盟主连城金和正气盟第二号人物金独圣一路，第三、第四号人物云天岳和翟兴业一路，后传闻连城金一路缴获号称"大洪神教宝库"的叁合谷地图，但是连城金带领部分高手深入叁合谷后，便如同人间蒸发，音讯全无。

三年前，正气盟竟然发现了金独圣的行踪。当众人向他逼问连城金等人的下落时，金独圣却脸有难色，不吐一字。不久，众人又发现他身上藏有叁合谷的地图，要他交出，他却死活不肯；询问原因，又支吾不答。云天岳等人顿时心生怀疑，派人监视金独圣，竟发现他趁月色逃离了正气盟，于是派出大批高手追杀。可是这金独圣毕竟是"正气榜"上排名第二的高手，武功了得，还善于使毒，追去的人非死即伤，或者神秘失踪，最后还是让金独圣逃到叁合谷去了。大洪神教经营叁合谷多年，一花一石都暗藏杀机，且瘴气密布，众人无法闯入，只好在方圆百里之地设置哨岗，日夜监视里面的动静。可金独圣这次进谷之后，就再也没有出来过。江湖中人都认为是金独圣谋财害命，包括前盟主连城金在内的大批高手都在叁合谷丧命了。从此，这位正气盟中功勋卓著的元老人物，被正气盟彻底除名，落得个身败名裂的下场。

云天岳的女儿云敏躺在一棵树下翻来覆去睡不着觉，在她不远处的悬崖边，有一个被五花大绑的年轻人。云敏望着这个年轻人，想起那些不堪回首的往事，不禁激动起来。这人名叫王珩，是"药王"金独圣的嫡传弟子，一个曾经和她海誓山盟，而又令她刻骨铭心的男人。

她是盟主云天岳的女儿，万千宠爱在一身，可她偏偏只看上这个忠厚老实的王珩，但王珩当时随着金独圣逃进了叁合谷，后来王珩出谷，忍不住思念偷偷来找她，两人如胶似漆。但她万万没想到，到了谈婚论嫁的时候，她爹爹云天岳要王珩将通往叁合谷的地图作为聘礼，这个老实巴交的人竟然又逃进了叁合谷。云天岳一怒之下，将她下嫁给"花剑子"万泠。不久这个庸俗鄙陋的男人被仇家寻衅杀死，她就成了孤苦伶仃的万家寡妇，并被骂成克夫的命，受尽家公家婆的白眼和欺凌。说什么"世间唯你最珍贵""我爱你胜却世上一切，哪怕是我的生命"，都是假的！和那张旷世地图相比，一切美丽的谎言都会立刻化为泡影。

如今正气盟几经波折，终于在诛杀一小撮逃窜出来的大洪神教教众时，觅到这张地图，而王珩却再一次出现，企图阻止众人入谷，立即就被正气盟擒获。

月光之下，她慢慢地走近这个男人。王珩知道她走近，心中凄然，低声道："敏妹，不要杀我。"声音虽低，却字字清楚地传入云敏耳中。

云敏的眼睛一眨不眨地瞪着他，怨恨、疑惑、爱怜……各种情感堆积在眼前这个人身上，手中的短剑兀自颤抖，大声叫道："你怕死？你怕死为什么还要回来？"

王珩淡淡地道："我不怕死。可是我必须来这里，给大家带路，不能让太多的人死在这里。"

"胡说！"云敏怒道，"爹爹他们已有了通往山谷的详细地图，虽然这谷中到处是瘴气，但是大家身上都有祛邪至宝'屠龙木'，根本不需要你带路。大家说你来这里的目的只有一个，那就是你不想宝物落入正气盟中，你想一个人独吞，我看就是这样！"当年，云天岳要他交出地图，才将她的终身托付给他，他不肯，舍她而去，而当众人即将入谷寻找宝藏时，他却在这时出现，怎能不让人怀疑他是另有企图？

云敏越说越激动，眼泪都几乎流下来了，颤声道："难道在你心中，我真不如这些死物吗？"

王珩黯然地道："这三年来，我不曾动过宝物一丝一毫，却无时无刻

不在想念你。知道你嫁了人，我心如刀绞，却又怕正气盟的人找到我，不敢出现。你可知道，就算这世间所有宝物合在一起，又哪里比得上你！"

"我不听，你这骗子！"云敏哭喊着，觉得他现在每一句似乎真诚的话语，都成了刻骨铭心的讽刺，不由得举起短剑当头就要劈下去！

"住手！"一只强而有力的手横空而出，伸出两根手指，不急不缓，便将她的短剑夹住，正是她的爹爹云天岳。在他身后还有副盟主翟兴业等多位正气盟的重要人物。

云敏"当"的一声扔下短剑，伤心地掩脸而去。

云天岳看着地上的王珩道："要不是知道你曾经在叁合谷生活过，可以当作向导，单凭你是'药王'金独圣的弟子，我就可以杀死你。"

王珩一直垂下的头猛然抬起，目光炯炯地道："我师父不是坏人！"

"他不是坏人？"云天岳"嘿嘿"冷笑，"你师父夺得叁合谷的地图却不上报，还把知情的武林同道全部谋害了！这等贪财无情的大恶徒，真是人人得而诛之！"

"你错了！"王珩叫道，"我师父没有害过他们，那是他们……咎由自取！"王珩多年来一直追随师父，也跟着金独圣进了叁合谷。三年前，王珩出谷告诉众人师父已经死了，他却惊讶地发现，当年那个受万人敬仰的师父已经成了千夫所指的大恶人。听到金独圣的死讯，竟是人人拍手称快。王珩和云敏在正气盟创立之时便是一对恋人，他想带她走，被云天岳发现。云天岳要他交出地图，他谨遵师嘱不依，就发生了鸳离鸯散的憾事。

"狡辩。"云天岳不屑一顾地道，"你师父在江湖中早已声名狼藉，这一世注定要受世人唾骂！"

王珩咬牙切齿，望着升于谷顶的月亮，师父虽然已死去多时，可是他的名声还没恢复过来。

天刚刚亮，叁合谷外就人声鼎沸，折腾了一宿，终于熬到了进谷的时候。

这次正气盟精锐齐出，大举进入叁合谷，共有一百多人，除了云天岳，还包括华山、黄山、崆峒、点苍、青城、泰山等三十九个门派的掌门首要，那真是英豪云集，气势慑人。

正气盟的药师给每人派发一片"屠龙木"，众人将其含在嘴里，便开始进谷。这"屠龙木"取自泰山派绝顶的神木，吸天地之灵气孕育而成，世上只此一根，一小片就有祛瘴除毒之用，被泰山派视为至宝。相传"屠龙木"是天神屠杀巨龙后，将龙尸挂在悬崖峭壁之上，历经千万年风雨转化而成。它总长三尺六寸二分，浑身晶莹剔透，异香奇特，绿油油闪着亮光。泰山派掌门苍松道人本不肯交出此物，但慑于云天岳和正气盟的势力，加上泰山派亦想参与这次寻宝之旅，不得已才交了出来。正气盟的药师取其一小段，制成木片，分发给众人，便不怕任何瘴气了。

王珩换上手镣脚扣，在两名正气盟弟子的押解之下带路。出入叁合谷只有一条窄窄的小路，仅可行走一人，众人只能一个跟一个，鱼贯而入。

走不多时，出现一片空旷的地方，路边有一刻了字的石碑。云天岳凑近一看，只见上面写着："叁合谷中，恶魔盘踞；磨牙吮血，杀人如麻；及早回头，始见青天。"下面落款是"药王金独圣"。

云天岳冷笑："好一个金独圣，竖此碑文危言耸听，却只吓得了胆小鬼，吓不了英雄好汉！"他的话得到正气盟不少弟子回应，大声嚷着非要进谷不可。

王珩道："我师父好意立碑，绝非吓人。"

云天岳脸色阴沉，大声下令："进谷！"一声欢呼，正气盟弟子涌入叁合谷的腹地。进了谷，只见谷内豁然开阔，纵横捭阖，阴阳互济，异象丛生。到处密布着各种颜色的雾气和瘴气，淡蓝色的、青紫色的、赤红色的、橙黄色的……如同走进一个五彩缤纷的灵幻世界。

众人按地图指引前行，随着地形的不断深入，那瘴气的颜色逐渐变为青红二色，到了一个分岔路口后，瘴气更是泾渭分明，左边路覆盖的全是红色瘴气，右边则全是青色瘴气，青红之间仿佛被一条细细的线条划开，极其分明。

众人见此异象，啧啧称奇。按地图所示，两条路都是可以去到大洪神教藏宝之处龙牙洞的，但是地图没有标明分岔路口有瘴气，应该是地图绘制时这谷内还没生成这样的瘴气。

众人不知该走哪一条路，把王珩推到前面。云天岳道："该走哪边？"

王珩道："该走红色的。"

云天岳对众人道："我们走青色。"

王珩怒道："你不信我？"

"是的，"云天岳道冷笑一声，"金独圣的弟子就是不可相信！"

王珩见他处处诋毁师父，恨得咬牙切齿，却听众人大叫："盟主英明！""对，走青色！"都随着云天岳走在青道之上。王珩被人往前推，一个趔趄，几乎跌倒。后边忽然伸出一只手，结结实实地扶住了他。王珩一看，正是云敏，不由得心头一热。云敏却只看了他一眼，低下头跟着众人往前走。

通往龙牙洞大约有一日的路程，众人走走停停，路过一座古庙，大门的横匾上刻着"药王庙"三个大字。众人未进古庙，就闻到一阵浓烈的药材味。云天岳问："这是什么地方？"

王珩黯然道："这是我师父从前炼药的地方。"云天岳冷笑道："也是你师父害人的地方。"王珩怒道："你说什么？"云天岳不理他，率众人到里面休息。

进了古庙，只见庙内十分宽敞，布置如同富贵人家的庭院，里面"三进三出"，待客厅、打坐室、炼丹房一应俱全。各种珍奇的药材堆叠在一起，令人眼花缭乱。正气盟里的药师们平日虽见多识广，也不禁啧啧称奇。

众人信步走去，忽然发现东院靠山之处有一个凹进去的山洞，里面岩石嶙峋，似是人工开凿而成。洞外是碗口粗的精钢铸成的铁柱，好似栅栏一般封住洞口。忽然有人大叫："这是一个大牢！"一言惊得众人议论纷纷，不知这古庙为何会有这么一个奇怪的牢狱。

王珩急道："叁合谷本来是大洪神教的大后院，这古庙、大牢都是大洪神教留下的，有什么稀奇？"

云天岳令人点燃火把，只见这个石牢一间接一间，有十来间，透过铁柱往洞里面照射，洞里顿时如同白昼一般。那些光滑的岩石上面歪歪斜斜地刻着许多文字，都是什么"药王无耻，施毒暗算！""老子不试你的臭药，有本事和老子真刀真枪干一场！""若出生天，必诛匹夫！"等漫骂泄愤的话语。接着众人看到上面的落款，都忍不住"啊啊"惊叫，"我的师叔！""我的父亲！""我的师兄！""我的老友！"的话语此起彼落，一连十几个落款都是正气盟中赫赫有名且失踪多时的前辈高手的名字。

一下子，愤怒的情绪如同汹涌的潮水，迅速扩散起来。毫无疑问，这是金独圣关押正气盟高手并用他们来试药的地方，而且看情形他们像是中了金独圣的暗算才被关在这里，并非比武不敌。看见同道中人被金独圣如此虐待，众人都忍不住大骂金独圣毫无人性、奸狡心辣，恨不得将他从坟墓里挖出来挫骨扬灰，方能解恨。

王珩沉默不语，早就意料到了这种情形。云天岳倒是注意到他，冷笑道："当年囚禁正派人士，只怕你也有份吧！"王珩是金独圣唯一的徒弟，照顾着他的起居饮食，金独圣做任何事情都少不了他的一份。

王珩淡然道："我问心无愧。"

"盟主，杀了他！""为正气盟的好汉报仇！"众人情绪激动，嚷着要杀了为虎作伥的王珩。

云天岳阻止众人进一步的行动，问道："他们人呢？"王珩叹道："还是不知道的好。"

"你不说？"云天岳冷笑，"也不打紧。我没这么快杀你，今晚你且到牢里享用一回。"

"你……"王珩还没来得及表示抗议，几名聪慧的正气盟弟子挟着他将其扔进石牢，再狠狠地锁上牢门。

云天岳吩咐正气盟的史官道："金独圣囚禁义士，戕害同道，凶残成性，这条罪状必须写上，他日传榜武林，以儆效尤。"史官笑着应允。正气盟当年为铲除大洪神教应运而生，经过许多才智之士集思广益，对这个联盟进行大胆统一的规划，使这个联盟成为一个有着完整结构的组织，行动起来雷厉风行，里面分工明确，设有药师、史官、信使、警卫等各类职务。这史官便是负责记录正气盟的盛衰成败，不时将盟中事迹制成榜文传遍各大门派，作扬善贬恶、警示世人之用。

王珩没想到师父的名声再一次受损，他大叫着，让人放他出去，可惹来的却是一阵痛快而无情的嘲笑。

他无可奈何，只好盘膝打坐，闭目静心，任由众人在外面嬉笑怒骂。众人见他没有反应，顿感索然无味，陆续散去。

药王鼎

深夜，有人悄悄走近石牢，几个伶俐的动作便无声无息地击晕了两名

打着瞌睡的守卫。王珩一看，不禁大喜："敏妹，是你！"这人正是云敏。

云敏打开铁锁，放他出来，道："正气盟早晚要杀你，你赶快走吧。"虽然她对他的背叛恨之入骨，可是真要看着他死于非命，又于心不忍。

王珩心中一热，忍不住握着她的手道："敏妹，多谢你。"

云敏全身一震，蓦地鼓起勇气道："你要是真的多谢我，那就带我远走高飞，我不想再见这里任何人！"

"远走高飞？"王珩眼里的激动渐渐平息，摇摇头道，"不行，至少现在不行。我声名狼藉不打紧，可我不能让师父的名声再次受损。"如果这么一走，正气盟一定说是他掳走万家寡妇，他是金独圣唯一弟子，到时这等伤风败俗的事情自然还是会算到他师父头上。

"你师父比你还声名狼藉！"云敏叫道。

"不是的！我师父从来没有做过坏事。"王珩恳求，"敏妹，你要帮我，不恢复师父的名声，我死不罢休。"

"他终究不会为了我……"云敏黯然神伤，悠悠地道："你要我怎么帮你？"

王珩很是欢喜，低声道："我求你帮我盗取屠龙木。"

云敏吓了一跳，道："你要它干什么？"要知道叁合谷毒瘴漫天，全仗这屠龙木众人才安然无恙，若然丢掉了，真不知会发生什么可怕的事情。

王珩知她顾虑什么，道："放心，我是用它来救人的，我保证正气盟不会有人因它而受损。"他再次握着云敏的手，道："只需帮我这一次，我就能恢复师父的名声。以后我就会设法和你在一起！"

云敏想了很久，最终还是慢慢地点了点头。

屠龙木由泰山派掌门苍松道人随身携带。云天岳在西院休息，苍松道人被安排在东院。云敏悄然来到东院，告诉苍松道人她父亲有事要和他商量。她是云天岳的女儿，她的话苍松道人当然不会怀疑，便带着两名随从跟着她赶去西院。

走过狭窄的小回廊，忽然一阵怪异的香气传来，苍松道人等人才闻了一下，便软瘫在地。这香气是金独圣收藏在庙内的一种迷药，极为有效，王珩不动声色，一下子就麻倒了这位泰山派的掌门。

王珩夺走苍松道人身上的屠龙木，带着云敏就走。不一会，天色渐明，王珩在古庙中找到一个地下入口，云敏跟着他走过地下甬道，待走出地面时，竟是一片宽敞的空地。空地上摆着一个三丈多高、十多人才能合抱的巨鼎，鼎上刻着"药王鼎"三个古篆字。也不知鼎里放了些什么东西，不停地冒着滚滚浓烟，遮天蔽日一般。这巨鼎下面没有生火，显然这些浓烟是凭着鼎中药物之间的相互作用产生的，而且浓烟冒了相当长的一段时间。

忽然，云敏发现这些浓烟是青色的，和这区域瘴气的颜色一模一样，猛然醒悟，不禁大叫："你在制造瘴气？"

王珩点点头，道："这是我师父留下的。"云敏自进入叁合谷后，和众人一样为这谷中奇特的瘴气感到惊讶，尤其是对先前在分岔路口出现"一线相隔，左右两色"的奇特景象，她还感叹天地造化的神奇，却万万没有想到这竟是人为的。

王珩道："你还记得在分岔路口，青红二道，你爹爹问我该走哪条道吗？"

云敏点头："你说走红色的，但爹爹他们选择走青色的。"

"是的，"王珩道，"因为我知道你爹他们绝对不会相信我，才故意说走红色，其实我正希望他们走青色这边。"

"为什么？"

王珩道："因为红色那边是魔尸出没的地方。"云敏不知魔尸为何物，但这名字已让人骇然。"师父在谷外立碑说'叁合谷中，恶魔盘踞；磨牙吮血，杀人如麻；及早回头，始见青天'，指的就是这些魔尸。在收藏宝物的龙牙洞里面有一种名叫'饕餮之影'的毒物，活人如果中了这种毒，便会成为没有知觉、没有思想，如同行尸走肉一般的'魔尸'。在魔尸之中，有的原来是大洪神教的高手，也有的是正气盟的高手，他们都是因为寻宝而中了'饕餮之影'。

"这些魔尸身上散发着毒气，就形成了红色的瘴气，这种瘴气如果扩散开去，必定会造成大规模的死亡。师父是聪明绝顶之人，他突发奇想通过药王鼎制造出这些可以克制红瘴的青瘴。二种瘴气势均力敌，在空中相持不下，仿佛形成了一个坚硬的界面，阻止了瘴气扩散出叁合谷。同时，这些青瘴的药性为魔尸所惧，但凡有青瘴之地，魔尸都不敢越雷池半步。因此，虽然魔尸的数量不少，但是他们只能在红瘴范围内活动。

"可惜的是，虽然这红瘴越不过青瘴，但这青瘴也攻不过去，造成这般相持不下的局面。"

云敏抬起头，看着那升起的青烟，感觉这两种瘴气就像两个旗鼓相当的巨人双手相抵，拼尽全力在进行角力比赛，却胜负难分。她想了想，问："那屠龙木你打算怎么用？"

王珩指着药王鼎道："师父放在鼎里的药物，是经他精心研制而成，世上无人可以再配。但是这药物的分量，最多只能释放五年的青瘴，如今这鼎已用了三年多，不久就会药尽鼎毁。那时青瘴消失无形，魔尸便会走出叁合谷。'饕餮之影'的毒性巨大，被魔尸咬中的人也会变成魔尸，它的传染力无穷无尽。一旦魔尸逃出叁合谷，世上只怕就会成为恶魔横行的人间地狱了！"

他淡淡地说来，云敏也能想象那样一个血红可怖的画面，顿时只觉一股森寒之气透入心骨，全身一震。

"所以我需要屠龙木。"王珩严肃地道，"正气盟的药师委实平庸，只知'屠龙木'有祛瘴除毒之用，却不知如何发挥它的最大效力。

"师父曾告诉我，'屠龙木'是世间一切魑魅魍魉的克星，那些魔尸是不敢靠近它的。

"现在只要把'屠龙木'放进药王鼎，按照师父炼药的独门秘方，便可炼制出一种比青瘴更强大的'屠龙之气'。这股'屠龙之气'无所不破、无所不摧，一旦升空，很快就能攻陷红区，澄清各种瘴气，将魔尸统统赶进龙牙洞，不敢出来。

"这时，我马上将洞口用石头封死，再将师父埋在药王庙里那上百斤硫黄、火药等容易爆炸的物品分布在龙牙洞四周，然后隔老远射去一支火箭，就能把龙牙洞和里面的魔尸一网打尽，全部炸碎！"

云敏听他讲得头头是道，但终究觉得有点匪夷所思。王珩想到终于可以替师父完成这未了的心愿，替人间除掉这个大祸害，心中不免激动起来，那拿着屠龙木的手也微微颤抖着。

他正欲将屠龙木抛入药王鼎，忽然后背一麻，全身不能动弹，显然被人封住了几处要穴。他不敢相信，这时候还有谁会偷袭他！

云敏伸手夺过他手中的屠龙木，偷袭他的人正是她。

王珩吃惊地看着她，蓦地醒悟："是你爹让你这么做的？"

云敏点点头，道："爹觉得这瘴气有些古怪，要我来试试你。"

王珩顿觉深深的失望，他原以为云敏有心救他，不料竟是云天岳的计谋。

"你要是带我走，我就不会这样待你。"云敏哈哈大笑，笑声却充满凄苦，道，"但是你骗我，一直都在骗我！我想要的，你从来不会给我，那我只能自己争取了！"

王珩欲哭无泪，他才明白，她一直在等机会报复他！他才明白，当年他弃她而去，她有多么恨他！

云敏走出甬道，蓦地取出一支响箭，呜呜地射向天空。

不一会儿，云天岳便带着十多个人赶到这里。他们看见药王鼎以及那冲天而起的青烟，都是大为震惊。副盟主翟兴业对云天岳道："这漫天瘴气原来是这师徒俩制造的，幸亏世侄女及时发现了他们的秘密，否则……否则……"饶是他这般见多识广的人，也无法将那可怕的后果说出来。

云天岳听完云敏说了刚才她与王珩的事情，不禁大为感叹，道："好女儿，你要阿爹怎么谢你？"

云敏道："我要你还我自由。"云天岳知道她想什么，爽快地道："可以。这次回去我让万家的人给你写封休书，让你走。"云敏凄然一笑，王珩心里更不是滋味，云敏出卖他，终于得到了那卑微而可怜的自由，可这一切还不是因为当初他无情地离开了她。

"来人啦，"云天岳叫道，"用泥沙把鼎口填埋掉！"几名弟子应声拔出兵刃，就地挖掘泥土。

"不，"王珩大叫，"你们不能这样做！这是我师父的一番心血，你们不能就这样糟蹋了！"

云天岳冷笑："你的谎言连敏儿都没能骗过去，骗得了正气盟上下这么多才智之士吗？什么青瘴红瘴相抵相触，简直是荒谬绝伦！我猜想，在红区那边必然也有这么一个巨鼎制造着红瘴，这些瘴气是你师父企图独吞宝物而迷惑人的！"

王珩叫道："红瘴不是我们制造的，那边也没有药王鼎！"可他的话却没人听进去。

"更可怕的是，"云天岳怒目瞪着他，"你还要销毁我们的屠龙木！这叁合谷方圆数里，我们嘴里含着的屠龙木片，其效力不足以让人走完整个山谷。一旦这屠龙木片失效了，而屠龙木又被销毁了……嘿嘿，我们全都得葬身叁合谷。史官，你说是不是？"

众人听得冷汗涔涔，连呼大幸。史官也不用云天岳提醒了，脱口便道："这金独圣的罪状真是罄竹难书啊！如今必须再加两条，第一条是'炼制毒瘴，祸害苍生'；第二条是'教徒类师，毒辣如蝎'，企图毁掉屠龙木，置正气盟于死地。"他的话立刻得到了大多数盟友的赞同，众人高声叫好。

云天岳将屠龙木拿在手中，道："这神木还是由我来保管吧。"众人对屠龙木的神奇功效有了进一步的认识，明白它对此行寻宝的重要性，觉得由声望、武功绝佳的盟主云天岳保管是最合适不过的，即使泰山派的苍松道人也不敢有异议。

云天岳大声下令："填！"

"沙沙""沙沙"，众人把挖好的泥土一起抛向巨鼎，只见巨鼎产生的浓烟越来越少。不一会儿，厚厚的泥土已将鼎口填埋得严严实实。

王珩眼看着药王鼎不再有一丝青烟冒出，对众人这个愚蠢的行为无能为力，顿时呆在当地，喃喃地道："完了，完了。"

云天岳等人回到药王庙。既然制造青瘴的药王鼎已被毁，云天岳命众人在庙中歇息，等青瘴慢慢散去之后，再出发去龙牙洞。

他们把王珩再次关进石牢，王珩大叫："在青瘴还没完全散去之前，你们快逃出叁合谷，不然大祸将至。"可是任凭他怎么叫，都没有人听他的。

临近傍晚，青瘴渐渐从龙牙洞向着药王庙的方向散去，而红瘴则逐渐靠近。

魔尸

"嗷呜——嗷呜——"

"嗷呜——嗷呜——"

平静的傍晚忽然被一阵绵长的怪叫声打破，正气盟众人纷纷从四处走到空旷的院子里来，这里正好是王珩所处的石牢对面的空地。声音是从西边庙顶出来的，众人抬头一望，只见檐角上有一条人影，对着漆黑的苍穹不住仰天长啸。

"是什么人？""把他抓下来！"众人纷纷嚷着，那怪人鬼哭狼嚎似的声音实在太过刺耳，扰得人心烦意乱。副盟主翟兴业拿过旁边一名弟子的长矛对准那怪人，"嗖"的一声，激射过去。

他这一矛劲道十足，在空中带着虎虎风声。蓦地，长矛直挺挺地停在空中，似乎已射中了那怪人的头颅。

这时，有人大叫："他咬住了长矛！"翟兴业一惊，想不到世上竟然有人敢用这种方式来接他的长矛。以他的功力，那怪人即便不死，少说也得碎掉几颗牙齿。

然而，那怪人似乎一点事都没有，张口吐掉长矛，那长矛骨碌碌地从庙顶滚到地上，铿然作响。那怪人一振双臂，随着"嗷呜"一声怪叫，从庙顶好似圆球一般飞扑下来，袭向翟兴业。

翟兴业侧身一闪，"轰隆"一声，那怪人将他身后的石貔貅撞成碎块。这时，众人都看清了这怪人的面目，情不自禁地一阵哗然。

这怪人衣衫褴褛，头发蓬松，身体又瘦又干，毫无血肉之色，还长满又长又细的绒毛。指甲足有半尺多长，如野兽的利爪，最恐怖的是他那双大眼，闪着血红之光，一如分岔道口那红瘴的颜色。众人均没见过这般怪人，似是地狱而来的恶鬼，又似是来自远古洪荒的野人，大感惊诧。

点苍派高手裘人雄、裘人杰忽然诧异地惊叫："清风师父，是你？"他二人认得清楚，这怪人竟然是他们失踪已久的点苍派高手清风道人，亦正是他们的授业恩师。二人见师父已成这个样子，忍不住快步上前。

王玠在石牢里看得清楚，急叫："小心！"但为时已晚，那怪人伸出两只长长的利爪，一爪一个，掐住了裘人雄和裘人杰的咽喉。二人猝不及防，但觉对方力大无穷，一轮拳打脚踢也挣脱不了他的魔爪。裘人雄艰难地大叫："师父，我是人雄，你不认得我了？"

然而，那怪人似乎一点都听不见他说什么，但听"咔嚓""咔嚓"两声，裘氏兄弟的脖子已被那怪人扭断。

王玠大叫："他已成了魔尸！大家小心！"众人心中一凛，他们还一直当王玠危言耸听，想不到真有"魔尸"。几名高手从他背后突然出手，"嘭嘭"数声，打在那怪人身上，却觉那怪人的身体坚如磐石。一掌打下去，怪人纹丝不动，亦丝毫无损。

"嗷呜——"那怪人眼里凶光大盛，挥动利爪恶狠狠地扑向众人。这

次进谷的都是江湖中的一流好手，可是瞬间已有三人被那怪人打伤。

王珩再次大叫："千万不能被他咬中，否则也会成为魔尸！"众人闻言，纷纷亮出兵刃，护着周身。

翟兴业喝道："谁有长家伙，使出来！"众人被他提醒，纷纷亮出长鞭、飞索、铁链等武器，分东南西北四个方向，卷向那怪人，将他的四肢紧紧地捆住。

那怪人力气巨大，四个人都扯他不动。翟兴业急忙唤来二十多人同心合力拉住绳索，才将那怪人捆在一根大石柱上。那怪人虽然被缚住，但仍在"嗷呜""嗷呜"地叫了不停，作势要挣脱束缚，可怖之极。

有弟子请示如何处置这怪人，翟兴业想也不想，便道："此乃妖物，放火烧掉！"几名弟子正准备动手，点苍派余下十多名的弟子忽然全部亮出兵刃，拦在那怪人前面，高声道："且慢！"

翟兴业脸色一沉，道："你们要维护这怪物？"

一名点苍弟子道："不敢。但这人是我派的清风前辈不假，目前不知他到底是死是活，还有没有得救。如果就此把他烧掉，那就是欺师灭祖的事情，我们决不允许。"

旁边一名青城派高手冷笑道："清风道人身怀绝技，你们是怕烧了他，那些只有他会的点苍派绝技从此失传吧。"

那点苍弟子似乎被道破私心，恼羞成怒，破口大骂之余意欲和那青城高手拼命。翟兴业制止他们，喝道："烧不烧掉他，我们还是请盟主定夺，你们休得放肆！"

"是啊，由盟主定夺！""盟主说烧就烧，说不烧就不烧！"正气盟中门派甚多，却对盟主的地位推崇备至，只要是符合情理，对盟主的话向来遵从。

然而，过了一会，刚才那吵吵嚷嚷的场面突然死一般地静下来，众人你看我，我看你，脸上的表情虽然十分奇怪，但可以肯定，彼此都在想着同一个问题——盟主云天岳去哪里了？

是的，自从那怪人出现以后，竟然谁也没有见过云天岳！这就十分奇怪了，身为正气盟的龙头老大，不可能出了这么大的事情，人人都赶到现场，他却不见人影。翟兴业连忙派人去找寻，将药王庙前前后后都寻了一遍，就是不见他的踪迹。

就在这时，几名弟子抬着两具尸体气喘吁吁地跑了进来。众人一看，死者却是贴身跟随着云天岳的那两名护卫。由于盟主的权力太大，特别是临阵对敌的时候，还有至高无上的生杀大权，因此正气盟特设盟主护卫两名。这两名护卫是来自不同门派的高手，名为跟班，实则是负责监视盟主，防止盟主徇私枉法、滥用权力。

"咦？是盟主的'排云掌'？"众人循声看去，只见那二人的背脊凹了下去，显然是在毫无防备的情况下被人用重手法击毙的，而这手法与云天岳的"排云掌"极其相似。

"他们怎么会死在'排云掌'下？""是盟主杀了他们吗？""胡说，这怎么可能！"排云掌是云天岳自创的独门武功，他本人尚无传人，如今人又失踪了。种种迹象显示，正是云天岳杀了他们。

可是，云天岳为什么要杀他们？他为什么要逃？

众人对眼前的现象无法解释，都把目光聚集在副盟主翟兴业身上。翟兴业脸色铁青，茫然无计，忽又看向石牢里的王珩。

这一来，人人都把目光注视在王珩身上。说来奇怪，王珩一刻都没有离开过石牢，理应是不可能知道云天岳行踪的。可是一连串怪事发生之后，众人不约而同地觉得从他身上可以知道一些事情。

王珩忽然间想起一件事情，突然脸色大变，叫道："屠龙木！屠龙木是不是在云天岳身上？"

没人回答他的问题，可是从众人呆滞麻木的表情里，他已经知道答案了。他气得大力跺了跺脚，叫道："放我出去！"

一股奇怪的气氛静悄悄地笼罩在众人之间，谁都隐隐约约地觉得将有不妙的事情发生。片刻之前的王珩还是阶下囚，可是他话音刚落，已有两名弟子在无人吩咐的情况下，当着众人的面为他打开了牢门，且无人吭声。

翟兴业道："你知道盟主去哪里了？"

"还用我说吗？"王珩冷笑，"他杀死护卫，已经背弃了你们，独自前往龙牙洞寻宝了！"

"胡说！""盟主怎么是这样的人？""妖言惑众，不怕我们杀了你吗？"众人纷纷指责王珩，正气盟对盟主的要求十分严格，需要全面考核人品、武功、威望等方面，经公会三推三选后，才正式确立盟主人选。大洪神教总坛是在上任盟主连城金在位时被攻破的，云天岳虽然没有连城金那样的

盖世奇功，可自连城金失踪以来，云天岳一直不遗余力地率领众豪杰剿灭大洪神教的余孽，兢兢业业，颇有建树，也是很得人心的。因此，要说他背弃了众人，背弃了正气盟，那是谁都不愿相信的事情。

面对众人的指责，王珩毫无惧色。看着他如此镇定，骂他的人渐渐没了底气，收了声音。

等众人平静后，王珩道："金银财帛，云天岳是看不上的。但龙牙洞里还收藏有大洪神教至高无上的武学秘籍《魔牙神功》，云天岳对它很感兴趣。"说起这《魔牙神功》，众人是深有体会的，大洪神教之所以崛起，便是因为教主练成了这种神功。为了击毙他，连城金、云天岳、金独圣、翟兴业等正气盟七大高手联手和他相斗了三日三夜，赢得极其不光彩。这神功的威力可想而知，那简直是人人梦寐以求的至高无上武学经典。

王珩这时情绪十分激动，叫道："你们毁了我师父留下的神鼎，青瘴就会慢慢消失，叁合谷再也没有可以镇住魔尸的东西，魔尸便会从红区跑到他们从前不敢染指的地方来。

"你们没有了屠龙木，嘴里含着的屠龙木片时间一久也会失效。到时别说那些魔尸你们对付不了，光是这些瘴气也足以要你们的命。

"云天岳拿了屠龙木，魔尸们就会畏惧他，他就可以大摇大摆地进龙牙洞，找到他想要的东西，然后又大摇大摆地走出叁合谷。而你们，哈哈，你们这些号称正气盟精锐的家伙将统统死在叁合谷！"

众人的心一下凉了半截，要是云天岳真的这么做了，后果不堪设想。试想，那时候大洪神教早已灰飞烟灭，正气盟也一蹶不振了，而他练成了"魔牙神功"，可谓鹤立鸡群、一枝独秀，正邪两道都得听他的，还不俨然霸王一般？

一人忽然叫道："这都是你的猜想，我们凭什么要信你？说不定盟主的失踪事出有因！"

王珩怒道："不信你大可前往龙牙洞，运气好的话，没准你还能见云天岳一面！"那人被他一喝，立刻哑口无言，悄悄退到了人群中。

一阵死寂般的沉默后，又一人叫道："留得青山在，不怕没柴烧。我们不如沿路返回，弄清楚了事情再寻宝物吧！"此是万全之策，许多人高声赞同。

可是，王珩摇了摇头，道："早已迟了。"

翟兴业问："什么意思？"

忽然之间，所有人都知道了答案。只听药王庙外"嗷呜""嗷呜"之声响彻云霄，那声音为数不少，层层叠叠地交汇在一起，令人心惊魄动，明显已在不远之处了。

忽然，一名负责殿后守卫的弟子气急败坏地冲进来，叫道："好多……好多怪物……死了好多人……我们没有退路啦！"原来来路的青瘴散得快，大量的魔尸正向药王庙这边赶来，残忍地杀了正气盟数名弟子。

王珩叫道："赶快撤，撤到青瘴还没有散去的地方！"话音刚落，忽然数声"嗷呜"传来，几个魔尸好似皮球一般撞入了药王庙，眼里红光毕现，凶牙利爪，极其恐怖。众人都是身经百战的好手，可是面对这些僵尸一般的怪物，都觉得心寒，不敢恋战，只能以兵器护身，速战速退。

尽管如此，还是有不少手脚迟钝的家伙被魔尸咬中，倒在地上痛苦地哇哇大叫，然后声息全无。过了一会，他们弓着身子悄然站起，神情呆滞，眼里却冒着骇人的红光，"嗷呜"地不住长啸，竟然成了新的魔尸，疯狂地追扑众人！

王珩蓦地看见云敏神色慌张，手足无措，茫然不知走向哪里。眼看几个魔尸向她扑去，他一个箭步上前，大力地握着她的手，沉声道："跟我走！"拉着她一路飞奔。

云敏慌张的心，在这一声简洁有力的"跟我走"之后立刻稳定下来，全身顿觉温暖。是啊，这是他从来不曾给过她的承诺。此时此刻她的眼里，不再有张牙舞爪的魔尸，不再有自欺欺人的正气盟，只有他。只有他，跟着他，在这混乱的场面中跟着他不顾一切地飞奔！

"逃到山上去！高处的青瘴消散得最慢！"看见正气盟这支昔日纵横江湖的无敌之师，现在各人只顾逃命，溃不成军，王珩忍不住大声提醒。

他的话如同黑暗中的亮光，给众人带来了一丝生存的希望。

见死必救

众人毕竟是经历过刀光血雨的高手，逃命的本事还是十分了得的，很

快便逃到还残留着青瘴的地方。魔尸畏惧青瘴，在青瘴弥盖之外的地方滞留，渐渐越聚越多，看上去有数十具之多，不时发出一声声震耳欲聋的咆哮。

众人见魔尸没有追来，才稍微舒了一口气，可是看见这些魔尸之中，都是自己失踪已久的至亲师友，想不到他们变成这般非人非魔的怪物，有的还是刚刚被魔尸咬中变成新魔尸的，都唏嘘不已。

翟兴业收罗盟众，见死伤委实不少，且人心惶惶，全无斗志，要逃出生天恐比上青天还难了。他看见王玠正和云敏相依相偎地坐在树下，指着王玠问："你师父号称药王，难道没有留下对付魔尸的药物吗？"

王玠冷笑："你们不再说我师父的坏话了吗？"

众人自见到许多失踪了的亲友成为魔尸后，便开始明白金独圣当年对他们失踪之事支支吾吾、欲言又止的原因了，试想这些人未变魔尸之前都是声名显赫的一方豪杰，要是被人知道变成了魔尸那真是名誉扫地的事情。金独圣宅心仁厚，不忍他们一世英名付之流水，而让自己从此背负残害同道的骂名。众人想起正气盟之前对金独圣的所作所为，不禁心中惭愧。

云敏也低下头，十分后悔。虽然王玠没有责怪她，但要不是她出卖了王玠，让云天岳等人毁了巨鼎，就不会有魔尸爆发之祸了。现在，她终于明白了王玠当年不辞而别的原因，他为了避免正气盟堕入水深火热之中离开了心爱的人，实在是万不得已……她和王玠终于冰释前嫌，她紧紧站在王玠身边，再也不想和他分开。

王玠长叹一声："可惜，如果师父还能多活几年，这'饕餮之影'便不会在世上存在了。"他想起往事黯然神伤，见众人都想听他说下去，顿了一顿，便将前事娓娓道来。

当年，连城金和金独圣一路人马发现了叁合谷，便挑选了部分高手跟随他们入谷。因为手中有图，他们轻易闯过了谷内各种机关迷阵，一路长驱直入，进了龙牙洞。

洞里有无数大洪神教搜刮而来的珍宝，还有琳琅满目的各种武功秘籍。连城金等人看得红了眼，也不知是谁最先动的手，大家在洞内互相残杀起来。金独圣劝阻不了，只好和王玠退出了洞，在古庙栖身。这古庙是叁合谷的药库，有药材无数，金独圣很喜欢这个地方，就将其改名为"药王庙"并住了下来。

连城佥及大批高手厮杀了大半日，死伤过半，剩下的都是绝顶高手，谁也不能轻易消灭谁。但他们独吞宝物之心依然未减，纷纷躲藏在龙牙洞四周，日复一日地展开伏击、暗杀。

金独圣本要离开叁合谷，寻找云天岳、翟兴业等人商讨解决问题的办法。可就在这天，他听见"嗷呜""嗷呜"的怪叫，发现一名盟友变成了怪物一般的魔尸。金独圣将他引进药王庙，几经辛苦，才将他关进石牢。

根据观察，金独圣发现他是在龙牙洞内中了一种离奇的毒，才变成这个样子。他称这种毒为'饕餮之影'，因它能够一个传一个，无穷无尽，如同贪吃的饕餮神兽。这毒稀奇古怪，金独圣博览群书，也不曾见过，医治起来感到棘手。

但他毕竟是疗毒圣手，花了将近一个月的时间，还是将那人治好。可是这人醒来之后，却不知自己变成魔尸的事。金独圣把事情真相告诉那人，那人非但不肯相信，还冤枉金独圣羁押他试药，每天谩骂不绝于耳，还在石壁、岩石上刻字诅咒。

金独圣无贪财之念，也无害人之心，但有一股傲人之气，哪里受得了那人每天无休止的咒骂？于是，他将他放了。那人变了一回魔尸后，身体对瘴气产生了抵抗能力，径直奔往布满红瘴的龙牙洞，一点事也没有。

不久，金独圣在药王庙附近又发现数名变成魔尸的盟友。金独圣在被称为"药王"之前，还有个外号叫作"见死必救"，但凡是武林同道他都会尽心尽力地营救。虽然这些魔尸十分厉害，也非常可恶，说到底还是咎由自取，但他还是竭力去营救。

他在王珩的帮助下，设陷将他们一一捕捉起来，照旧将他们分开关在不同的石牢里，然后尝试去解他们的"饕餮之影"。可是这一次，连金独圣也大吃一惊。因为他发现他们身中的"饕餮之影"，原来是一种可以随意变化的毒物，要配制一种专门的解药非常困难！

打个比方，这"饕餮之影"里面由金、木、水、火、土五种物质组成。但每个人中的"饕餮之影"是可以随意分裂生长的，五种物质的比例可以完全不同，或者金多些，或者木多些，或者金木组合紧密些，或者水土组合紧密些。五种物质相生相克，变化无穷，离奇到即使是被同一具魔尸咬中而变的多具魔尸，其体内的五种物质分布也不一样。

这令金独圣十分头疼，因为他永远不能按照医治上一具魔尸的方法来医治下一具魔尸。每一具魔尸都要重新研究，每一具魔尸都要对症下药，每一具魔尸的医治都要费尽他九牛二虎之力！

这一次，金独圣同时医治数人，耗时更长，过程更艰难。虽然难了些，但总算还是把他们治好了。他才刚刚松一口气，可是不到一天，他突然发现药王庙之外还有更多的魔尸！

金独圣这才意识到，魔尸增加的速度远远快于他医治的速度，他就算累死也不可能治好这叁合谷内的所有魔尸。要一劳永逸地根除魔尸之患，必须研制出一种可以随意分裂变化的解药。

魔尸数量与日俱增，从他们身上散发的红瘴也越来越浓密，假以时日必定扩散到叁合谷外面去。过了些日子，金独圣估计当日随连城金进谷的正气盟高手大多已变成魔尸。为了专心研制解药，同时也为了阻止魔尸和红瘴扩散出叁合谷，金独圣用药王神鼎研制出可以抑制其扩散的青瘴。

三年来，这种均衡的局面一直不曾被打破。直到今天，正气盟众人愚蠢地听信了云天岳的谗言，毁了药王鼎，魔尸之害终于爆发。

"解药最终研制出来没有？"翟兴业带着众人心中的疑惑问道。这是一个性命攸关的问题，众人想问又不敢问，最终还是由翟兴业来问。

王珩不置可否，怅然道："师父为了研制解药，还秘密出了一趟叁合谷，四处搜集大批珍贵药材。可是还是被你们发现了，遭到你们追杀。

"师父不想解释，也无法解释，只好返回叁合谷，继续研制解药。他绞尽脑汁，足足用了两年多的时间，试过了三千九百七十三种药物，换了一千八百八十三种方法，毁了七七四十九只大铁鼎，才终于炼成了这种解药。师父一生配制过无数药物，即使是大洪神教高手炼制的毒物，他看一眼就知道如何配制解药，从来没有一种药物要花费他如此多的心血。"

众人听到金独圣终于炼成了解药，都是一喜，然而看王珩满脸愁苦，无半点喜悦之情，知道事情有变，都心里凉了半截。

"师父炼成了解药，自然十分欢喜，连忙抓了两具魔尸来试药……"

金独圣抓的其中一个魔尸，便是先前众人见过的点苍派高手清风道人。这解药确实灵验，也十分神奇，他们当了至少有一年的魔尸，可是一旦清醒之后，连身体都基本恢复到原状，只是气色差了点。

金独圣将他们变成魔尸的事情告诉他们，要他们尽快出谷。可他们居然不信，还骂金独圣诬蔑他们，嚷着便出了药王庙，再去龙牙洞寻宝。

金独圣愕然，不明白出了什么问题。于是他又抓了几具魔尸，先给大部分魔尸服食了解药，剩下两具。使他们清醒之后，陈述魔尸之事，并当着他们的面，给剩下的两具魔尸喂食解药，让他们相信这件事情。

这些人看了整个过程，都陷入沉默，不发一言。金独圣以为他们相信了他的话就会听话离开叁合谷，谁知道才刚刚放了他们，他们竟然又跑到龙牙洞寻宝去了。

金独圣无名火起，气得全身发抖。这些人似乎非常了解他"见死必救"的性格。金独圣不停地救他们，他们又不停地逃回龙牙洞，不断地变回魔尸。光是这个清风道人，金独圣足足救了他七回了。

金独圣实在生气，把他们关押起来，不放他们出去。可这些人都是绝顶高手，一个小小的铁牢哪里困得住他一辈子？或是掘地道，或是施展缩骨功，或是用钢丝锯开铁柱，或是趁王珩送饭时盗取钥匙，成功地溜走了。

这些人来了又走，走了又来，治了又变，变了又治。金独圣百思不得其解，他一生对自己的医术十分自信，不曾有过丝毫怀疑。可是到了这时候，他也开始怀疑这解药是不是真的能够医治"饕餮之影"。

每次有人逃出石牢，金独圣都会自言自语："怎么会这样？到底出了什么问题？"他神情恍惚，时而痛苦，时而激动，连王珩都为他暗自担心。

金独圣对"药王"这个名称看得很重，他终生痴迷药道，认为世间一切疾苦、一切病毒都可以用药物来解除。这是他引以为豪的事情，所以他把古庙叫"药王庙"，把药鼎叫"药王鼎"，要是世上出现他制不出的药，那他会觉得比死还难受。

可是这回，他明明研制出了对付"饕餮之影"的解药，这些人为什么还会前赴后继地变成魔尸？他弄不明白，思想开始有点混乱，脾气也日渐暴躁。王珩想去劝劝他，反而被骂个狗血淋头。

直到有一天，金独圣哈哈大笑，叫道："我明白了，我明白了！"原来他参悟到最可怕的"饕餮之影"不在形体之外，而在人心之内。在每个人的内心深处还藏有更可怕的"饕餮之影"，人心贪婪，无穷如海，不正和这"饕餮之影"的性质一样吗？

他否定了已经配制好的解药，立誓直指人心，挑战这世间最可怕的"饕餮之影"！

他要逆天而行，研制破除贪婪人心的药！

众人都震惊不已，心里都有一个念头："金独圣疯了。"人心深不可测，古往今来稍懂点常理的人都不会把人心当作病来治。以药治心，独拒天命，只有疯子才会那样做。

"师父说人的心、肝、脾、肺、肾各种器官，与人的喜、怒、哀、乐各种情感息息相关，只要均匀调理好人体内的各种器官，就能使人清静不争……"

金独圣说做就做，他救了几个盟友后，便再也不放他们离开石牢。他一生笃信药道，不屑于严刑恐吓或者威迫利诱，他就是企图通过一服药、一套针从根本上改变他们的气血、元神，从而影响他们的性格，洗涤他们的心灵。

这些人逃不出石牢，脾气开始变得暴躁，不断谩骂金独圣。金独圣就用药使他们安静下来，慢慢调养。可这些人的变化比"饕餮之影"的变化还要复杂。本是恭顺有礼的谦谦君子，会变得比市井之徒还要粗鄙；沉默寡言的，也会变得满嘴花言巧语；而有时看上去十分安静的人，前一刻还一副去尽暴戾之气的模样，可突然之间却会暴跳而起袭击金独圣师徒！

金独圣真的想不明白，他明明已用药使他们性情安顺，为什么还会性情骤变？究竟人体里面还有多少他无法了解的东西？

金独圣一次次自以为治好了他们的心，一次次地放走他们，可换来的却是一次次的失望。他以药治心，但想不通的东西太多太多。他深谙药道，深懂驻颜之术，平常发如墨，肤红润，六十多岁的人看上去最多只有三十来岁。这时为了研制心药，竟然心力交瘁，一夜之间仿佛老了几十年，满头尽是白发。

但他没有放弃，更加废寝忘食地炼制心药，可他的身子已大不如前。有一天，他设置的陷阱逮住了一具魔尸，这魔尸就是正气盟前任盟主连城金。

金独圣唏嘘不已，毕竟连连城金这位"正气榜"上排名第一的高手都变成了魔尸，想必谁都不能幸免了。金独圣给他喂食了解药，使他变回了正常人。在正气盟中，金独圣对连城佥的品行还是比较认可的，加上解了他身上的"饕餮之影"后，连城佥也较其他人平静。金独圣便将无法炼制心药之事告诉他，希望能从他那里得到一点启示。

可是，金独圣没有想到，连城佥只是假意安抚他。他的目的竟然是得到金独圣已经炼制成功的一百七十多颗"饕餮之影"的解药。

他重重地偷袭了金独圣一掌，打得金独圣吐血满地，他疯狂地叫道："有了解药，我便不怕魔尸，可以尽取龙牙洞的宝物！"

金独圣没想到昔日堂堂一代盟主，竟然也变得如此龌龊可怕。他死活不肯交出解药，相斗之下，解药全部飞入火炉中，片刻化为灰烬。

"全没了？"众人不禁追问。

"全没了。"王珩点点头，无比惋惜地道："全部化为灰烬，一颗也没有留下。"

众人听到解药全部化为乌有，都感到无比绝望。王珩越说越伤感，道："师父挨了这一掌，便卧病不起，无法炼制出心药成了他一生中最大的憾事，每日口里都在念叨'心药，心药'，最终含恨而终。从此，'饕餮之影'的解药便在世上失传了。"

王珩说到最后，想到师父耗尽心血终究功亏一篑，忍不住暗自神伤。众人本是静静地倾听着，听到最后知道"饕餮之影"再无解药，都陷入深深的绝望之中。绝望之余，忍不住发出"连城佥无良""云天岳无耻"之类的咒骂。

忽然，一人大叫："云天岳背叛了我们，我们还让他的女儿活着吗？"此言立刻打破了沉默，许多人向云敏围了过来，想杀了她出气。

云敏见他们满脸杀气，令她鸡皮疙瘩骤然而起。王珩拦在她身前，叫道："我还有办法使你们脱险，要是你们敢动她一根毫毛，我保证要你们陪葬！"

翟兴业喝止众人，问："你有什么办法使我们脱险？"

王珩道："现在还不能说，等你们退到龙牙洞附近的药王峰时，你们自然会知道的。"

一人叫道："谁能保证你不是为了让我们不杀云敏而信口雌黄？"

王珩怒瞪着他："我以我师父的名义保证！"那人顿时哑口无声，要是片刻之前王珩以金独圣的名义保证任何东西，定会惹来哄堂大笑，可是自知道金独圣的高风亮节之后，谁都不再任意亵渎"药王"这个名字。

众人休息了片刻，忽然又是"嗷呜"大响，原来众人所处之地青瘴逐渐稀薄，东北方向已有魔尸开始逼近。

"退！"翟兴业挥一挥手，他没说往哪里退，可众人都不由自主地往龙牙洞方向逃去。不管王珩是否信口雌黄，他们已完全没有选择了。王珩和云敏的手紧紧地握着，任天崩地塌都不再分开。

魔牙

无论从红区还是青区，都是可以抵达龙牙洞的。只是龙牙洞刚好位于青红二区交界之处，洞口在红区。当青瘴逐渐消失，大批魔尸涌将过来，越来越密集。众人寸步难行，死伤无数，眼看着那个藏着大洪神教无数珍宝、秘籍的龙牙洞近在咫尺，却因为那些张牙舞爪的魔尸，变得如天涯般遥远。

药王峰（想必也是金独圣命的名）在其不远之处，属于青区。越高之处，青瘴消散得越慢，众人争相往高处爬。那些魔尸仿佛知道这里有生人在，沿着青瘴慢慢消失的界线，步步为营，往药王峰爬来。

忽然，有人气急败坏地从山峰上跑下来，指着王珩大骂："你这骗子！山的后面是万丈深渊，根本无路可退，你这不是把我们往死里送吗？"

众人都停住了脚步，回头看着王珩。王珩十分冷静："那你说我们该往哪里逃？"众人无语，是的，四面八方都是魔尸，整个叁合谷只有药王峰这一带还残留着青瘴可以庇护他们，其他地方早已是魔尸泛滥。他们还能逃到哪里去？

翟兴业点了点人数，进谷之前有一百多名正气盟精英，死的死，变的变，如今只剩下三十人左右。而魔尸，新的、旧的，数量上已经远远超过了他们，药王峰被围了个水泄不通。

王珩拖着云敏往前走，众人跟在他们身后，一直走到一个坟墓前面。

墓前立了块石碑，碑上刻着"金独圣之墓"几个字。众人知道金独圣向来对"药王"的称号引以为豪，如今却不许后人为其在墓碑上加"药王"二字，显然是对无法研制心药之事十分自责和失望。

王珩和云敏在金独圣的坟墓前磕了头，默默地祈祷，假若渡过眼前难关，今生今世再不分离。

忽然，有人疯狂地指着金独圣的坟墓大骂："你研制出'饕餮之影'的解药也就够了，干吗还要弄什么心药！如果不是你执意研制心药，这里哪里还有魔尸为患？你这疯子，你就是个疯子！"

危机已经逼近，正气盟剩下的这些人全都成了疯子一般，谩骂、痛哭、埋怨……已全没昔日横扫江湖的气概了。

王珩冷笑，师父为挽救正气盟做出了一切努力，到如今还是毁誉参半，得不到应有的尊重。

翟兴业揪住王珩的衣领，叫道："你说你有办法的，快说，你怎么救我们！"

王珩挣脱他的双手，道："我没有办法，我只是在赌云天岳还没有离开叁合谷，他还在龙牙洞附近。"

"怎么可能？"翟兴业不信，云天岳拿了屠龙木可以直通龙牙洞，还不拿了想要的东西远走高飞？难道留下来图这里风景好吗？

王珩对着山下大喊："云盟主，如果你没有找到那样东西，请上来——"他运足功力，使声音远远传开去，方圆五里的人都可以听见。翟兴业一惊，想不到王珩的功力竟这般深厚，他若是反抗，正气盟还真不容易擒住他。

这时，叁合谷所有魔尸都聚集在药王峰，"嗷呜"的怪叫声响彻云霄。可忽然之间所有魔尸都鸦雀无声，密密麻麻的尸群蓦地向两边分开，让出一条路来。一人从尸群中气定神闲走出来，正是正气盟的盟主云天岳。

云天岳高举着屠龙木，一步步地走过来。屠龙木不愧是驱邪之宝，只见它闪着碧油油的光，和众魔尸擦肩而过，这些凶残的怪物就是不敢近他身。

许多人还对云天岳心存幻想，纷纷叫道："盟主，救我！""带我离开这个鬼地方！""我这一辈子只效忠你！"……

云天岳哈哈大笑："见鬼去吧！我可是巴不得你们死光！"众人见他露出真面目，竟如此无情无义、奸险毒辣，想到从头到尾都是他的一场阴

谋，更感气愤。

云天岳一点都不在乎痛骂声，反而觉得受用，对王珩道："小子，你知道我想要什么吗？"

王珩摇摇头，从金独圣坟墓南边的地下挖掘出一件铁盒来。他打开盒子，从里面取出一件物事。众人一看，顿时哗声一片，那是一本黄皮书，书皮上写着"魔牙神功"四个刚劲有力的大字。

云天岳脸色顿变，他偷走屠龙木后直闯龙牙洞，洞里各种珍宝、秘籍琳琅满目，可偏偏就是不见了那本梦寐以求的《魔牙神功》。没有它，他那称霸江湖之路必定困难重重。

"你想怎样？"云天岳问道。

"用它跟屠龙木交换。"王珩很有信心，他相信云天岳一定会跟他交换的，"屠龙木底部有一处糜烂的地方，你挖尽其粉末涂在脸上，就可以拿着《魔牙神功》离开这里。"

众人这时才明白王珩说有办法救他们，原来就是用《魔牙神功》交换屠龙木。想到有了屠龙木他们可以围成一团，亦步亦趋地跟着王珩走出叁合谷了，众人顿时个个抖擞精神，全都恢复了生存的信心。

云天岳喝道："你是怎么得到它的？"他冒着身败名裂的可能偷走了屠龙木，满以为可以夺得他想要的东西，没想到还是功亏一篑，心中极其恼怒。

王珩道："是我师父救了连城金，从他身上找到的。师父说此物不祥，一直收藏着。"

"又是连城金！"云天岳咬牙切齿，怒道，"这人渣变了怪物也和老子作对，可恶！"忽然，他一挥屠龙木，"噗"的一声插中一头魔尸的额头，那魔尸嗷嗷一阵怪叫，倒在地上一会儿便化为一摊污渍。有人认出那魔尸的服饰正是当年的连城金所穿，此刻云天岳连魔尸也不肯放过，足见他对连城金恨之入骨。

王珩好奇道："你和连城金有什么过节吗？"二人当时都是正气盟七大高手，同气连枝，并肩作战，王珩想不到他们之间还有不和的地方。

"是的！"云天岳叫道，"当年成立正气盟，老子居其之下，处处受他的鸟气。奈何他娘的他是盟主，只好忍气吞声。那个狗屎一般的'正气榜'排名，老子怎么也算是正气盟第二高手，可这连城金，他硬把老子排在第三，而你师父却排在第二，明摆着就是排挤老子！"

正气盟成立之际，盟友来自三山五岳、各门各派，为了整合盟众、树立盟中要人威信，由高至低排了五十名座次，名曰"正气榜"。连城金毫无疑问排名第一，金独圣第二，云天岳第三，翟兴业第四。

云天岳是洛阳大帮之主，名声显赫，且武功高深莫测，明眼人都知道他的武功在金独圣之上。可当时据说这个排名除根据武功、声望之外，还要视其对正气盟的贡献。大洪神教是邪魔外道，教里精通使毒、下蛊的高手多如牛毛，如果不是请得"药王"金独圣坐镇，根本不可能势如破竹地攻破大洪神教的总坛。当然，要说到运筹帷幄、独当一面、攻城拔寨，颇有大将之风的还是要数云天岳。因此，这个排名在盟中颇具争议，但云天岳当时公开表示对这个排名没有异议，不想他其实一直耿耿于怀。

云天岳"嘿嘿"冷笑，道："老子比连城金小十岁，长此下去必然是盟主的继承人。连城金避忌老子，攻打大洪神教总是把最艰巨、最危险的任务交给老子，动辄就是死命令，不完成就严格处置。那不是借刀杀人，又是什么？而到叁合谷寻宝这样的美事，他却和金独圣分享去了！"

王珩了解师父性格，知道师父对"正气榜"的排名并无兴趣，只是出于当时形势需要才任由他们摆布，却因此遭到云天岳嫉恨，不禁摇头感叹，排名真是个容易害死人的东西。

云天岳哈哈一笑："金独圣这人城府太浅，不屑于名利斗争，充其量只是连城金安排在正气盟中挤兑我的傀儡。但是这人平日治病救人，名声甚好，攻打大洪神教又恩德广施，救了不少人性命，收买了不少人心。作为排名第二的要人，即使他没有当盟主之心，难保不会被别有用心之人利用。嘿嘿，若是黄袍加身，他想拒绝也拒绝不掉！"

"我师父之所以声名狼藉，是不是也是拜你所赐？"这个疑问存在王珩心中多年，金独圣当年秘密出谷，不知为何就被正气盟发现了行踪。他们还不由分说、众口一词地冤枉他谋财害命。

"是的。"事到如今，云天岳对一切都坦然承认，"不妨告诉你，那日你师父从叁合谷回来，第一个见到的人是我。那时我是正气盟的代盟主，你师父把叁合谷一切事情告诉了我，还要求我不要声张，帮他筹备药物。所以我是早就知道叁合谷内发生的事情，什么魔尸、药王鼎、青瘴等我都知道，所以才能运筹帷幄，安排今日之事！哈哈！你这个天真的师父，

我巴不得连城金早点死，哪里会帮他？所以我故意暴露你师父的行踪，让众人找到你师父。

"你师父也算仗义，死活不肯说出连城金他们变魔尸之事，吞吞吐吐的反让人觉得他形迹可疑。我再派遣心腹到处散播谣言，指责你师父贪财害人，你师父从此跳进黄河也洗不清了。正气盟正式将你师父除名，我便没了竞争对手，顺利地从代盟主当选为正式盟主。"

"可是我不明白，"王珩摇摇头道，"你现在既然已贵为盟主了，为什么还要背叛正气盟？"

"这你就不明白了，"云天岳叹道，"当年大洪神教坐大，妄图歼灭正道人士，严重威胁到各门派的生存，所以才要一统武林，建立盟契，各门派真心实意地绝对服从正气盟调遣。比如我，虽然对连城金很不服气，但为了消灭大洪神教，即使连城金用心险恶，故意打散我的部下，分批编入其他队伍，企图削弱我的力量，我也不得不暂时忍让。

"可如今不同了，大洪神教残部已经遁去西域，正气盟的地位开始动摇，尾大不掉、不服调遣的现象常有发生，盟主的威信大不如前，行事诸多掣肘。各门派自据山头之心已露出端倪，加上连城金早年在正气盟培植的势力，也时刻阻碍着我。

"这样的联盟迟早分崩离析，到那时，我只会成为众矢之的，落得个凄惨下场。我自小就有一统江湖、号令天下之志，正气盟中这种应时而生的盟主不是我所追求的，我要建立完全隶属于我个人的大联盟，我要做真正呼风唤雨的武林大盟主！"

云天岳说到激动之处，忍不住放声大笑，笑声中充满了狂野，每个人都能感受到笑声里掩藏的那一颗贪婪的狼子野心。

"所以，你一拿到叁合谷的地图，就调集正气盟所有精锐进谷，大规模寻宝。别人还道你处事公道，保证寻宝的好事人人有份，其实你早知魔尸之事，设计让他们全部葬身叁合谷。从此江湖尽是平庸之辈，任你掌控，还不如你所愿？"

"不错，"云天岳哈哈一笑："当你们全部变为魔尸之后，我便会正气凛然地号令江湖，采集大量炸药，将你们全部炸毁，也算为江湖除了一大害了！"众人听了都纷纷大骂云天岳用心险恶，比豺狼虎豹更甚。

"可惜，"王珩扬了扬手中的《魔牙神功》，"你机关算尽，可惜你还是算漏了一样东西，你想不到这秘籍会在我师父手里。没有它，你如何做到神功盖世、天下第一？如何翻云覆雨，让天下高手听你号令？"

云天岳咬牙切齿，这《魔牙神功》确实是他志在必得的东西，王珩提出用屠龙木来换这《魔牙神功》，令他十分矛盾。王珩有了屠龙木，就能将正气盟剩下的人救出叁合谷，那时他身败名裂不在话下，还会成为正道剿灭的对象，再也不能以武林正道的光辉形象号令天下，只能堕入邪道了。不过，只要他练成神功，从此就不用怕任何人，大洪神教就是最好的证明。更何况正气盟精锐目前已消失殆尽，成不了什么气候，威胁不了他。

邪道就邪道吧！

云天岳将屠龙木底部那糜烂之处的粉末全部刮出，涂在脸上，好似荧光般闪闪发亮。他忽然眼珠一转，叫道："交换可以，不过我信不过你，我要敏儿当个中间人。让敏儿站在我们中间，我们各自把东西交到她手上，然后各自从她手上索取。"

云天岳开的条件不算过分，王珩看了看云敏，见她点了点头，又看看众人，见无人反对，便答应了他。

云敏快步来到二人中间，张开双手，摊开手掌。云天岳和王珩分别把屠龙木和《魔牙神功》放在她手里，云敏握住了两样东西，云、王二人才放手。

云敏将屠龙木从左手交到右手，将《魔牙神功》从右手交到左手后，再长长地伸直双手，示意给二人去拿。云、王二人分别拿取自己的东西，整个过程二人都小心翼翼，互相盯着对方，各自动作保持一致，生怕对方有任何变卦的行动。看到王珩终于把屠龙木拿到手里，正气盟众人才放松了紧绷的神经，长长地舒了口气。

云天岳忽然叫道："敏儿！"云敏应道："什么事？"一个不留神，只觉一股巨力拉着她往云天岳的方向飞去。

"小心！"王珩大叫，可是已经迟了。云天岳已经将云敏拉到身后。王珩跺一跺脚，责怪自己，所有人的注意力在他们二人身上，却想不到云天岳会打起自己女儿的主意！

饕餮之影

云天岳叫道："把屠龙木给我，不然我杀了她！"此言一出，人人脸色大变，十分紧张。不是震惊于云天岳会禽兽般拿自己亲生女儿的性命来要挟王珩，而是害怕王珩会真的拿屠龙木来交换爱人的性命。

"千万不能给他，给了他我们就没法出叁合谷了！"

"屠龙木关系着江湖正道的气运，万万不能落入他手里！"

"王珩兄弟，你万万不可儿女情长，英雄气短，葬送我们的性命！"

"他们父女是串通好了的，不要相信他！"

"即使你救了她，没有屠龙木，我们也走不出叁合谷啊！"

"不能给他，不能给他！"

……

众人到了生死存亡的时刻，都声嘶力竭地大叫，企图左右王珩的抉择，闹哄哄一片。

"嗖嗖"两声，有人放出袖箭，意图射杀云敏以绝王珩所想，却被云天岳轻轻拨落在地。

王珩回头怒道："你们干什么！"不管是谁，不管什么理由，都不能伤害他心爱的云敏。

云天岳叫道："到底换是不换，我可没有那么好的耐性，我数三声，你如果不把屠龙木抛过来，我便杀了她！"云敏泪流满面，泣道："爹，我是你的女儿！"

云天岳哈哈笑道："对不起了，乖女儿。如果在他眼里，你连一根木头都不如的话，你还是死了算了！一！"

王珩十分为难，一边是他最心爱的女子，他已经让她受了太多的苦，又怎忍心看着她死去；另一边是正气盟二十多人的性命，他们正可怜兮兮地哀求着他。他自问不是英雄，可就算是大英雄、大豪杰，要做一个两全其美的抉择也是千难万难。

"二！"云天岳无情地叫道。

翟兴业急了，上前叫道："王珩兄弟，大丈夫何患无妻！自古以来的大英雄、大豪杰无不舍己为人，牺牲小我，成全大我。你年纪轻轻，他日必定大有作为。如果为了区区一名女子就不顾大局，日后肯定是被江湖朋友瞧不起的啊！"

他见王珩还没有下定决心，急忙又道："正气盟已经元气大伤，正需要你这样的年少英杰重振声威，你前程远大着啊！你当日不肯交出地图，不正是为了保存正气盟的血脉吗？再说，你师父见死必救，而你见死不救，不怕玷污了他的名声？"他也确实急了，不惜搬出王珩尊崇无比的师父的名号来。

王珩看着翟兴业等人，平日这些人高高在上，目空一切，现在眼巴巴地看着他，要他牺牲一名弱女子来换取他们微贱的性命，纵有千百般理由，也掩饰不了他们内心的怯懦、卑鄙和恐惧。他苦笑着，摇了摇头，眼前这些人逐渐微小，就像是匍匐在地的一群可怜虫。

就在云天岳的"三"字马上要说出口的时候，王珩大叫："云天岳，我跟你交换！"手一抛，屠龙木在空中转了几个漂亮的圆弧，"带"着无数人的性命飞向了云天岳。

云天岳哈哈大笑，将云敏大力推向王珩，伸手把屠龙木牢牢地握在手里。霎时之间，他踌躇满志，仿佛已把江湖握在手里。一挥衣袖，纵声长笑，昂然走下药王峰。背后尽是正气盟余部呼天抢地、鬼哭狼嚎般的绝望声，他们不敢相信王珩真的为了一名女子放弃了他们，同时也放弃了唾手可得的锦绣前程！

王珩紧紧地把云敏抱在怀里，可是云天岳刚一离开，魔尸们便蠢蠢欲动，怪吼大叫，沿着青瘴消失的界线步步进逼。

最后一线光明熄灭了，最黑暗的时刻到了。药王峰上顿时风雨如晦，群魔乱舞，叁合谷所有魔尸已聚集在药王峰，死亡的气息充斥在天地之间。山顶的青瘴已稀薄得只见影子，想到不久青瘴完全消失后，魔尸群起扑来的恐怖场面，众人发出绝望的哀号。

他们互相埋怨，互相咒骂；他们指着金独圣的坟墓，大骂他糊涂；他们指着王珩大骂，骂他做了世上最愚蠢的决定；他们指着翟兴业，骂他领导无能，以致正气盟走向全军覆没……而奇迹，似乎是不会出现了。

忽然间，有人为了抢占山顶那不多的立足之地而争吵起来。接着，"呼"的一声，人影飞闪，有人从山顶被抛了下去。魔尸一拥而上，将那人咬得遍体鳞伤。

王珩大叫他们停手，但他们好像疯了一般，兄弟把兄弟抛下去，同门把同门抛下去，只要能让自己活得长一些，便是父母也一样抛下去！

"我错了。"王珩忽然哈哈大笑，对云敏道："我一直想恢复师父的名声，可我现在才发觉这些人根本没有资格对我师父说三道四。师父是什么样的人，在那些被师父医治过的人里面，自有公道！"

二人紧紧地抱拥着，云敏把脸贴紧王珩的胸膛，道："我们要死了吗？不过……我不怕，要死……我们一起死。"

王珩轻抚着她的秀发，泪流满面地道："敏妹，记得我跟你说过'世间唯你最珍贵''我爱你胜却世上一切，哪怕是我的生命'这些话吗？请相信我，这不是甜言蜜语……"

云敏含着泪，道："我信。"

"我不会让你死的……"他喃喃地道，可是魔尸不久就会涌上来，这里所有人都逃不过死亡的命运。忽然，王珩出指如风，点了她几处大穴，使她动弹不得。

云敏惊道："你……"

王珩深情地在她脸上吻了一下，道："现在是我兑现承诺的时候了。"

"翟兴业！"他忽然大叫，"不想死，就替我照看着敏妹。"他这一喝，凛然生威，翟兴业在一片混乱之中情不自禁地跑了过来，替他接过云敏。他无助地看着王珩，难道在这种绝境下王珩还有办法吗？

"其实我骗了你们，"王珩无奈一笑，从怀里掏出一颗药丸道，"'饕餮之影'的解药确实已经被连城金毁了，但不是全部，还剩下一颗。可是这一颗解药，如何治得了这漫山遍野的魔尸啊……"

忽然间，他手一扬，将世上唯一一颗解药吞进肚里。翟兴业仿佛猜到他要做什么，大惊："难道你？"他知道药王门有一种叫"化血大法"的神秘武功，将解药吞进肚子后，不会被肠胃消化掉，反而会融入血肉之中，使人的血肉具有和解药一样的药性。

王珩眼泪长流，低声道："敏妹，我让你受苦了。为了我，你要好好活下去！"说完，便不再回头，一步一步地往山下走去。一边走，一边放声歌唱：

"药兮药兮，

怜我世人救疾苦；

药兮药兮，

大慈精诚济苍生。"

……

这是金独圣平日喜欢吟唱的一支短歌，聊表悬壶济世之志。此刻歌声凄楚悲凉，在叁合谷中回荡，震撼着每个人的心灵。山顶众人停住了一切动作，争先恐后地伸着身子往下张望，看着王珩远去的身影，还不太敢相信眼前发生的事情。

"不要！"云敏放声大哭，她眼睁睁地看着王珩走进魔影，却无能为力！

魔尸们迅速扑向王珩，在他身上撕咬，噬其肉，啖其血。不一会，王珩的脸庞、胸膛、肩臂、腰腹……全是血淋淋，模糊一片。万般痛楚没有阻止王珩的步伐，他且歌且行，在生死之间从容镇定地走着，如一尊淡定自若、大慈大悲的菩萨。

那些魔尸每从他身上咬下一块血肉，便会停下来，新的魔尸又扑上去。想是药性发作，咬下血肉的魔尸，便会振臂长啸，眼里射出两道红光，直达天上。不久，僵化的身体便会软绵绵地倒在地上。中毒深的魔尸便会冒出一团白烟，片刻化为灰烬；中毒浅的，便逐渐恢复光泽，如大病一场。

不一会，山下啸声此起彼伏，化为震天大响，令众人耳边"嗡嗡"作响。随着魔尸眼里射出的红光越来越多，山下顿时成了一片血红的海洋，将王珩的身影全部吞噬掉。众人看得心惊肉跳，全身发抖。很快，众人已看不见王珩的踪影，他的歌声也逐渐消失……

"王珩！"云敏哭喊着，突然间体内血气上涌，冲破了被封住的经脉，她大步奔了出去。

翟兴业急忙将她死死拉住，蓦地发现她手足冰冷僵直，竟是生生晕了过去……

尾声

重阳节临近，云敏回到叁合谷。

叁合谷的空气清新，阳光明媚。路边的野花飘溢着淡淡的清香，五彩缤纷的蝴蝶忽高忽低地飞来飞去，还有活跃的小鸟在树梢间蹦蹦跳跳，叽叽喳喳地叫着。

叁合谷不再是雾霭沉沉一片，所有"布局"已全部撤除，没有江湖人士在这里活动，方圆数里已开始有百姓居住，偶尔还会有几个农夫结伴穿过山谷，开始一日的耕作。

一年来，她听说云天岳还没来得及练成魔牙神功和建立自己的势力，就遭到了正气盟狂风扫落叶般的袭击。他想不明白翟兴业他们怎么还没有死，也想不明白是什么力量能让这个满目疮痍的联盟迸发出强大威力，让他走投无路、枉自送命。

她也听说，翟兴业没有继任盟主，他解散了曾经风云浩荡的正气盟。解散之前，他恢复了金独圣的名声，王珩终于得偿所愿。各门派各归其位，却出奇地相安无事。倒是当日进谷的大批高手归隐的归隐，远走的远走，没有消息了。

但这些她都不关心了。

当日，红光散去，饕餮之影已经完全消失了，整座药王峰一片狼藉。活着的人慢慢地从地上爬起，看着被他们撕咬过的尸体，一个个忍不住"哇哇"地呕吐起来，一句话都说不出来。翟兴业等人从山上走了下来，神色惨淡，似乎难以接受王珩以他那惨烈之死，救了他们的这个事实，只能默默无语地走出了叁合谷。只剩下云敏一人，她痛苦地掩埋了爱人，在谷里足足哭了三天。然后，她好像变了个人似的，出人意料地回到万家，强迫万家写下休书，哈哈大笑而去。谁也想不到她会变得如此坚忍泼辣。从此，她远离了江湖，坚强地活着。

她走过分岔路，走过药王庙，走过龙牙洞，最后走上药王峰，来到金独圣的坟前。王珩就葬在他师父旁边。

她清除了王珩坟前的杂草，坐在他的坟边幽思了良久。忽然抬起头，看见金独圣的墓碑上刻着"药王金独圣之墓"几个大字。她心中奇怪，她记得金独圣因为羞愧于配制不出心药，不准弟子在他墓碑上刻"药王"二字。看现在这二字，斧凿的痕迹还比较新，到底是谁刻上去的？

她想不出来，也不明白。既然金独圣也有配制不出的药，那他当然不配称"药王"了，可现在这人偏要在他墓碑上刻上"药王"二字，难道是要羞辱死人吗?

　　她看看金独圣的墓碑,又看看王珩的墓碑。忽然间,可谓福至心灵,她终于想明白了,脸上露出愉快的笑容。

　　原来金独圣自己也不知道,他的药其实早就配制出来了。

毒怪

暗蓝色的雾气在药王谷中冉冉升起，几声清脆的鸟啼打破了早晨的宁静。这般清幽的环境，也净化不了谷外那密密麻麻、交织如网的层层杀气。

在这个静谧的早晨，三位年轻人怀着复杂的心情，一步步地走向药王谷。

令人谈虎色变的药王谷其实是不设防的，没有一兵一卒把守。但是，三人都知道那些看似寻常的花花草草，比披坚执锐的千军万马还要恐怖，它们随时都能杀人于无形。

所幸，一路走来，三人都安然无恙，似乎他们身上携带的那张请柬就是最好的护命符。三人一直走在那条入谷的小径上，直到前面出现了一个三岔路口。

终于，其中一位年轻人打破了沉默，他对另外两人拱了拱手，诚恳地道："冷兄，柳兄，俗话说'合则强，分则弱'，药王谷内危险重重，我建议我们三人走一处，互相照应，齐心合力，才有机会成功诛杀计百万。"他便是云南大理段氏的小王爷段小鹏，出身高贵，天资聪颖，家学深厚，本次会盟带来了不少武功高强的家臣部将，立下不少功劳，在盟里的威望颇高。

"嘿嘿。"另一名少年略带嘲讽地道，"若是遇上了计百万，该由谁上前补上一刀？别忘了，谁杀了计百万，谁便是正气盟的下一任盟主。"说话的人是华山派的少掌门冷西风，他对段小鹏可是一直虎视眈眈，生怕被他抢了头功。

另一名少年是万柳山庄的少庄主柳若松，他倒是附和冷西风，冷笑道："不错！别忘了，我们进谷实则是比赛谁能抢先杀了计百万，理应争先恐后，互不相让，还搞什么合兵一处？"他虽然与二人齐名，但实则论家世不如段小鹏尊贵显赫，论武功剑法不如冷西风狠辣夺目，略略逊色一分，但是对盟主之位的渴望，却一点也不比二人弱。

"好吧，那我们就各走各路吧。"段小鹏有点失望，又有点无奈，只好深呼吸一下，便大踏步走向那条通往谷中的一条小径。

柳若松冷笑："看来这小子真的很想当盟主。"冷西风也嘿嘿冷笑，眼中尽是不屑。是的，三人在一起难道就不会钩心斗角、尔虞我诈？各自进谷，起码只需防计百万一人；一起进谷，那是既要防计百万，又要防另外两人的冷箭。到了这地步，大家都不必戴着假面具做人，说话也不用遮遮掩掩，都丁是丁、卯是卯的了。

看着段小鹏走远，二人对望一眼，也分别选了一条路进谷。

三位青年才俊就此分道扬镳。

他们所说的计百万，就是这个药王谷的主人，号称"毒药剑王百万计"，"毒药、剑法、计谋"三绝冠绝天下，江湖中人一般称他为"毒药王"，显然更害怕他用毒的本领。当然，天下间同时把毒药与剑法练得登峰造极的，古往今来，极其少有。但凡他稍微谦虚礼让一点，必受万人仰望。但是，此人偏偏脾气古怪，亦正亦邪，行事全凭一己的喜怒，令人无法揣测，反而使正邪两道人皆避而远之，所以背后大家更喜欢骂他"老毒怪"。

本来，这样的人大家是可以容忍的，正邪两道也都不想招惹他，只要彼此相安无事便可。可这个计百万有一天为了试药，竟对平云镇陆家庄上万无辜的老百姓下毒，致使他们全部染上了一种奇怪的瘟疫。这么一来就引起了武林的公愤，由三帮七派十三会组成的"正气盟"，在武林盟主云千秋的带领下，对他进行了剿杀。

可是计百万这人的本领实在太大了，面对铺天盖地的伏击，竟然还能一剑刺死云千秋，并逃出重围回到了药王谷。当然，他也受了重伤，众人均推测他已油尽灯枯，只要有人够胆闯入药王谷，就能将他击毙。

可是，计百万使毒的本领出神入化，连苗疆五毒教教主也不如他。他的老巢自然是世上最可怕的地方。正所谓"百足之虫，死而不僵"，谁也不敢小觑这只受伤的毒虫猛兽。所以，"正气盟"现在的处境就有点尴尬了，他们明知道计百万已是风中残烛，盟里聚集的高手越来越多，但没有一人敢迈前一步，全在谷外远远地结集着，也不知要集结到什么时候。不过好在盟主云千秋死了，正气盟还没有选出新盟主，有什么决定都是由三帮七派十三会的掌门共同商议而定，还可以推托说是群龙无首，没人拿主意。否则，此事流传后世，必定让人以为这届的正气盟胆小如鼠，实在是一个天大的笑话。

正当他们为派谁进谷而犯愁的时候，计百万那边却飞鸽传书送来三张

请柬，分别邀请华山派少掌门冷西风、万柳山庄的少庄主柳若松以及云南大理段氏的小王爷段小鹏前往谷中一聚。

这三位都是江湖后起之秀中的佼佼者，云千秋死后也就这三人最有资格继任下一任盟主。但是，三人的实力不相伯仲，彼此间互不服气、互不相让，要是推选其中一位出来当盟主，另外两位以及他们庞大的支持者肯定不服，这也是盟里潜在的一大难题。

搞不好，祸起萧墙。

但是，计百万突然而来的这一出仿佛解决了盟里久悬不决的大难题。

众人都知道，计百万诡计多端，他邀请三人入谷，肯定没安什么好心，有可能是临死前还要拉这三位翘楚垫背，力挫正气盟的锐气。但是三人如果想当盟主，如果连入谷向这病虎补刀的勇气都没有，未免令人看不起，就算当上盟主也难以服众。所以，三人明知道药王谷是龙潭虎穴，也不得不应约入谷。盟里众人自然也公开表态，谁能杀死计百万并且走出药王谷，就推选他为下一任盟主。

所以，三人进谷的心情和滋味，真的难以言表……

段小鹏走过小径，眼前豁然开朗，药王谷已呈现眼前。谷中奇花烂漫，景致怡人，他心里明白，这里凶险异常，稍不留神便会死在这些花花草草下。

他步步为营，神经绷得紧紧的，一边握紧剑鞘，一边小心翼翼地环顾四周，随时都会拔出那一柄锋利的三尺宝剑。同时，他怀里还藏了十八支精钢打造的飞镖，七个江南霹雳堂制造的雷火弹，一件西域天蚕丝织就、刀枪不入的宝衫，当然还有十多颗能解百毒的天香牛黄丸，这些都是他的家臣部将尽最大努力给他准备的法宝。

计百万虽然说请他们三人到谷内一聚，但请柬上并没说清楚在谷内什么地方等他们，像是有意和他们玩捉迷藏的游戏，偌大的一个药王谷，占地百亩，真不知道他藏到了什么地方。谁能够先发现计百万，谁便可以第一个杀死他，或者说第一个死在计百万手上，一切但随天意了。

其实，这么厉害的对手躲在暗处，一般人早已吓得寸步难移。但是段小鹏似乎胆量过人，他仔仔细细地搜遍了每一个可以藏人的地方。从东峰到西峰，从南洞到北洞，每一棵大树，每一堆花丛，每一处流瀑，每一块岩石……任何一处可能藏人的地方他都闯进去了，但是都没有发现计百万的踪影。

和他原先想象的不一样，药王谷并不是机关重重，并不像一朵娇弱的小花也会张嘴咬人的那样，一切都很平静。平静得让人怀疑，这里面到底有没有计百万这么一个人。

而且找了半天，他不但没有发现计百万的踪影，也没遇见冷西风和柳若松。他心中奇怪，暗忖："他们是遭了计百万的毒手，还是已经杀了计百万出谷领功去了？"不觉到了中午，他胡乱吃了点干粮，又继续寻找，不觉日影西移，暮色渐渐降临。

药王谷已被搜寻了一遍，能藏人的地方都搜过了，除了……他一抬头，只见谷中屹立着一个小土坡，土坡上光秃秃的，无花无树，如同平地。这绝对不是一个藏人的好地方，藏在那里肯定会被发现，一旦被发现那就无路可退，除非飞下来。

他进谷的时候就发现了这个小土坡，但他认为聪明绝顶的计百万不至于掩耳盗铃吧。可现在就剩这个地方了，他一咬牙，奋力攀登这座陡峭的土坡。

很快上了坡顶，大大的月亮已经爬上夜空，仿佛就悬在这个光秃秃的坡顶。月光之下的坡顶摆着一桌、二凳，一名身穿灰色长袍的老者安然坐在其中的一张凳子上。

段小鹏全身一震，计百万果然就藏在这里！

计百万看上去七十多岁，鹤发童颜，目如朗星，颇有一副仙风道骨的模样。此时，他脸带笑容，目光慈祥，一点也不像身受重伤的样子，似乎在等待良朋赏风弄月。段小鹏也想不到如此和蔼的老人竟是名震江湖，令人闻风丧胆的毒药王，一时也呆在原地，不知说什么好。

计百万倒是对着段小鹏呵呵一笑："你这么晚才找到这里，看来你才是真正想杀老夫的人！"

段小鹏问道："为何这样说？"

桌上有两个酒杯，计百万斟满后道："这谷中能藏人的地方很多，唯独这土坡最不能藏人。你们大概都想，老夫再笨也不会藏在这个危险的地方。于是，想杀老夫的人在谷中瞎找，不敢杀老夫的就早早躲到这里来。"

段小鹏一怔，听他的意思，似乎冷西风或者柳若松早就上了这个土坡，

并且遇到了计百万。他环顾四周，却又不见任何尸体、兵器，也没有任何打斗过的痕迹。

"不用找了。"计百万淡淡地道，"他们都已经被老夫打发走了，他们几乎是同时来、同时走的。"

"他们走了？"段小鹏大感诧异，二人都是江湖有名的年轻高手，本领高强，怎么面对这一件旷世奇功，却不敢拿下？

看见段小鹏将信将疑，计百万嘿嘿冷笑："我计百万是什么人？药王谷又是什么地方？他们原本打算躲在这里，看你和老夫拼个你死我活，最后来个渔翁得利，没想到老夫偏偏就在这里等他们。他们见到老夫倒是客气，左一声'前辈'，右一声'先生'，并无与老夫动手的意思。"

冷西风和柳若松并非相约一起来到这土坡上，他们只是不想遇到毒药王，不约而同地想躲到这个土坡来。他们从不同方向上坡，可没想到一上坡就遇到了对方，看上去就像是约好的一般。然而，当他们意外发现早已等候在此的毒药王时，却连回避的机会都没有。

"这两个小子对老夫还算尊重，老夫十分欣慰，就让他们安然无恙地离开土坡，并且回去跟正气盟的那群笨蛋宣称：'计百万已服毒化尸了'，老夫从此消失于江湖。"江湖中人都知道计百万曾经讲过，若是有朝一日他即将身故，不论是中毒受伤还是阳寿将尽，他都会服下一种奇特的毒药，不但能立刻毫无痛苦死去，而且连尸体也会化作随风飞舞的粉末，不留下一点痕迹。也就是说不管生死，高傲的毒药王都不会给敌人留下一点羞辱自己的机会。

"他们答应了？"段小鹏忍不住问。

"敢不答应？"计百万极其傲慢地冷笑，指着桌上的两杯酒，"他们如果不同意，老夫也懒得和他们动手了，不过料想他们也不想和我动手，不管是老夫的武功还是毒药，他们都不想尝试。所以，老夫只和他们比比胆量，两杯酒其中一杯是毒酒，大家一起喝下，谁生谁死，统统交给老天爷。可惜，他们没有冒这个险的勇气。"

段小鹏知道二人当时的想法。是的，毒药王的酒谁敢喝？虽说他们喝到毒酒的机会只有百分之五十，但是计百万下毒的本领出神入化、鬼神莫测，他要使哪一杯酒有毒，还不是随他老人家高兴？段小鹏叹了口气，想不到他们二人在江湖中大名鼎鼎，原来也是外强中干、贪生怕死。

"既然完全不敢和老夫斗，那就只有像奴隶一样死心塌地给老夫办事了。"计百万捻须道，"不过，老夫向来不会亏待人的，老夫也给他们备了厚礼。当着他们的面，老夫送了柳若松一本由老夫编录的古今中外各门各派的剑谱总集，名为《百万剑经》；又将收藏于海外秘岛、价值连城的藏宝图送了冷西风，那是汇聚了七大海域的海盗首领几代人搜刮抢夺的巨大财富……现在轮到你了！"他忽然目光如炬，看着段小鹏："只要你肯做同他们一样的事情，老夫同样送你一样同等珍贵的东西。"

是的，只要三人出去都口径一致地说计百万服毒化尸了，正气盟众人都会深信不疑，这样计百万就有机会逃遁了。

段小鹏叹了一口气，有点无奈地问："我答应你，你又打算送我什么东西？"

计百万十分兴奋，道："你走运了！事实上，比起剑谱与藏宝图，老夫认为这件东西才是世上最厉害的！它就是穷尽老夫以及祖师爷三代人心血编制而成的《百万毒经》，几乎囊括天下所有厉害的毒药、毒水、毒虫、毒器、毒法、毒功，谁能学全了它，就可以颠倒阴阳，操控生死，令众生俯首称臣，成为这世间至高无上的神！"说到精彩之处，计百万也不禁激动起来。

段小鹏看着眼前这个疯狂的老头子，思索了良久，忽然摇了摇头道："我对你的《毒经》没有兴趣。"

计百万惊讶地问："那你要什么？"

段小鹏迎着他的目光，一字一字地道："我要你的命！"段小鹏猛地大喝一声，腾空而起，来个猛虎扑食之势，拳掌并用，迅捷地攻向计百万！这一招凝聚了他的毕生功力，直可开山裂石。这决胜的一招，让他抛开所有包袱，宝剑、飞镖、雷火弹全部不用，就用自己最擅长的必杀技。不管是谁，只要被他一击而中，必定吐血而亡。

忽然之间，他只觉眼前一黑，头冒金星，一身功力如泥牛入海，瞬间消失得无影无踪。"啪"的一声，整个人从空中跌下，重重地摔在地上，离计百万还有一丈多远。

计百万大声呵斥："你不是云南大理的段小鹏，你是谁？"

段小鹏没想到自己这么容易就着了计百万的道儿，到底是怎么中了他的手法，那真是一点都察觉不了。

他虽然全身无力，但也努力站起来，即使是死也不想在对手面前丢了骨子里的硬气。他往脸上一扯，扯下一张人皮面具，露出一张黝黑的脸来，赞道："不错，我确实不是段小鹏，我叫陆小丹。说了你也不会知道我是谁，我只是江湖上默默无闻的一名浪子而已。"

计百万叹口气："没想到段氏后人也是胆小之辈，竟请了你来送死。段小鹏啊段小鹏，你大概不知道，你不来药王谷，再过两个时辰，你就会五脏俱裂、毒发身亡了！"

陆小丹觉得奇怪，段小鹏远在谷外一处豪华大宅之内，如何会中他的毒？

计百万看出他的疑惑，冷笑："知道为什么你一跌倒，老夫就知道你不是真正的段小鹏吗？老夫先前派人送了三张请柬给他们三人，让他们当着正气盟众人的面接下并拆开。其实，请柬上面蘸了一种名为'初见欢'的慢性毒药，无色无味，会随着请柬打开钻入人体。只有到了药王谷，闻一闻漫山遍野那些老夫亲自栽种的药花'再见好'的香味，这毒才会自然而然解开。但是这种药花本身也是一种毒物，单独吸入会中毒。刚才见你跌倒之状，我就知道你没有吸过'初见欢'，闻了谷中药花反而中毒了！"

陆小丹恍然大悟，心想那段小鹏知道前来药王谷九死一生，苦苦找人代替他，不想还是机关算尽，反害了自己性命。一抬头，明月当空，仿佛可以看到段小鹏在遥远的地方口吐鲜血的惨状，不禁发出一声叹息。

"可是老夫不明白。"计百万很诚恳地问他，"江湖中人对毒药王闻风丧胆，你到底收了段小鹏多少银子，肯替他卖命？"

"我没有收他的银子。"陆小丹道，"段小鹏身娇肉贵，来药王谷九死一生，他自然不愿前来。他的一个门客认识我，知我秉性，便献策让他三顾草庐，亲自上门央求我替他来杀你。"

他想起那也是一个月色大好的夜晚，他正在草屋休息，院子里来了三个不速之客。为首便是尊贵的段小王爷，看身材和陆小丹十分相似，此刻竟然降尊纡贵向他跪下，求他效法荆轲、专诸，替他前去诛杀计百万。段小鹏说得声泪俱下，说手刃这个作恶多端的大魔头，乃侠道中人分内之事，虽万死而不辞。若不是自己皇室血脉薄弱，背负祖宗社稷的重任，自己肯定会亲去药王谷。

陆小丹一眼就看出对方的虚伪，他并不傻，不想自己的牺牲成为别人欺诈的结果，便什么也没说，只是冷笑着看着这人的丑陋行径。

　　段小鹏还以为他在等自己开条件，嘴角闪过一丝得意之色，拿出一张价值十万两银子的大通钱庄银票递给陆小丹，道："这是订金。事成之后，你还可以来我大理封侯拜爵。你若遭遇不测，我必荫庇你的妻儿，保她们终身富贵。"

　　陆小丹没有接银票，淡淡地道："在下尚未娶妻，亦无儿女。"

　　段小鹏一怔，马上便道："那你的父母，即是我的亲生爹娘，我必尽孝道，让他们颐养天年。"

　　陆小丹不屑地一笑："在下孤儿出身，无父无母。"

　　段小鹏看着这个原以为可欺可骗的少年，感到失望，知道再也开不出可以打动他的条件。忽然，他拔出长剑，招呼两名门客一起攻向陆小丹。他杀伐果断，既然陆小丹不为自己所用，那就索性斩草除根吧！

　　可是，陆小丹早有防备，他竟然全然不避，直迎着段小鹏的剑锋，使用一记擒拿狠招，完全就是同归于尽的打法。段小鹏的武功本不在陆小丹之下，可他没想到陆小丹一出手就是拼命的狠招，气势一泄，略一迟疑，竟然被陆小丹一下子扣住手腕制服了！

　　"对付计百万，只有一出手就拼命才有机会，懂吗？"陆小丹冷冷一笑，却出人意料地放了段小鹏，顺手要过他的门客带来的人皮面具以及段小鹏的佩剑，言下之意，愿意代替段小鹏进谷，但是他什么都不要。

　　然而，就在刚刚，他脑海中幻想过千百遍一击即中的刺杀狠招，最终还是没能碰到计百万的一根毫发。

　　"可是老夫和你无冤无仇啊。"计百万忍不住问。

　　"老毒怪！"陆小丹怒道，"陆家庄的百姓和你不也是无冤无仇？你却拿他们来试药，害得庄里上万人口危在旦夕！这等恶行，我陆小丹就是赔上性命也要把你诛灭！"

　　江湖中人虽然暗骂计百万"老毒怪"，可是谁也不敢当面这么说他，否则那就是老母猪拱粪堆——找死（屎）了！

　　谁知，计百万不怒反笑，问道："你是陆家庄的人？"

　　"不是。"

"陆家庄有你的亲人？"

"也没有。"

"可是你也姓陆？"

"凑巧而已，在下浪迹天涯，孑然一身。"

"就是说你和陆家庄没有一点关系？"

"是的。"

"那我就不明白了。"计百万很认真地问，认真得像个不耻下问的学生，"既然你和他们没有任何关系，你何故替他们前来送死？"

陆小丹怒道："因为我不想你再去害更多的人了！"

"说得好！"计百万没有生气，反而哈哈大笑，"不错，老夫作恶多端，罪不可赦。可是以你的武功又杀不了我，那么老夫给你一个和我同归于尽的机会，你敢吗？"

他指着桌上两杯酒，叫道："冷西风和柳若松是对的，其实这两杯酒都是毒酒，而且是混杂了十七种老夫平生最得意的毒物炼制而成，名唤'百毒之王'，你敢不敢喝？"他穷一生之力炮制出来的"百毒之王"，喝下准叫你求生不得、求死不能，那种惨况必然比在十八层地狱受的煎熬还要恐怖万分。他自信天下无人敢尝他的"百毒之王"，可是他蓦地发现自己错了，眼睛瞪得大大的，看着软瘫无力的陆小丹，正脚步蹒跚、一步一步地走向桌子旁边。

"你真的要喝此酒？"计百万瞪大了眼睛。

陆小丹没有回答他，嘴角露出一丝冷笑，坚定地拿起酒杯，猛地一饮而尽！

酒杯向下，一滴不剩。

计百万脸色渐变，他虽然性情古怪，但是一向恪守承诺，蓦地拿起酒杯送到嘴边，缓缓地咽下里面的液体。

陆小丹看他喝完毒酒，心满意足，坐在地上，等待死神的降临。此时此刻，他忽然充满了好奇，这神秘莫测的"百毒之王"，到底是什么滋味？肠穿肚烂？五脏俱焚？还是刀剜针刺？这样想着，反而有点期待了。

然而，猜想的种种滋味都没有出现。突然间，陆小丹心房大跳，猛地出了一身冷汗，仿佛一觉惊醒，丹田之中真气翻滚，如碧海扬波，汹涌澎湃。他乍然一惊，一弹而起，竟然身轻如燕，一弹三丈，一身内力滔滔不绝，竟是前所未有之充沛，这到底是怎么回事？

忽然，一个衰老而深沉的声音传来："孩子，你喝的是老夫用'黑蛛壁虎'浸泡的药酒，不但增长你一甲子的功力，而且从此百毒不侵，只要好好修行，这世间还真找不出谁是你的对手了！"只见计百万脸色惨白，气若游丝，一下子苍老了许多。他的嘴唇、眼眶、脸庞均呈紫黑色，分明就是中毒的迹象。

陆小丹大为不解，以计百万的本事何以会自己喝下毒酒？"黑蛛壁虎"据说是千年难遇的珍品，是在雷电交合之夜，一道闪电的末梢击打在老树干上，促使毒蜘蛛与黑壁虎交配产下奇卵孵化而成。千百年来，有史记载的只有一人有机缘和福分服用过，那人曾经当过正气盟的盟主，在当时真的无敌于天下……

"难道……"陆小丹不禁脱口而出："你是故意的？"

计百万呵呵一笑："世上可以毒倒计百万的只有一个人，那个人就是计百万自己。"言下之意，是他自己服下"百毒之王"，却将"黑蛛壁虎"用高明的手段神不知、鬼不觉地调换给了陆小丹。数年前，他获得一只"黑蛛壁虎"，将其炮制成药酒，却一直舍不得喝。冥冥中，似乎要等它真正的主人。

陆小丹扶起他，脸上充满疑惑："你为什么要这样做？"他不明白，计百万明知自己要杀他，为什么反而以德报怨，将此等神物赐给他？

计百万目光深邃，仿佛陷入数十年前的回忆之中，悠悠诉说前因。在江湖人眼中，他是个亦正亦邪的怪人，有一身惊世骇俗的本领，却不被世人理解。他一生以惩恶扬善为本，最痛恨的就是那些伪善之徒，这些人打着行侠仗义的旗号，实质上却贪婪狡诈，背地里尽干些伤天害理的事情。当他把这些拥有好名声的人清理掉，别人便以为他忠奸不分，行事怪癖。他为人心高气傲，睥睨天下，自然也懒得与人辩驳。久而久之，邪道中人不敢惹他，正道中人对他敌意渐盛。

没想到陆家庄之事发生，他遭遇了正气盟的联手重创。这正气盟每隔一段时期，便会组建一次，这次组建却是因他而起。盟主云千秋是个睚眦必报之人，早年曾与他有过一些不为人知的恩怨，所以这次云千秋会盟颇有点公报私仇的意味，不顾一切对他展开疯狂追杀。对此，计百万是心知肚明的，但是高傲的他没有揭破，在他眼里揭破云千秋的小人行径，反而

有点示弱了。

——哪怕是与整个江湖为敌，哪怕是死亡，不可一世的毒药王也不愿示弱于人。

甚至，要强的他，连毒都没有施过，只是凭一手变化莫测的剑法与云千秋以及正气盟大批高手周旋，否则正气盟早已有大量人员死伤了。

到了后面，他又产生了一个更为奇怪的想法，他觉得正气盟还是很有趣的，反而想保护这个正气盟。只要这个联盟沿着正道的方向走下去，他对牺牲也不在乎。

古怪之人，当有奇思妙想。

所以，临死之际，他突发奇想，要借"百毒之王"来测试段小鹏、冷西风和柳若松这三位盟主候选人是不是侠骨丹心、勇者无惧的真英雄。他生平遇到不少伪君子，也上过他们的当，受过他们的骗，所以很担心正气盟将来会落入伪君子手中，最终危害武林，便设下这条毒酒计。三人如果是真英雄，就会不顾一切地要铲除他这个大魔头，不惜喝下这杯毒酒。

岂料，段小鹏怕死，冷西风和柳若松贪生，俱是轻义重利之徒，令人失望之极。可他万万没想到，通过测试的竟然是一个默默无名、意外闯进谷来的愣小子。

计百万长叹一声，显然对三人充满惋惜，从怀里掏出一本厚厚的册子，上面写着"百万本草"四个篆字，递给陆小丹。那是他毕生对毒物、医术的钻研所得，堪称世间至宝。

"陆家庄的人中的本来是另外一种瘟疫，世上尚无医治的方法。老夫突发奇想，决定兵行险着，将它转变成现在这种瘟疫，这样既为庄民拖延了死亡时间，又赢得了治疗的机会。可是云千秋却撒播谣言，说是老夫下毒，害得老夫遭此大劫。唉！"

陆小丹听完计百万的讲述，如遭晴天霹雳，没想到陆家庄的瘟疫是这么一回事，也没想到计百万会有这番苦心，心中慊疚，难过得说不出话来："前辈……"

计百万轻微地摆摆手，嘱咐陆小丹："破解新瘟疫的方子，我已写好，就在第三百七十一页。"

陆小丹双手颤巍巍地接过医书："前辈放心，我现在就去陆家庄按照你的法子消除瘟疫，拯救这些可怜的百姓，完成前辈的心愿。"

计百万惨然一笑，道："去吧，谷外有些东西别忘了拿。呵呵，毒药、剑王、百万计，世人都当老夫施毒的本领最强，其实老夫的计谋才是第一……"他已经油尽灯枯了，嘴巴犹在微微翕动，似乎在诉说什么。

陆小丹将他扶了起来，将耳朵凑近他嘴边，想听他还有什么遗言，却听到他用微弱的声音在唱着一首早已失传的短歌：

"药兮药兮，

怜我世人救疾苦；

药兮药兮，

大慈精诚济苍生。"

……

蓦地，陆小丹感觉双手所托变轻。计百万的身体开始慢慢变化成碎片，被微风一吹，又转化成一阵散发着淡淡药香的粉末，如指间之沙从他双手慢慢地溜走。名震江湖的毒药王，就如一缕青烟般从这个世界上消失了。

陆小丹一阵难过，在月光之下徘徊了很久，这才依依不舍地下了土坡，一步一回头地走出了山谷。

他不想回正气盟，那里太多乌烟瘴气，想必会有无数阴谋诡计在等着算计那本《百万本草》。这本药书关系着近万人的性命，他必须把它带到陆家庄，实施计百万破除瘟疫的办法。

将近谷口，陆小丹忽然发现前面直挺挺地立着两个人影，其一动不动，仿佛僵化了一般。

陆小丹闪到一旁，在暗中观察了一会，这才慢慢走近。原来是冷西风和柳若松，只是他们都已经死了。他们彼此的长剑直插入对方的要害，显然是突然发难偷袭对方、自相残杀而死的。

长剑插得太深，以至于架着他们的尸体直直地立在地上而没有倒下。他猜得不错，二人确实是自相残杀而死的。他俩分别拿了计百万的剑谱和藏宝图后，便逃也似的赶紧下坡。

到了坡下安全的地方，冷西风忽然想起了什么，说了一句："段小鹏。"柳若松马上会意。是的，他们回想刚才的情景，便可以推断出段小鹏应该还没找到计百万。二人均好奇："这小子若是找到这里，又会发生什么事情？"

于是，二人不约而同地找了个地方藏了起来，守着上坡的路，等候段小鹏前来。

他们没想到的是，过了大半天，夜幕降临之际，才看见段小鹏往土坡走去。他们当然不知道这个段小鹏其实是陆小丹。

陆小丹不像他们那么快，二人在坡下等了很久都不见他下坡，不约而同地想，不识好歹的段小鹏肯定是想捡个漏，手刃了毒药王回去当盟主，不然不可能这么久都不下来。但要杀毒药王又谈何容易？肯定是偷鸡不成蚀把米，反送了卿卿性命。

等到月上中宵，二人确定陆小丹再也不可能下来了，加上也不想在药王谷再待下去，这才同时现身。

二人心怀鬼胎，满脸笑容地打起哈哈，一路同行有说有笑，还谦让由对方来当正气盟的盟主。最后在这谷口之处，他们突然向对方祭出杀招，竟然同归于尽了。

而在他们旁边，计百万的剑谱和藏宝图静静地躺着，仿佛在等待它们的新主人。

陆小丹一怔，想起计百万临终前那句古怪的遗言，叫他不要忘了拿走谷外的那些东西。难道这送给了冷西风和柳若松的剑谱和藏宝图，就是计百万要他不要忘记拿的东西？只是计百万是怎么算到，这些东西一定会落在这里？

他百思不得其解，低头思索良久。蓦地，他恍然大悟，忍不住"啊"的一声叫了出来！想那计百万眼光之准、心思之密，确实是冠绝当世，无与伦比，不由得佩服得五体投地。

冷西风酷爱剑术，师门又是以剑立派，自然无限追求剑道，计百万却送他藏宝图；柳若松的万柳山庄奢华富丽，花销巨大，近年来左支右绌，实在太需要银子了，计百万却偏偏送他剑谱；虽然都是价值连城的宝物，却非投其所好，这巧妙的安排导致了二人的疯狂争夺。

他们只道段小鹏已死，计百万已逝，未来武林盟主必在二人之中产生，为了名利双收，于是拼了命要将对方置于死地。

计百万算透了人心，虽不施毒，却将人毒死在数里之外，"毒药剑王百万计"的奇谋妙计果然才是真正的"百毒之王"！

陆小丹想起计百万临终的话，冒了一额的汗，也不禁唏嘘，他们如果不是贪婪成性，外君子、内小人，这"百毒之王"的毒性再剧烈千倍、万倍，又如何能够伤得了他们？

剑圣

齐横海

淅淅沥沥的秋雨下个不停，由天上落到人间，委婉得如情人在呜咽。一场秋雨一场寒，料峭的寒意随着秋风直袭客栈。这客栈名唤"回头客栈"，开在壁立千仞的剑圣峰半腰，自然不是普通的客栈。

齐横海毫不在意客栈内的敌意有多么肃杀，只是静静地看着外面漫天的雨帘。若不是这场留客的雨，此刻他会在剑圣峰的绝顶摩云台仔细地观察地形，为后天与"剑圣"凌大先生的决战做最后的准备。

三十多年来，与凌大先生一战是谁都不敢妄想的事情。那是一个神一般不可超越的人物，因为他的存在，正邪两道各安本分，江湖井然有序，大家过着太平无事的日子。

要是在三个月前，齐横海提出要和凌大先生一战，肯定会沦为世人的笑柄，人们只会当他是疯子，而不会当一回事。可是自从经过那次天下精英云集的问剑大会后，齐横海这个名字便一夜之间悄然走红，成为人人挂在口中的名字。

大小三十余战，出手只是电光火石的一剑，所有人便败得彻彻底底、干干净净。

问剑大会，原本是"剑圣盟"为了让天下人敬重凌大先生而设的，每十年召开一次。天下才俊十年磨一剑，济济一堂，在这剑圣峰下的大会上使出浑身解数，只要得到大会主持和评委们的青睐，便可在万众仰慕的目光下走上剑圣峰，问剑于凌大先生。因此，这条上山之路便被称为"扶摇大道"，意思取自"大鹏一日同风起，扶摇直上九万里"，是说只要通过问剑大会得到剑圣的点化，便可脱胎换骨，剑术突飞猛进，鹏程岂止万里。事实确实如此，凡是通过问剑大会从扶摇大道登上剑圣峰的，日后无不成为江湖中大名鼎鼎的人物。

在众人看来，齐横海是与众不同的，他不像是诚心问剑的，他更像是前来"搞浑"的。一对一、一对二、一对多……在他看来对手是什么人、有多少人都不重要，只要和他交手，他就要他们输得一点面子都没有，以至于过了很久都没人敢上台挑战。

最早反应过来的是大会主持人龙泉山庄的公羊乾先生，他对齐横海道："你可以上山了。"

齐横海笑了笑，道："你不和我比试比试，就让我上山？"

顿时，一片哗然。

公羊乾是武林中的前辈大师，当年便是剑圣盟中仅次于凌大先生的剑术高手之一。这些年更是精益求精，剑术造诣已登峰造极，深不可测。这些年一直作为凌大先生的代表主持问剑大会，备受武林同道尊重，想不到这个年轻人竟敢冒犯他的尊威。

别人的狂妄，公羊乾大可一笑置之。但是眼前这个年轻人的剑法诡异神奇，也激起了他的争雄之心，于是他离座应战。擂台上顿时凝聚着肃杀的剑气，片片吹落到台上的树叶围着公羊乾一圈圈地转，碰在公羊乾身上立刻化为灰烬。台下众人被他一波又一波的剑气压得连大气也喘不上一口，纷纷猜想齐横海这回要倒霉了。

公羊乾先出剑，但是齐横海后发先至，电光石火的一瞬，公羊乾的长剑便脱手而出。胜负骤分，台下顿时大声鼓噪起来，想不到连公羊乾这样的大高手也避免不了如此可怜的结局。

公羊乾也不敢相信眼前发生的事情，他看着齐横海，忽然气急败坏地骂道："你的剑法不在凌大先生之下，还来问剑大会干什么？"言下之意，像齐横海这样的高手已经可以自成一派，根本不需要凌大先生指点。他是个直性子，没想到自己的话会立刻引来极坏的影响。一直以来，江湖中都没有人动摇过凌大先生的权威，而齐横海竟成了第一人。公羊乾将齐横海称为可以和凌大先生并列的人，齐横海在众人心目中的地位立刻拔高了许多。台上台下立刻像炸开了锅的沸水，议论纷纷。他们相信公羊乾的眼光，也相信齐横海的剑法，从此凌大先生的神圣地位便不再独一无二。

公羊乾力竭声嘶地大叫："你究竟来干什么？"

齐横海笑了笑，低垂的长剑缓缓举起，直指高耸入云的剑圣峰。众人仿佛看见一道凌厉的剑气直射上天，射向那个神一般的人居住的地方。

众人这才恍然大悟，这是齐横海下的战书。他自始至终都不是来问剑的，而是来挑战凌大先生的！

这真是剑圣盟创立以来，破天荒的第一回。有人认为齐横海狂妄，可

连公羊乾也败在他手里，他就有资格狂妄；有人为凌大先生担心，毕竟他已是七十多岁的老人，比起少年气盛的齐横海会力有不及；亦有人窃窃暗喜，希望凌大先生败于齐横海之手，从此走下神坛……过了一会儿，天上地下静悄悄的，大家都抬起头望着那直插云霄的剑圣峰。

忽然，一条鲜红的丝巾从剑圣峰上缓缓地飘了下来，如一只展翅翱翔的雄鹰。

山下顿时爆发出一阵山呼海啸般的欢呼，凌大先生接受了齐横海的挑战！神就是神，不管对手有多么强大，他永远不会退缩，永远不能认输。

齐横海笑了笑，朗声道："一个月后的今天，摩云绝顶，夕阳西下，一决雌雄。"他的声音不大，却是回音阵阵，直达上天，似乎在向凌大先生示威。然后，他轻身走下台，众人自动让开一条小路，让他扬长而去。

"老子跟你拼了！"随着一声暴喝，客栈内混沌的敌意骤然被划破，一个彪形大汉抢起一柄足有二百斤重的开山大斧，当头劈向齐横海。

齐横海无奈一笑，就在大汉贴近的一刹那，他的酒杯猛然飞出，"砰"的一声打在大汉的膝盖上。那大汉"啊哟"一声，一个倒栽葱，巨大的身子就在齐横海旁边滚过，骨碌碌地滚出客栈大门，也不知最后滚到哪里去了。

客栈老板对小二叫道："快给客人换过一只酒杯。"小二连忙答应。齐横海向客栈老板点点头，道："谢谢。"那老板打个哈哈，示意齐横海随意。

齐横海不认识这大汉，但他知道这大汉为什么要劈他。这些日子，他接二连三地遇到这样的麻烦，尽管他早有准备，但那些不怕死的阿猫阿狗你方唱罢我登台，令人不胜其烦。

这也不难理解，凌大先生威名早立，恩德广播，自然会有许多愿为他肝脑涂地的人。他们为这场决战中的凌大先生感到不平，擅自出头想阻止齐横海。毕竟齐横海才年约三十，血气方刚，而凌大先生却比齐横海老了三十多岁，已是日暮西山，早就过了人生最鼎盛的时期。然而，越是多人擅自替凌大先生出头，就越显得胜利的天平逐渐向齐横海靠拢，齐横海甚至想象得到凌大先生那气急败坏而又力不从心的样子，心里暗自偷笑。

的确，年轻是齐横海在这场决战中一个极大优势。高手相争，往往毫厘之差、一分血气便能够左右胜负乃至生死。不过，齐横海不会因为避嫌而错过与凌大先生一战。这不是因为齐横海有多恨他，恰恰相反，齐横海对他崇敬了多年……

那是十年前，齐横海正二十年少。因为蝗灾，齐横海携着老父老母从家乡往洛阳迁徙，在驿道上遇上一伙丧尽天良、杀人如麻的贼人。这伙贼人连一贫如洗的难民也不肯放过，有财劫财，有人劫人，凶残之极。

齐横海和父母几乎走散，急得差点就哭出来。就在这时，凌大先生出现了。夕阳西下，北风吹得他的白袍鼓动起来，如波涛汹涌的云，又如巍峨不动的山。他脚步轻点，剑尖向前，简简单单的一剑从天地混沌之间刺出，浩然正大，疾快无比，一切魑魅魍魉纷纷让路。

这是高贵华丽的一剑，这是祛邪扶正的一剑，谁都无法捉摸。偏偏，从他起手到刺出的整个过程，每个动作仿佛被放慢了无数倍，让齐横海看得清清楚楚、明明白白。

足足十年，这一剑令齐横海魂牵梦萦，在他梦里、心里，反反复复地不断涌现。

他梦想有朝一日，就用这么简简单单的一剑将凌大先生打败。这本是不可能的事情，但是在某个悬崖边的一次意外失足，让这件不可能的事情有机会成为事实。他从悬崖上掉了下来，被一条大蛇卷进一个山洞，遇到了一位世外高人。

他不告诉齐横海名字，也不以真面目见人，总是长期盘膝在地，看着兀兀突突的石壁。他也没有告诉齐横海为什么会生活在这个上不着天、下不着地的石洞内，仿佛他是跳出三界五行的仙人。他教齐横海绝世剑法，齐横海叫他"石壁人师父"。

"石壁人"总是在夜里教齐横海剑法，每次来到悬崖边，都是那大蛇送齐横海进入山洞，看样子那大蛇是石壁人豢养的。齐横海二十岁开始练剑，说实话已过了人生中练剑的黄金时期，且只能在夜里得到石壁人的真传，所以他要付出比一般人更为专注、更为艰辛的努力。

这十年的日子很苦，是那简简单单的一剑支撑着齐横海，让他心甘情愿地练了下来，身边谁也不知道他每个夜里都在偷偷苦练剑法。

"十年磨一剑，霜刃未曾试。"终于，在问剑大会上，一举成名天下知，齐横海等到了跨过凌大先生这座神圣大山的最好机会。

这些日子阻挠他的人有一派掌门，有一方豪杰，还有像刚才那位抢着大斧般的莽撞大汉。有二十多次了吧，齐横海记都记不清了。虽然都是受过凌大先生恩惠的人，但齐横海和他们不同，他崇敬凌大先生，但不是崇拜，他不愿在凌大先生的庇护下生存。所以，无论谁，都别想阻止他和凌大先生一战。

"一出手就制服了鲁北巨灵神雷震霆，厉害！"西北角有两桌汉子站了起来，向齐横海靠拢，"韩氏兄弟在此拜会齐公子了！"这两桌人有老有少，大的有四五十岁，小的只有十六七岁。他们齐刷刷地站着，又齐刷刷地亮出明晃晃的长剑，映得客栈内一片光寒。

齐横海认得他们是如龙山庄的韩氏兄弟，一共有十八人，都是受过"大纯阳剑手"柳雁平指点，而以纯阳弟子自居的。他们是一脉相承的本家兄弟，自结义以来，他们的名字就按他们的年纪顺序而取，如韩老大、韩老二、韩十一等。他们喜欢群行，对敌应战通常是十八人齐出，非常难缠。

韩老大道："这客栈的名字取得好，未到圣峰，及早回头。齐公子，在下的话你明白吧？"

齐横海淡淡地道："我一定要上去。"齐横海话音虽轻，但韩氏兄弟已十分清楚地感觉到他上山的决心。真是话不投机半句多，只有手底下见真章了。

韩氏兄弟快步上前分成两翼，九人一翼，将齐横海包围着。韩老大道："我们兄弟与你往日无怨，近日无仇，只是凌大先生身系天下，我们不容他有半点闪失。得罪了！"

齐横海慢慢站起，忽然飞起一脚，踢翻桌子，道："上吧，一起上。"

韩氏兄弟你看看我，我看看你。突然，韩老大大喝一声，众兄弟齐声附和，十八柄锋利的长剑从不同角度刺来。

齐横海望着这一片剑光，忽然心念一动，脚步轻点，剑尖向前，简简单单地刺出一剑！

就在电光火石的一瞬，这简简单单的一剑华丽而庄严，撕破层层剑雨，韩氏兄弟的十八柄长剑顿时全部脱手，唰唰地插在地板上。韩氏兄弟不敢相信地看着齐横海，韩老大吃惊地道："这一剑是……"

"没错，是凌大先生的剑。"齐横海平静地道，十年前他无比羡慕这一剑，但现在他也可以使出和凌大先生一样的剑了，此刻的心情真是好极了。

韩氏兄弟刚才十八剑齐发，密如雨下，在这客栈的弹丸之地，要避开都是十分困难的，更不要说一剑全破之。凌大先生的剑，韩氏兄弟是见过的，想不到齐横海竟能随意使出，且威力毫不逊色于当年的凌大先生。韩老大摇摇头，暗叹："凌大先生休已。"

韩氏兄弟脸色十分难看，如斗败的公鸡列成两队，垂头丧气、齐齐整整地走出客栈，消失在淅沥的雨中。

柳雁平

客栈陷入一片沉静之中，尽管敌意还没有消除，却没人再来找齐横海麻烦。

客栈老板走过来，对着剩下的几桌客人叫道："韩氏兄弟哪一位不是一流的剑手？你们自问比他们还强吗？"

众人面面相觑，忽然有人站起来，头也不回地走出客栈。接着，陆陆续续地又有几人离去。

一对夫妇路过齐横海的桌子，那男的对齐横海道："我们夫妇是'草原双鹰'，自问不是你的对手。我们阻止不了你和凌大先生决战，但是即使你赢了，我们夫妇也不会服你，更不会听你差遣。凌大先生若是有一点差池，我们夫妇会毫不犹豫地找你拼命。"说完，冒雨离去。

很快，客栈里的其他客人都已离去，但是那股不忿的敌意还弥留在客栈里。

齐横海无惧这股敌意，相反他还为这股敌意感到兴奋。为了这一战，他付出了非常人能及的努力，这一战来得天经地义，他们凭什么阻止他梦寐以求的一战？

过了一会儿，客栈老板走了过来，坐在齐横海对面。

齐横海问："你也是来阻止我的吗？"

那老板是个六七十岁的老人，面容慈祥，颇有儒相。他摇摇头，道："这些人对凌大先生倒是死心塌地，只是他们不懂箭在弦上，岂能不发。

凌大先生既然答应了你的挑战，这场决战就一定得进行。"

齐横海知道这人在剑圣峰山腰建此"回头客栈"，意思就是替凌大先生劝那些不知天高地厚、意欲一战成名的家伙及早回头。这个"劝"的含义非常丰富，既可以通过四书五经，也可以通过明枪暗箭。他看了看这人的手，知道这也是一只练剑的手。齐横海好奇地看着他，这人如果不是阻止他和凌大先生决战，那又是什么目的？

那老板似乎知道齐横海想什么，严肃地道："你必须和凌大先生决战，但是我希望你可以输给他。"

"要我输？"

"是的，"那老板认真地道，"我要你让剑于凌大先生，全他不败之名。"

齐横海仿佛听到天下间最大的笑话，忍不住哈哈大笑："要我让剑，凭什么？"

那老板一点也不觉得好笑，极其认真地道："理由很简单，因为他不能输。"

齐横海冷笑："他不能输，难道我就可以输？"

那老板不理会齐横海的不满，继续道："有些人你是不能赢的，比如凌大先生。今时的他，已不再是单纯的一个人，准确地说，他是一座山。"

"山？"齐横海奇道。

"是的，山。"那老板侃侃地道，"一座镇在正道、邪道以及朝廷之间的大山，因为大山庇佑，各方相安无事，江湖太平。自古以来，江湖就是一个无法止戈的地方，到处是激流暗涌，你不服我，我不服你，腥风血雨，年复一年。而凌大先生是百世不遇的奇才，他一个人就平衡了各方的势力，维持着江湖的稳定。你若是打败了他，他的威信便会扫地，这种平衡的局面就会被迅速打破。"

他见齐横海听得并不十分明白，笑了笑，道："你可知道凌大先生一生中最重要的三次决战？"

齐横海摇摇头。

那老板目光深邃，思绪仿佛回到多年以前，接着道："你大概不会想到，凌大先生成名这么多年，他最厉害的三个对手、最重要的三次决战竟是在同一天出现的吧……"

如果这世上有天才的话，柳雁平绝对是其中的一个。柳雁平出身号称"天下第一庄"的纯阳剑庄，他的先祖曾经是威震天下的第一剑客。曾几何时，天下归心，纯阳剑庄是江湖中人人朝圣的地方。可惜好景不长，纯阳剑庄一代不如一代，日渐衰落，传至柳雁平父亲这一代，已是门可罗雀，不复当年的光彩。

五岁那一年，柳雁平第一次从父亲那里看到剑。那是一柄很普通的青钢剑，五尺二寸长，随便在任何一家铁匠铺花五六个铜钱都可以买到。

然而，柳雁平却为此着迷，把剑握在手里不肯放手。父亲觉得有趣，笑问："你那么喜欢，会使吗？""会！"小孩子十分认真，当场闻声起舞。父亲的笑容慢慢凝结，因为他看出这孩子的剑虽然无招无式，但是一刺一削、一砍一挑全都拿捏得当，仿佛这剑是他的老朋友，每一个动作都使得随心所欲、恰到好处、不差丝毫，即使是练了多年的剑手也未必办得到。

柳雁平越舞越兴奋，越舞越顺手，这普普通通的青钢剑仿佛得到圣人的洗礼，"嗡嗡"作响，异彩顿放，就像虔诚的信徒在诚心祷告。父亲当场就惊呆了，还以为这孩子撞邪了，后来才明白这孩子竟是不世的练剑奇才，天生就知道剑为何物，一拿上手便晓得使用。

在所有孩子中，柳雁平对剑的领悟无疑是鹤立鸡群的。父亲明白，振兴家族，唯有此子。于是他将全部心血都放在了柳雁平身上。可是三年后的一个下午，他再也不敢和柳雁平切磋了。因为如果柳雁平手中不是一柄木剑的话，他的心脏至少已被刺穿二十次，而咽喉起码也被划破三十次了。

烂船也有三斤铁，作为一庄之主，柳父再不济在江湖中也能跻身一流之列，但是不到九岁的柳雁平已完全可以击败他了。于是，柳雁平的"神童"之名不胫而走，导致剑手络绎不绝地上门挑战这个十岁不到的孩童！

但是，小小的柳雁平没让这些挑战者讨到半点便宜，总是让他们输得心服口服。来自东瀛的浪子剑客夏菊香光也被柳雁平打败了，这日本人仰天疾呼："这小孩要是长大了，我东瀛剑道何来立足之地？"他回去大肆宣扬，心狠手辣的东瀛剑派屡次偷袭纯阳剑庄，企图刺杀柳雁平。于是，奇怪的现象出现了，许多中原剑客自发跑来纯阳剑庄周遭，就像一群朝圣的信徒，默默地为柳雁平护法，等待和维护着一个旷世奇才的成长。

这一天，柳父神色郑重，将开启纯阳剑庄剑库的钥匙交给了柳雁平。剑库里收藏的是先祖当年横扫天下的七把宝剑，他告诉柳雁平真正的绝世剑法不是人教的，应该像先祖一样，上山悟剑。

柳雁平把七柄宝剑一一看了一遍，但一柄也没带走，飘然而去。没人知道他去了哪里，这一去就是十年，等他回来的时候，已是二十来岁、神采飞扬的少年。其时，东瀛剑派的泰斗塚本鬼太在门人的前呼后拥下，四处挑战中原各大门派。塚本鬼太的剑法又快又狠，中原各派无人能胜他，颜面扫地。

很快，塚本鬼太就撞上了柳雁平。柳雁平用的是一柄普普通通的青钢剑，对上了塚本鬼太的名刀流火。柳雁平的剑法纯阳刚猛，与其先祖如出一脉，却又不尽相同。只是石破天惊的一瞬，塚本鬼太的剑飞向上空，握剑的手腕被齐刷刷地削断。对于蛮夷倭寇，柳雁平一点留手的余地都没有。塚本鬼太是扶桑一代宗师，哪里受得了这种屈辱？当场用剩下的一只手切腹而死。其门人被吓得抱头鼠窜。

这一战意味着柳雁平王者归来。因为一个人的出现，纯阳剑庄沉寂多年后，又一次高高地耸立在江湖之巅。"大纯阳剑手"的威名不胫而走。柳雁平承载着复兴家族、振兴武林的厚望。

不过，对于谁是当时"天下第一剑"，还有另外一种说法。

"自古正邪同冰炭"，正道出了个天才柳雁平，邪道偏偏也出了个天才罗天王。罗天王是大洪神教的教主，年纪轻轻便一统邪道，降服教中四大法王，从而对正道虎视眈眈。一场看得到的大战一触即发。罗天王与柳雁平同样风华正茂，光芒四射，"洪荒魔剑"与"大纯阳剑"孰强孰弱，各有说法。

五年后，正邪大战终于爆发。柳雁平会盟天下，直捣大洪神教的总坛，双方死伤无数，但终究是正道稍胜一筹，大洪神教撤出总坛，龟缩他处。柳雁平和罗天王没有充分正面交锋，只有寥寥数招，但是大家都可以看出，柳雁平的纯阳剑气占了上风。击溃大洪神教后，柳雁平的声望达到了顶峰。

罗天王不甘心失败，他派人送来战书，约柳雁平一战，输了的一方从此退出中原，不得入关。先前大战，正道虽然稍占上风，但也付出了沉重的代价。众人都知道要完全消灭大洪神教，在目前是不可能的事情。如今罗天王要毕其功于一役，正是大家求之不得的事情。

柳雁平慨然允诺。

这一天，剑圣峰上所有人都热血沸腾地期待着这惊天动地的一战。

谁也想不到，罗天王还没到剑圣峰，一个少年横空而出，向柳雁平挑战。大家都不认识他，只当他是一个妄想一战成名的癞蛤蟆，有的人甚至认为他是大洪神教派来闹事，扰乱正道阵脚的。

少年对柳雁平道："我从你的剑意猜到，你和我一样，这些年在泰山悟剑。"柳雁平一愕，这十年来无人知晓他的行踪，他其实是到了五岳之首、雄冠天下的泰山悟剑的。泰山那雄浑壮观的气势，汇聚天地之灵气，让他领悟到了纯阳剑道的至高境界，使他超越了他的先祖。他实在想不到在他悟剑的同时，竟然还有这么一个少年，和他站在同一位置，望着茫茫宇宙，参透至高无上的剑道。

柳雁平无比唏嘘，道："我接受你的挑战，但要在我和罗天王决战之后。"

"不行，"少年固执地道，"必须在你和他决战之前，和我一分胜负。"

柳雁平道："为什么？"

少年道："因为我比你更适合和他决战。"

柳雁平哈哈大笑，出人意料地接受了少年的挑战。其实他有非常充足的理由拒绝少年的挑战，其一，他鼎鼎大名，而少年籍籍无名；其二，罗天王太强，大战前夕，他不能分心，亦不能浪费体力。这一战遭到了大多数正道人士反对。这一战关乎武林的生死安危，不能有一丝一忽的差池，岂能为一时之意气而冒大风险？

但是，决战已经开始了。两个翩翩少年互相对视着，仿佛站在泰山的绝顶之处，看着日出月落、斗转星移。彼此不相识，但又是那么熟悉，仿佛对方就是自己，自己就是对方，空气中传递着他们充满哲理的豪言壮语。

渐渐地，剑圣峰上弥漫着刚劲澄明的纯阳剑气，堆砌成巍峨磅礴的雄山，震慑四方妖魅，令人颤抖。但是少年完全不为所动，可见他的修为颇为深厚。

少年忽然道："我和你悟到的东西差不多，不过还有一境，你没有悟到。"

"哦？"柳雁平愕然，不明所以。他不认为少年狂妄，只是他生平自负，实在想不出还有什么地方他没有参透。

就在这时，少年出剑了。

少年一出剑，柳雁平立刻恍然大悟。他毕竟是举世奇才，一点即透，刹那之间便悟到了少年所谓的那一层境界，立刻出手，自然而然地竟然使出和少年一模一样的剑！

虽然他从来没有见过少年的剑，但到了他这个境界的人，是根本不限于形式的。如同佛家的顿悟，一剑出手，便化作神奇。

只见两道璀璨的光华腾空而起，貌似简简单单的一剑，竟可以包罗万象，这便是"一览众山小"！

这一剑也只有杜工部的诗可以形容，杜甫是诗中之圣，能够使出这一剑的自然就是剑中之圣了。

"他们都使出了一样的剑招，最终谁赢了？"齐横海心中好奇，忍不住问道。他早已猜到，这少年就是后来的凌大先生。他们共同使出的那一剑，就是令齐横海魂牵梦萦的一剑，他到现在才知道这一剑的名字，乃"一览众山小"。

那老板呵呵笑道："你认为呢？"

齐横海尴尬一笑，不想自己听得过于投入，竟问出如此可笑的问题。这一战毫无疑问是凌大先生赢了，否则他也不会成为万人敬仰的剑中之圣。

那老板继续道："柳雁平的悟性和修为一点都不比凌大先生差，只是他自小承载着家族的期望，心中未免多了一丝烦躁。虽然和凌大先生在同一地方悟剑，结果还是有毫厘之差。"

两人悟剑有先后，但实力不分伯仲。柳雁平使出这一剑后，顿觉胸襟比从前更加博阔，只有真正站上绝顶，才有这种俯仰古今的气派。柳雁平对凌大先生是感激的，凌大先生打破了他心中的隔阂，让他又走进一个更为广阔的境界。

剑光熄灭。

柳雁平的脸色忽然变得十分难看，脸上充满了不解。众人一看，都是一片愕然，只见柳雁平握剑的手滴滴答答地流着鲜血！

霎时之间，不屑、不忿、吃惊、责骂……各种声音充斥于耳。刚才两剑明明是势均力敌的，这一点谁都看得出来，柳雁平可谓谦谦君子，见好就收。可是凌大先生却在收剑的刹那，顺势将柳雁平的手划伤。这是近乎偷袭的卑鄙行径，几乎所有人都对凌大先生极为不满。

"为什么这样做？"柳雁平很诚恳地问。在他看来，一个剑术练到这种境界的人，绝不会是卑鄙小人。

"因为我比你更适合和罗天王决战。"凌大先生很诚恳地回答。他的用意很明显，只有把柳雁平弄伤，哪怕是一点小伤，才能代替他出战。

两人实力相当，但柳雁平成名在前，众望所归。若问众人谁更适合出战罗天王，所有人心里都会先入为主，毫不犹豫地选择柳雁平，凌大先生是没有这个机会的。所以凌大先生不惜背负骂名，弄伤柳雁平。这样一来，就再也没有人认为柳雁平比他更适合了。

罗天王

那老板举起酒杯，仰头饮尽，手腕从袖管里露了出来，只见他的手腕有一条褐色的剑痕，好似附在上面的一条小蛇。

齐横海一怔，猛地醒悟，脱口道："前辈，你是……"

那老板微微一笑，道："老夫姓柳。"

齐横海吃了一惊，没想到大名鼎鼎的"大纯阳剑手"柳雁平竟然乔装委身在这小小的客栈里，顿时肃然起敬。

他看了看四周的环境，心中充满疑问，道："千金易得，一战难求。凌大先生夺走了前辈光荣的一战，前辈心中恨他吗？"

柳雁平将一将胡须，道："初时我确有点这种感觉，可是当我看到他和罗天王决战后，我才明白，这叫作'当仁不让'，大英雄、大豪杰就该如此。"

柳雁平伤了手腕，正道人士别无选择，只能让凌大先生代表正道和罗天王一战。

到了决战的时候，山下远处响起了一阵锣鼓笙箫之声，众人知道这是

大洪神教教主的仪仗来了。乐声渐近，忽然一阵阵威猛的野兽吼叫传来。

众人大惊，只见大洪神教长长的队伍里面，走在最前的是一群野兽，分别是五十只猛虎、五十只猎鹰、五十只野牛、五十只黑熊，居然各自布成不同的阵势，并然有序地向着剑圣峰走去。每一群野兽里面都夹杂着几名赤身裸体、涂满彩绘的驱兽人，口中不停地咿咿呀呀地念着奇怪的咒语。每一个阵中，立着一匹蒙眼的高头白马，骑在马背上的就是大洪神教鼎鼎有名的四大护教法王，分别是大齿虎王、大翼鹰王、大角牛王、大爪熊王，都是非同凡响的人物。

"四大法王"开路，这是大洪神教最高的出场仪式，只有教主才能享有的权利，但是并非每一任教主都有福气享受。因为四大法王在教中地位甚高，武功也不会和教主相差太远，要他们降尊纡贵、心甘情愿地充当开路先锋，是比较困难的事情。

但是，罗天王这位年轻的教主做到了。

这时，一声高亢的象鸣从山下传来，接着是"咚咚"的巨响，一头高大的白象在长长的队伍簇拥下，慢步上山。象背上坐着一位气定神闲的少年，正是大洪神教至尊无上的教主罗天王。后面还浩浩荡荡地跟着神教的各堂堂主、各舵舵主、各旗旗主以及各洞洞主、各岛岛主、各谷谷主、各寨寨主等大小高手。

众人奇怪，这剑圣峰虽然说不上是崇山峻岭，但也陡峭无比，白象这庞然大物，如何能轻易上得来？再一看，白象周遭有数名驯象人，不时以掌拍打着象腿，想必是以内力相助白象，使之举重若轻，悠然上山。

上到山顶之后，大洪神教聚集在西边，正道人士在东边，互相对峙着。随着白象领头似的一声鸣叫，那些猛虎、猎鹰、野牛、黑熊等齐齐发出震天般的咆哮之声，整座剑圣峰都在颤抖，明摆着是向正道众人示威和挑衅。

大洪神教这次上山，前呼后拥的人足有一千多，比正道人士还要多。众人原以为攻破了大洪神教的总坛，他们便会元气大伤，没想到他们还有这等声势，都觉得事情有点不妙。

良久，众兽停住吼叫，众人耳边犹自"嗡嗡"作响。罗天王驱象上前，看上去他是那么的高高在上，不可冒犯。许多人原以为这邪教的第一高人是一个面目狰狞的恶魔，但是没想到这罗天王举止文雅，彬彬有礼，竟是眉清目秀的英俊少年，都不禁暗暗称赞。罗天王看见柳雁平那滴血的手腕，诧异地道："柳先生，你受伤了？"

柳雁平点点头，道："所以，今天和你决战的不是我，是他！"说完，指了指站在旁边的凌大先生。

罗天王仔细地打量凌大先生，显然他也不知道凌大先生是什么人，便道："今日是正邪两道之间的一战，不管你们派出什么人，我都不会留手。"

凌大先生大步上前，道："你的洪荒魔剑练到第几重了？"

"第九重。"罗天王回答。众人大惊，要知道《洪荒魔剑》是大洪神教的至高秘籍，共分九重境界。历任教主虽然都无法修炼到第九重，但已经可以在江湖中呼风唤雨，所向披靡。而罗天王这样的旷世奇才竟然练到了第九重境界，委实令人敬畏。

"不，"凌大先生道，"阁下运筹帷幄，决不会做没把握的事情。"

罗天王愕然："你的意思是？"

"第十重。"凌大先生道，"你已经突破了前人，将洪荒魔剑拓向一个全新的境界，所以你有恃无恐，向正道提出这一战！"

此言一出，柳雁平及所有正道人士都脸色大变，在他们的认知范围内，还不知道洪荒魔剑原来可以突破到第十重。如此看来，这场决战想必是罗天王的一场阴谋。他故意放弃总坛，以麻痹正道人士，让他们认为罗天王和神教也不过如此，然后试图突然一战打败柳雁平，将正道一次性驱逐出关。想不到这少年年纪轻轻，竟有这般缜密的心计，众人都打个寒战。

罗天王神情严肃，问道："你见过我的剑吗？"

凌大先生道："没有。武本同源，技本同宗，我只是推断而已。"

罗天王"嘿嘿"一笑，骄傲地道："你推断出来又如何？这一剑只藏在我的心中，从来没有使过，但我知道它的威力惊天动地，我不信你可以抵挡。"

正道众人都有一种上当了的感觉，他们对凌大先生打败罗天王没有抱多大希望，除了一个人，他就是柳雁平。他的悟性也是天下无双的，一听到洪荒魔剑第十重，便境由心生，也立刻悟到洪荒魔剑的第十重是怎么回事。这本不奇怪，"造化钟神秀，阴阳割晓昏"，万物相生相克，他的"大纯阳剑"和"洪荒魔剑"奇正相生，互相克制。凌大先生使他悟到了"一览众山小"之后，他便立刻想通了与他背道而驰的洪荒魔剑还可能存在世人未达之境。

他不禁会心一笑，已明白凌大先生为什么一定要替他出战。因为"一览众山小"恰恰就是这洪荒魔剑第十重的克星。

决战一触即发。

罗天王先出招。他从白象上跃起，一剑刺向凌大先生。他的剑漆黑如墨，在白日映照下尤其炫目，如同一道黑虹。他没有去试探凌大先生的半分虚实，一上来就是洪荒魔剑第十重。

洪荒魔剑每一重都有一种意境，这第十重的意境是"生关死劫"。自古以来，王侯将相也好，凡夫俗子也罢，都必须经历"生、老、病、死"四道玄关。罗天王将这四道玄关融入剑法，凡是"落入"他剑法之中的人，必定要接受生死玄关的轮回之苦。这时他就成了操纵生死的神了，凡人的力量又怎能胜得了伟大的神？

罗天王一出剑，几乎所有人都情不自禁地陷入一阵莫名的悲哀和痛苦之中，整个剑圣峰都是愁云惨雾，仿佛炼狱一般。所有人对凌大先生都不抱任何希望，仿佛凌大先生已绝无获胜的可能。

"生关死劫"，谁又能勘破？

凌大先生纹丝不动，他只是用他的剑对准罗天王，可是奇怪的现象出现了。罗天王那乌黑的剑光从凌大先生身旁一舞而过，竟然没能接近他。

"出剑！"柳雁平旁观者清，忍不住心底暗叫。他看得明白，虽然罗天王的"生关死劫"气象万千，但是凌大先生的剑正从一个意想不到的高度对准了罗天王，就像拿住了罗天王的死穴，"一览众山小"这绝世无双的一剑随时都可以发动，取其性命。

罗天王的处境窘迫，"生关死劫"急转直下，由"生"到"老"，又由"老"到"病"，到"死"，每一次只差分毫，可谓擦肩而过。

柳雁平大急，罗天王每一次变招，都是其剑法最强的时候，恰恰也是破绽出现的时候，他不明白凌大先生为什么还不发动他那一剑？

他一回头，大大地吃了一惊。因为他发现所有人的脸上都是一阵惨痛之色，那神色就和此刻的罗天王一模一样。更令他吃惊的是，众人竟然把同情的眼光都投向了罗天王。罗天王这一剑本意是操纵人之生死，可是蓦然回首，发现自己根本就没有勘破生死，这岂不十分可笑？

到这时，罗天王才发觉洪荒魔剑原来还有他未能达到的境界，就像他未能参透生死一样。他对这未能达到的境界茫然不知，也感到了恐惧，因此他的剑只能十分苦闷地在凌大先生周遭游走，如一条登不了天、入不了地的乌龙。

这种苦闷感染了每一个人，包括柳雁平，大家都觉得很苦闷、很难过。忽然之间，大齿虎王、大翼鹰王、大角牛王、大爪熊王这四大法王快步而出，出掌按在罗天王的背上，将内力源源不断地输入他的体内，要助他打破僵局。

这本是一对一的决战，四大法王出手绝对是违规的，但不可思议的是，包括正道在内的所有人都觉得四大法王的出手没有错，仿佛他们要解救的不光是罗天王，而是剑圣峰上的所有人。罗天王功力陡增，剑圣峰上到处是黑色的漩涡。凌大先生就如万丈旋涡中的一叶孤舟，牢牢控制着罗盘的方向，而罗天王依然无从下手！

在罗天王万般无奈的时候，凌大先生的剑出了。但是他这一剑不是刺向罗天王，而是朝着一个相反的方向刺去。他一出剑，罗天王的剑顿时跟着喷射而出，一前一后，一明一暗，两道剑光如流星划过。

最后，同起同灭，谁也没有碰到谁。

凌大先生抱拳道："恭喜罗教主，神剑终于大成了！"

罗天王长长地松了一口气，闭目沉思。刚才凌大先生本来有机会一剑刺向他的，但是凌大先生知道他剑术上的困境，故意一剑刺向别处，就像在茫茫黑暗中为他指引了一条光明大道，使他胸中的郁闷之气，如长河大江滔滔不绝地宣泄出去。一下子，他的洪荒魔剑又迅猛地拓展到一个空前的境地，竟是到了古今罕有的第十一重！

罗天王如一尊凝固了的石像，屹立不动，只有冷风吹得他的衣袖猎猎作响。在凌大先生的相助下，他的洪荒魔剑练到前无古人、后无来者的境界，只怕凌大先生也未必是他的对手了。举目天下，哪里还有对手？然而，他又该做些什么呢？

齐横海不解地问："凌大先生有机会杀死罗天王而不动手，反而促成他变得更加强大，这是为何？"正道的力量本就不比邪道强，现在还令敌人更加强大，岂不自讨苦吃？

"当时我也不明白。"柳雁平道，"可是很快，罗天王便向凌大先生认输，表示大洪神教遵守承诺立刻远赴西域，在凌大先生有生之年，决不

踏足中原一步。"

"罗天王真的认输了？"这一战比较离奇，毕竟谁也没伤到谁，严格来说，只算平手。罗天王若是立刻提请再战，便可反败为胜了。

"是的，他认输了。"柳雁平道。

"这是为什么？"

当罗天王认输的一刹那，人群中爆发出热烈的喝彩声。赢的一方没有嘲讽，输的一方没有不忿，大家都发自内心地接受了这个结果。于是，这场正邪两道争霸近百年的战事，以邪道退出中原告终。

这传奇一战确实存在很多不可思议的地方。

正道人士不知罗天王的魔剑已突破常规，练至第十重，柳雁平答应和他决战，正中他的圈套。这一战，罗天王本来是稳操胜券的。

谁知，半路杀出个凌大先生，其"一览众山小"又正好克制了罗天王第十重魔剑"生关死劫"。这一战，凌大先生只要把握机会，就能当场绞杀这邪道的一代霸主。

但是，凌大先生不但不珍惜战机，反而出剑指引，助罗天王练成空前绝后的第十一重魔剑。到这时，罗天王几近天下无敌，便轮到他有机会击败凌大先生。

然而，罗天王反而认输了。

柳雁平终于明白凌大先生为什么一定要代替他出战罗天王。要击败罗天王虽说是一件难事，但也不是不可能的事。然而，要让罗天王彻底心服口服，退出江湖争霸，才是这一战之关键。虽然双方有承诺在前，但是承诺这东西并不可靠。两国歃血为盟，白纸黑字，也是说翻脸就翻脸，更不要说率性随意的江湖人士了。罗天王败了，他可以赖账，也可以一死了之，到时就会有张天王、李天王的出现，江湖终究不能太平。武力，只能击败人，却不能击败人心。柳雁平开始不明白这些，所以凌大先生当仁不让，替其出战。

《洪荒魔剑》是大洪神教的镇教至宝，也是大洪神教开创以来的不解难题，历代教徒前赴后继，也未能悟透，为教中一大遗憾。凌大先生成人之美，助罗天王开拓洪荒魔剑前所未有的境界。在罗天王及神教上下看来，这比霸占一千个、一万个地盘堂口还要宝贵。另外，大洪神教发源于西域，一直以来在西域苦心经营，势力庞大，即使回去，教徒们也可以风风光光过日子，不算委屈。

凌大先生以胜求和，罗天王及四大法王感恩戴德，退出中原，阴沉沉的江湖露出一线明亮的曙光。

少年天子

"邪道不入中原，完全是因为凌大先生的恩威。若是凌大先生有何不测，大洪神教只怕又要南下来犯了。"柳雁平呵呵地笑道，看着齐横海。

齐横海知他意在劝说自己不要与凌大先生为敌，忽然问："不是说一日三战吗？还有一战是谁？"

"这第三人就更厉害了，说出来你准会吓一跳的。"柳雁平道，"与此人相比，柳雁平、罗天王根本就是微不足道。"

齐横海心头一震，忍不住问："此人是谁？"

柳雁平一字一字地道："当朝天子。"

齐横海果然吓了一跳。

罗天王及大洪神教等人尚未下山，忽然之间，"隆"的一声巨响，众人只觉地动山摇，整座剑圣峰硬生生地晃了一晃。

众人尚未喘息过来，又是隆隆数声巨响，如同天雷骤降。山上众人和野兽都站立不稳，哗啦啦地倒下一片，死伤无数。

"火炮！是火炮！"有人疯狂地大叫，想不到这绝顶之处竟然还藏有这般的炮火，意欲将正邪两道炸个粉身碎骨。那火炮密如连珠，火力十足，山顶、山腰各处均是尘土飞扬、硝烟弥漫，再这样轰下去，别说众人活不了，整座剑圣峰都将夷为平地。

山上野兽横行，乱糟糟一片，都不知敌人从何而降。这时，只有凌大先生还保持着清醒，他高声大叫："陛下英明神武，难道容不得我们半寸立身之地吗？"他内功深厚，声音盖过炮声，远远地传了开去。

果然，一会儿炮声便停了。众人惊魂稍定，却不知凌大先生为何称那

开炮的人为"陛下"，要知道那是臣子对皇帝的称谓。

忽然之间，山下呐喊声震天动地，从四面八方涌出多路兵马，旌旗招展，黑压压的一片，足足有数万之众，将这剑圣峰方圆数里围了个水泄不通。众人心里凉了半截，想不到竟然是朝廷的军队大举至此，明显要将所有江湖人士一网打尽。

"皇上驾到！"随着一声洪亮的吆喝，一支数千人的队伍浩浩荡荡地上山。众人一看，只见开路的是威武的御林军，接着，五百弓弩兵、五百长枪兵、五百盾牌兵、五百铁锁兵等各类训练有素、铠甲鲜明的兵种依次列阵走过。然后，文臣武将分左右两列，走在一辆巨型的黄旗大车前面。大车周围外三层、内三层地包围着执戟武士，密密麻麻，泼水难进，看样子大车里面必是当朝天子了。大车后面，一群雄壮的武士携十八枚红衣大炮缓缓上山，想必刚才炮轰剑圣峰的，也有它们的份。再后面是什么，因为队伍太长，众人都看不见了。

众人心想，真不愧是天子气派，果然好生威风，罗天王的仪仗与其相比，简直是云泥之别。同时，大家也佩服凌大先生临危不乱，从这炮火的威力便猜到了是朝廷的军队、天子的驾临。

一名郎官朝众人大喝："大胆刁民，见了圣上车仗，还不下跪！"

山上三教九流，什么样的人都有，但从未归于王化，亦不怕死。听那郎官如此吆喝，各种痛骂之声立刻不绝于耳。"我呸！你爷爷跪天跪地跪老母，就是不跪你家皇帝小儿！""设伏暗算，无耻下流，还敢在这里逞威风？""先人板板，有种放下大炮，跟老子真刀真枪干一场！"

这时，大车的黄帘被揭开，一位身着黄袍的少年从车中走出，立于车驾之上，正是当今的少年天子。只见他器宇轩昂，四下环视，不怒而威，各种骂声顿时寂灭。

他的目光落在凌大先生身上，有一种慑人的气势，道："刚才是你在呼唤朕？"

凌大先生躬身行礼，应道："是的。"

"你怎么知道朕来了？"

"天雷阵阵，只有天威才有如此声势。"

少年天子点点头，赞道："不错，是个人才。"他又看了看众人，问："看来今天的决战，是你赢了？" 正邪两道之间的大战令江湖沸沸扬扬，消息传到那宫闱之中的少年天子耳中，引起了他的浓厚兴趣，便调兵遣将，悄然盯上他们。正邪两道线眼无数，却完全没有察觉螳螂捕蝉，黄雀在后，这下子成了瓮中之鳖，插翅难飞。这少年天子运筹帷幄，堪称完美。

凌大先生道："陛下仁慈，还望放我们一条生路吧。"

少年天子没有理会他的恳求，他环视这剑圣峰，只觉长空举手可及，大地臣于脚下，不禁顾盼自雄，叹道："决战巅峰，天下无敌，那是何其快哉的事情！"一个豪情万丈的念头顿时浮于脑海。

他看着凌大先生，大声地道："朕本想轰死你们算了，可是朕忽然改变了主意，朕也要与你在这绝顶之上决一高下，你要是赢了，朕统统放你们走！"此言一出，众人大惊，想不到堂堂九五之尊，竟然也向往江湖人士的生死决斗。只是大家都看得出，这少年天子虽然威武不凡，却非习武高手，绝对不是凌大先生的对手，如果不是傲慢得昏了头，那必定是另有阴谋。

众武士举起戈戟，齐声呐喊："万岁，万岁！万岁，万岁！"为少年天子助威，气势雄伟。

这时，柳雁平和罗天王悄悄走到凌大先生身旁，低声献计，一人道："射杀皇帝，趁乱逃生！"另一人道："生擒皇帝，权当人质！"

凌大先生却不理会二人，诚恳地道："在下修的是庶人之剑，争的是鸡虫之争；而陛下则修天子之剑。天子之剑匡诸侯，抚黎民，天下皆服，在下不是你的对手。"

少年天子点点头，道："你认输了？认输就把你的剑献给朕。"

一名剑客头可断，血可流，但剑不可离手。"束手缴剑"是剑客的奇耻大辱。众人见凌大先生意欲献剑，纷纷劝阻："我们绝非怕死之人，先生不必为了我们受此大辱。""先生决不可认输，我们与他一战，大不了玉石俱焚。""我们合力一击，不信逃不出去一两个。"

凌大先生摇摇头，快步上前，竟然真的将剑献了上去："此剑名曰'无戈'，但愿此剑能化干戈为玉帛，换几年江湖太平。"

少年天子哈哈大笑，从随从手中接过无戈剑，锵的一声拔出，但见剑气如虹，不禁赞道："好剑！"然后又将剑插回剑鞘，道："朕复将此剑，赐还予你！"

凌大先生谢道："谢陛下。"双手接回宝剑。

少年天子非常满意地道:"朕的天下,你的江湖,有你朕就放心了!"说完,沉思了一会,忽然出人意料地下旨:三军撤出剑圣峰,摆驾回宫。三军齐呼:"万岁,万岁,万万岁!"并井然有序地撤出剑圣峰,那"万岁"之声却犹在群峰之间回荡。

众人看得稀里糊涂,不知他们这一来一回的,有什么玄机。少年天子似乎看出大家的疑惑,临走前故意丢下一句话:"朕车中的替身有三名……"

后来,众人才恍然大悟。少年天子的意思是,他车中藏有替身,凌大先生若是答应和他一战,他便可趁入车换衣之际,换出替身与凌大先生决战。不管是凌大先生杀了这替身,还是擒了这替身,昭显的是江湖人士的不臣之心,不光剑圣峰上众人必死无疑,而他日后还会倾全国之兵,剿尽天下各门各派,以绝后患。

凌大先生献剑是要让少年天子知道,率土之滨,莫非王臣,朝廷和江湖是可以共存的,他绝无与朝廷作对之心。少年天子也明白,江湖子弟生生不息,要全部斩尽杀绝根本不可能。但是历代帝王出身草莽的比比皆是,他又不得不防。他八岁登基,剪乱党,除贼臣,胸怀大志,如今边患尚未平息,他要做的事情还有许多。他没有一炮轰死正邪两道人士,而要看看他们的领袖是不是有狼子野心之人,只要这人不是,对于江湖事大可高枕无忧,他还要为国事腾出更多时间和精力。凌大先生无疑符合他的条件,所以他说出了"朕的天下,你的江湖"这样的话来。

至人无己,神人无功,圣人无名。凌大先生无欲无求,却挽狂澜于既倒,为江湖避免了一场可怕的腥风血雨。

"凌大先生是怎样知道皇帝车中有人的?"

"他不知道。"柳雁平道,"在他眼里,'天下第一'的名号、江湖盟主的尊严、绝世武功的诱惑统统一文不值,他是自愿献剑认输的,其目的和替老夫出战罗天王时一样……"

齐横海道:"什么目的?"

"江湖太平。"

柳雁平口中发出铿锵有力的四个字,使齐横海默默无语。他知道,这一日三战之后,凌大先生便成了正邪两道的大英雄,江湖人士为表达对凌大先生旷世之功的敬仰,尊称凌大先生为"剑圣";联盟历经数任,本名

"正气盟"，为了表示对凌大先生的莫大敬意，破天荒地改名为"剑圣盟"；而这山也改名为"剑圣峰"。

"严格来说，凌大先生这三战为一胜、一平、一负，但是在世人眼里，这三战都是赢了的，因为这三十多年来，江湖都很太平。"柳雁平望望窗外，外面的秋雨终于停了，雨后的空气也特别清新。"雨停了，齐公子你可以自便了。"

齐横海并不想走。柳雁平的意思已经很明白了，凌大先生是镇守在正道、邪道和朝廷之间的一座大山，人心所向。没有他，邪道有可能入关，朝廷也会虎视眈眈，大家都不会有好日子过。他想了很久，忽然问："前辈，我该怎么办？"

"老夫倒有一策。"柳雁平捋须一笑，用两个手指捏着一个小小的沙漏，展现在齐横海眼前。只见沙漏里的沙子，嗖地一下，便从顶端漏到底部去了。这沙漏是白色琉璃所制，只有指甲般长、麦管般粗细。沙漏是用作计时的，而这个沙漏太小，一瞬间，沙子便漏完了。

"再看看。"柳雁平笑道。

只见沙漏上面刻着五十个大小一样的小格子，那格子太小，密密麻麻，肉眼几乎不能分辨。齐横海明白，这是柳雁平将一瞬划为五十，用来计算极速的时间。

柳雁平道："你刚才一剑大破韩氏兄弟，从起手到出剑，用了十格。呵呵，那是你未尽全力，以你的实力足可在八格完成。"

齐横海佩服这人眼光，点头道："那前辈你呢？"

柳雁平笑道："你想问的是凌大先生吧。我们都老了，若在当年都可在八格之内完成，可惜现在……得用十格。"他这么一说，无疑是承认年迈的凌大先生已经不是齐横海的对手。

可是，齐横海没有高兴的表现。柳雁平忽地诡异一笑："你和凌大先生决战那会儿，从起手到出剑不得快于十格，只要你起手慢两格，凌大先生便知道你故意让剑于他，他便不会伤害你。收剑之后，你当即求他收你为徒，日后你便是这盟主之位的继承人，成为新一代的剑圣！"

"让剑，让剑。"齐横海觉得口干舌燥，端起酒杯，一饮而尽，道："我真的不能征服这座山吗？"

"不行！你即使打败凌大先生，也只是武夫之勇，成不了剑圣。"柳

雁平义正词严地道，"真正的山是不可能被征服的，它只是在某一瞬间，宽容地接纳了登山者，给你一窥真颜的恩赐。山的存在，就是让我们保持谦逊和恭敬的姿态，知道这个世界上，有一种人、一些事必须仰视。"

凌大先生

齐横海出了客栈，他忘了自己是如何告别柳雁平的，只记得自己没有登上剑圣峰的绝顶观察地形。他浑浑噩噩、跌跌撞撞，径直下了山。

回头客栈，还真使他回了头。

他沿着山道走了很远很远，最后来到了他的老家。他的家在"报恩镇"，离剑圣峰不远，是个充满生气的小镇。当年凌大先生救了那些逃避蝗灾、水灾的难民后，便安顿他们在此，发粮赠银，重建新镇。难民们感其再生之德，誓要报恩，故给小镇取了这样的名字。

他心念一动，想回家看看。他的大名已经天下皆知，想必望子成龙的父母也会高兴吧。阿爹是镇上的儒生，知书识礼，在镇上颇有声望。忽然之间，他看见二叔披麻戴孝，低着头从街道上走过。

他大奇，难道家中谁出事了？他悄悄地跟在二叔后面，只见二叔一回到家中便关紧大门。他纵身入内，但听里面哭哭啼啼，明显是在操办丧事。

二叔找到了他母亲，道："大嫂，我在剑圣峰附近找遍了，没有找到阿海……"

阿母止住哭声，道："这逆子害死老父，真是家门不幸！"齐横海大惊失色，阿爹死了？逆子？逆子是谁？他可是齐家的独子啊！

二叔道："大哥寻吊问死，企图让阿海回来守制，阻止阿海与凌大先生决战，真是深明大义，可惜……"阿母哭道："这报恩镇哪个人不是视凌大先生为在世菩萨？偏偏逆子以怨报德，活生生气死老父，教我今后有何面目见人？"

齐横海如遭晴天霹雳，仿佛不见了七魄，没想到老父竟然以死来阻止他和凌大先生决战……他心乱如麻，是该抱头大哭走进灵堂，从此闭门思过呢，还是该装作不知，一走了之？他思前想后，猛地跺一跺脚，对着灵堂的方向磕了几个响头，便朝着郊野狂奔。

他本以为"沧海横流，方显英雄本色"，韩氏兄弟、草原双鹰这些人反对他，他一点都不在乎。可丧父之痛让他发现，原来只要是有人的地方，都在反对他！

他就算天不怕、地不怕，可他也不能和所有人作对啊！

终于，他来到过去那片熟悉的悬崖边，悬崖之腰的那个山洞便是传他剑道的石壁人师父居住之处。

想到马上就可以见到他那敬爱的石壁人师父，聆听他的教诲，齐横海的心渐渐温暖起来。他飞起一脚，将一头刚刚猎来的山猪踢下滔滔云海。山猪四蹄扑腾，嚎叫不断。忽然之间，一阵旋风从悬崖下刮上来，只见一条青色巨蟒腾空而起，迅猛地将山猪咬在口中。"飕"的一声，又钻入悬崖的密林中去。

这就是石壁人豢养的那条大蛇，名叫"阿青"，足足有十丈多长，身粗如树。那山猪少说也有二百来斤，阿青叼在口里，不过如点心一般。

齐横海以前来练剑经常会抓点山猪、肥羊慰劳阿青，然后阿青就会兴高采烈地让他坐在头上，接他到山洞中。坐在阿青头上时，感觉就像腾云驾雾一般，飘飘欲仙。但是这次阿青去了很久都不见上来。

他撮指一啸，这是他平时和阿青联络的信号，可是又过了很久，阿青还是没有上来。他暗忖，难道阿青贪吃肥猪，忘记了他？

对他而言，要去山洞也不是难事。他一个翻身，在悬崖上腾挪跳跃，疾如流星，飞也似的向崖中山洞奔去。

"师父，师父。"齐横海进了山洞，轻声叫唤。然而山洞寂静，回响阵阵，不见石壁人的踪影。齐横海大奇，难道师父出洞了？

蓦地抬头，只见石壁上刻着"缘分已尽，好自为之"八个大字。齐横海心中冰凉，他喃喃道："师父不见我了，难道师父也是反对我决战凌大先生的吗？"

洞口突然刮起一阵旋风，一条巨蟒盘踞在洞口。齐横海如见亲人，欢喜地叫道："阿青，阿青。"

"啪"的一声，阿青将一件沉重的物事甩入洞中，落在齐横海身前，

正是刚才那只山猪。齐横海怔了怔，道："阿青，你这是……"

阿青张开血盆大口，发怒一般地伸出长长的红信子，吓得齐横海按住剑柄，后退两步。阿青没有扑进山洞，蓦地卷动身子，窸窸窣窣地向密林深处钻去，很快便不见踪影。"它不要我的食物……"齐横海反应过来，凄然大叫，"阿青，难道你也反对我吗？"

齐横海垂头丧气，萎靡不振。石壁人师父是世外高人，他估计凌大先生、柳雁平他们都得叫他一声前辈。石壁人说他数十年前遭逢巨变，从此心灰意冷，在这上不着天，下不着地的地方面壁思过，了结余生。平时以阿青送来的野果为食，一步也不曾离开石洞，世上知道他在这里修行的仅有二人。这二人是谁，齐横海不知道，石壁人连自己是谁也不肯告诉齐横海，更不会告诉他这二人是谁。现在，石壁人师父离开了石洞，还要他"好自为之"，难道是因为他决战凌大先生这件事？他猜想是那两个多管闲事的知情人，跑到山洞告诉石壁人师父他即将与凌大先生决战，师父听后灰心失望，不想再与他相见，便破誓离开了山洞，不然阿青也不会这样对他。

齐横海心乱如麻，如今他别无选择，唯一的出路就是像柳雁平所说的那样让剑于凌大先生，才能保证今后在江湖还有立足之地。可是为了这一剑，十载苦练，结果付诸流水，又如何令人甘心？

唉，这一剑，到底是让，还是不让？

齐横海在山洞待了一天，直到第二天傍晚。这一战终究不可避免，他吃了几个野果，便攀上悬崖，向着剑圣峰走去。

剑圣峰好久没有这般轰动了。山下熙熙攘攘，摩肩接踵，人人都抬头仰望那白云环绕的圣峰。山上能够容纳的人有限，所以剑圣盟派出弟子守在山下，只让那些武功、声望俱高的人上山。即便如此，剑圣峰也是人头涌动，从山上看下去，黑压压的一片。

齐横海上山了，开始他的登"天"之旅。沿途各种声音都有，齐横海不去理会。

摩云台是一个很好的决战之地，一眼关七，地形对双方算是公平。昔日，凌大先生就是在这里大战柳雁平、罗天王等当世高手，成就不世的伟业。今日，齐横海踏着前人的足迹，也来到这里。

夕阳西下，凌大先生已在摩云台上等候了，北风吹得他的白袍鼓动起来，如波涛汹涌的云，又如巍峨不动的山。凌大先生看上去比十年前老了许多，头发、眉头全已花白，眼睛也深邃了许多。

过去那种崇敬油然而生，齐横海忽然觉得眼前的凌大先生是那么熟悉，仿佛和他一起生活了许多年。这也难怪，自十年前看过凌大先生一剑后，齐横海便对他魂牵梦萦，作为练剑的动力。凌大先生的模样，就像深深地刻在他的脑海一般，怎能不熟悉？

柳雁平、公羊乾、韩氏兄弟等人，都在台下静静地看着，齐横海又想起了柳雁平的话。"你和凌大先生决战那会，从起手到出剑不得快于十格，只要你起手慢两格，凌大先生便知道你故意让剑于他，他便不会伤害你。收剑之后，你当即求他收你为徒，日后你便是这盟主之位的继承人，成为新一代的剑圣！"这段话他前前后后想了数十遍，真是可以倒背如流。

公证人验明正身，双方进入对峙状态。双方不发一言，实际上无须多讲，这只是一场实实在在的决战。

二人拔出剑，脚步轻点，剑尖向前，两道剑光腾空而起，简简单单地一剑刺出！

齐横海心中澄明，他这一剑从起手到出剑本可以在那沙漏的八格之内完成，他最终决定故意慢了两格。这些细微的变化，天下能看得出来的人寥寥无几。忽然间，齐横海脑海里浮现出柳雁平临别时那诡异一笑，心中猛地一惊。

这时，凌大先生的一剑也完成了从起手到出剑。齐横海蓦地打了一个冷战，心中大呼："阴谋！上当了！"

他犯了一个致命的错误，那就是凌大先生虽老，但他的剑依然还能在八格之内完成！柳雁平竟向他撒了一个弥天大谎！

同是"一览众山小"，因为他让了两格，凌大先生的出剑是"由上而下"，而他的出剑却是"由下而上"，气势便不可同日而语，高下立见。

齐横海只觉一阵绞痛，凌大先生的剑已刺入他的心脏。转身，拔剑，北风吹起凌大先生阔大的袍袖，如大片大片波涛翻滚的云。

望着凌大先生那熟悉的背影，在倒下去的一霎，齐横海完完全全明白了是怎么一回事。

剑圣峰上立刻爆发出山呼海啸般的欢呼声，声音中充满了狂热。他们的神又一次在万众期望之下，高高地稳立于绝顶之处！

山道上，两个老人并行。

"柳兄，大洪神教还有人蠢蠢欲动吗？"凌大先生问。柳雁平捋须笑道："都安静了。不光是魔教，正道中那些不安分的人都悬崖勒马了……呵呵，谁叫凌兄你这一战赢得实在漂亮。"

凌大先生也笑了，道："这回多得柳兄大力支持。"

"哪里，哪里。"柳雁平笑道，"都是为了武林气运，老夫甘愿效劳。"

寒暄了一会儿，凌大先生便告别了柳雁平，来到悬崖边，轻轻地叫唤了一声。一股旋风立刻刮了上来，一个巨大的蟒蛇头伸到崖边，血红的信子在他面前晃来晃去。

凌大先生抚摸着它的头，蓦地跳了上去，巨蟒窸窸窣窣地往山洞奔去。山洞内依旧只有兀兀突突的石壁，他面对着石壁，喃喃自语地道："为了策划这惊天动地的一战，为师足足花了十年时间栽培你，使你成为举世无双的高手。

"在这争斗不断的江湖，即使最辉煌的功业，也不足以建立永久的威信。早在二十年前，各种流言便说为师不复当年之勇。为师还没死，魔教教内重返中原的声音便甚嚣尘上，朝廷也怀疑为师镇不住正邪两道，意欲重新物色人选。

"为了这江湖太平，为师只好苦心设计这一战，就是要证明给他们看，为师还行！

"你不要怪为师，这一战至少能为江湖带来十年的太平，你也算死得其所了。其实，绝顶之上，岂容他人立足？这世上的大英雄、大豪杰永远需要伟大的对手陪衬才能成就其伟大。这就是为师为什么苦心栽培你，又狠心把你杀死的原因。

"呵呵，英雄和小人，都是为师。"

这时，那巨蟒叼着一堆野果，送进洞内。凌大先生又轻轻地抚摸那蟒蛇头。忽然从洞口往悬崖上面望去，那里人影隐现，凌大先生若有所思地道："阿青，你不必寂寞，很快就会有新的伙伴来陪你了！"

刀魔

渡难大师

"世有伯乐,然后有千里马。千里马常有,而伯乐不常有。"闻如我看着眼前这白须白眉的老僧,不禁长叹,"你就是那慧眼识英雄的伯乐啊,没有你,我今天安能驰骋江湖、纵横天下?"

渡难大师低声念了一声佛号。眼前这雄狮般雄武的男人已是至高无上的武林盟主,他带着武林同道大举进攻大洪神教,经过两年血战,已将魔教众人重重围困在苍龙岭,完歼魔教这一不世之功已经唾手可得。他们选择了这荒野中的古寺作为完成最后一战的指挥营,然而渡难大师没想到,他们竟然会在这里待两个多月。

"受人滴水之恩,当以涌泉相报。"闻如我依旧在叹息,道,"我是有恩必报的人,所以不管你做了什么事情,我都会对你网开一面。"

"善哉。"渡难大师双手合十,眉头紧锁。他知道闻如我的个性,这"有恩必报"必然意味着另外一层意思——"有仇必报"。

"可是你也该知道,阿兰对我是多么的重要。"说及"阿兰"这个名字,闻如我平静的脸上终于浮现出怒气。

大殿上,顿时冒起一股强烈的杀气,风声霍霍,烛光晃动,所有部下诚惶诚恐地分列两旁,紧张地低着头,不敢看一眼那坐在大殿正中发着狮吼般震怒的男人。

"阿弥陀佛。"渡难大师仰起头来,看到闻如我身后那尊藏在暗影中的佛像,苍老腐朽的古佛麻木地看着台下颤抖的众生,纵有百般慈悲之心,也是无可奈何。"难道我当初的选择,竟是错得一塌糊涂?"他是无比尊贵的副盟主、盟中第一谋士,还是天下闻名的饮露寺住持方丈,此刻却是刑具加身,一举手,一投足,那些铁链铁球就会叮叮当当地响,和囚徒没有半分区别。

闻如我身高九尺,虽然坐在交椅上,身子仍显魁梧,他俯视着殿上众人,脸色铁青,手中紧紧地握着那柄恐怖的"天刑大刀"。这刀比寻常单刀大三倍,刀背是尖锯,如同猛兽的利齿。闻如我自从五年前成为这把刀的主人后，他的手便再也没有离开过这把刀，哪怕吃饭、睡觉、洗澡，这刀都握在他的手里，仿佛已融入他的身体，成为他身体的一部分。

多年来，这刀及其刀经一直藏在饮露寺的佛像底下，就像一只被镇压的上古凶兽。这个秘密由历代住持口耳相传，从不外泄。"天刑大刀"是大凶之器，所到之处必是瘟疫、灾难和杀戮，绝不能轻易开封。但是，渡难大师认为诚心者，便可逢凶化吉，与刀的本身无关。那时的江湖群龙无首，到处都是纷乱，他需要一位大豪杰手提神刀，去助他建立不世的功业，几经思虑，他决心请出"天刑大刀"。

他云游四海寻找"天刑大刀"的主人。按照《天刑刀经·启元篇》的记载，这人首先必须符合"天刑大刀"要求的独特命格。在命理中，"天刑属火，乃一凶星，主刑夭孤克，宜男不宜女，利武不利文。"这刀所要求的命格，奇中又奇，世所罕有。

其次，这人体格必须十分清奇。修炼"天刑大刀"只需三五年便可大成，但这种速成之法，对人体的伤害是巨大的，如非万中无一的体格，是绝对承受不了修炼带来的伤害的。

最后一点是品格，这是渡难大师自己要求的。这受刀之人必须可靠可用，否则便会成为武林一患。

"命格、体格、品格"，三格合一，茫茫人海，合乎这三个条件的人还真不好找。饮露寺历任住持都没有找到。幸运的是，机缘巧合之际，渡难大师遇到了正直憨厚、忠诚可靠、勇悍少谋的闻如我，他知道决定武林气运的时刻到了。他把闻如我带回饮露寺，再三确认，他就是他要找的那个人。

焚香、祭祀、行礼。渡难大师把尘封多年的"天刑大刀"从佛像座下取出，耀眼的刀光冲天而起，一百多名僧人齐齐高诵佛经，庄严的钟声在天地之间回旋。

闻如我成了"天刑大刀"的主人，同时还获得了那本惊世骇俗的《天刑刀经》。从此，"天刑大刀"和闻如我形影不离，三年后，闻如我练成了霸道无敌的刀法。

其时，昔日武林盟主"剑圣"凌大先生已然仙逝，武林中群龙无首。曾经被凌大先生击败而远走西域的大洪神教，悄然东归，邪道各方势力不断依附大洪神教，被正道压抑多年的邪道，终于又抬起了狰狞的头，正式

与正道分庭抗礼。可叹的是，凌大先生去世之后的数十年里，正道竟然再没出过一位可以领导群雄、惊艳绝伦的人物，以致邪道气焰日盛。正道各派不堪受辱，会盟天下的愿望也越来越强烈。

渡难大师正是有心改变这种状况的有志之士。而出任盟主呼声最高的要数"刀神"万霸先，他的刀法炉火纯青，未有敌手，但是渡难大师认为万霸先不是合适人选。万霸先固然刀法奇峻，可是渡难大师认为万霸先不是运筹帷幄的帅才，让他担任盟主，最多不过是带着群雄一刀一剑地和邪道死战，不能如凌大先生般做出将邪教远逐西域的壮举。渡难大师一直认为维护武林正统靠的不是武力，而是大智慧、大德行，他认为自己虽有这样的才能，可是在这崇尚武力的江湖，出任盟主向来都是数一数二的大高手，自己资质不佳，即使苦练一辈子也达不到这个境界，出任盟主简直是痴人说梦。

因此渡难大师需要闻如我，他选中闻如我很大的一个原因便是这人头脑简单，会听他的话。只有通过闻如我，渡难大师才能手握武林至高无上的权力，一展平生抱负。

要成为武林盟主，必须迈过万霸先这道槛。江湖中人都喜欢给自己起外号，有的霸气，有的优雅，有的突出武功门路，但是像"刀神""剑圣"这样的外号，却不是一般人胆敢领受的，它们独一无二，只属于最强者。

闻如我代表饮露寺出战万霸先。"天刑大刀"的威力震天动地，万霸先输得彻彻底底，只得将"刀神"的称号拱手相让。但是闻如我并不喜欢"刀神"这个称号，说万霸先是个窝囊废，他用过的称号晦气得很，自己不用。

闻如我喜欢"刀魔"的称号。

渡难大师认为刀魔之称不妥，彰显不了正气，甚至有点邪魔外道的意味。但是闻如我出人意料地坚持使用"刀魔"称号，出现了不听渡难大师话的端倪。

渡难大师这时还不在意，只是认为闻如我这人头脑简单，有时像个性格顽皮而倔强的孩子，贪图好玩而已，也不和他计较太多，就一门心思放在如何打败魔教上。

渡难大师不断为闻如我出谋划策，经过数次决战，什么西域快刀、东瀛狂刀、苗疆血刀、草原飞刀……一一败在闻如我手里。一时间，闻如我声望如日中天，成为无人可及的一代"刀魔"。不过，越来越多人私下叫他"疯狂的狮子"，因为他每次与人相斗，都可能发狂。

及至会盟天下，闻如我毫无争议地当上了盟主，并将这个联盟命名为"刀魔盟"。联盟本名"正气盟"，当初天下豪杰因为尊崇凌大先生，便将联盟改名为"剑圣盟"；而现在改名为这拗口的"刀魔盟"，却是闻如我一意孤行、一力推行，谁要是反对，便以通敌论处，成为他的刀下之鬼。

作为闻如我背后的男人，渡难大师通过闻如我如愿以偿地把盟里的权力握在手中，指点群雄，挥斥方遒。在他看来，闻如我非常老实、安分，他不是一头狮子，而是一只听话的猫。

可是到了今天，他终于发现自己错得非常厉害。闻如我绝对不是一只听话的猫，由始至终，他就是一头狮子，一头随时会发狂咬人的狮子。

"你皱眉了？"闻如我发现了渡难大师那不安的神色，"早知如此，你又何必出卖我？"

渡难大师望着座上这人，暗里长叹一声，懊恼不已。他一生精于谋略，自问天下无出其右。可是忽然发觉这近在咫尺的男人，原来是他一直看不透的。

闻如我当上盟主后，曾将盟中大小事务交给渡难大师处理。渡难大师纵横捭阖，将盟中各方势力协调得妥妥当当，又在恰当的时候安排闻如我率领群雄出战邪道，连战连捷，"刀魔盟"声势一时无两。

当盟中各项事业都蒸蒸日上的时候，闻如我逐渐露出他的真实面目，他在两件事情上和渡难大师产生了严重的分歧，最终将盟中实权牢牢掌握在手里，旁人再也无法分其一杯羹。

第一件事是对待盟中各派的策略。渡难大师慈悲为怀，认为应以安抚调和为主，才能号令群雄。但是闻如我坚决认为，盟众贵精不贵多，只有盟众一心一意，绝对服从盟主才能所向无敌。

"军令如山，不从者斩！"当闻如我发出这八个字的命令时，渡难大师几乎以为自己听错了，闻如我竟然以治军之道来打理联盟，而且说斩就斩，一连斩了数十名行动中怠慢号令的成员，使得众人心惊胆战，数次有人带头反叛，却都被闻如我率众一举扑灭。对待这些人，闻如我毫不留情，只给他们死亡一个选择。作为他出身之处的饮露寺，原先有五位长老，也因为对闻如我胡乱杀人颇有微词，被杀了三位，连渡难大师也保不住他们

的命。闻如我认为，联盟就像一棵撑天大树，只要将那些横生的枝叶砍掉，剩下的就是直直挺挺的树干，就会乖乖地听命于他。当年凌大先生成为武林第一人，除了绝世的剑法，还有伟大的品格。而闻如我则仅仅依靠非凡的武力，打得正道中人战战兢兢，从而拥有一大批死心塌地为其办事的手下，如此把偌大一个"刀魔盟"变成与他步调一致的无敌之师。

第二件事是对待大洪神教的策略。说实话，大洪神教重返中原，对正道来说固然是一个巨大的威胁，但是大洪神教离乡多年，这次回来未尝没有叶落归根的味道，没有露出一统江湖的野心和行动。渡难大师认为，自古以来，正邪两道，生生不息，互相牵制，谁也不能彻底消灭谁。便是凌大先生也只是努力寻找两者之间的一个抗衡状态，维持太平而已。因此，应该后发制人，坐观其变。

"自古正邪不两立，岂能姑息养奸？有我一日，誓将魔教荡平！"听到闻如我豪情万丈的誓言，渡难大师简直傻了眼。闻如我竟然完全不顾他的反对，毅然率领盟众直捣黄龙，这在渡难大师等人看来无疑是有点无事生非。幸好，经过两年多血战，刀魔盟还是占了上风，逼得大洪神教放弃数百个大小据点，退缩到苍龙岭总坛。刀魔盟乘势在其总坛方圆二百里的地方设下重重包围，只需再下一城，便可令这雄霸江湖数百年的教派覆灭。

大洪神教命悬一线，唯有死守。但是，这并不是大洪神教可以支撑两个多月的原因，其原因却是闻如我迟迟不肯下发进攻的命令！

怎么劝他都不肯！

若是等到大洪神教西域的救兵赶来，两年血战，死伤无数，到最后便会功亏一篑。更令渡难大师万万没有想到的是，闻如我无心恋战竟然是因为一个女子！

"我是如此爱她，如此爱她！"闻如我脸上充满了痛苦，"她为什么就不知道？"

她是卫素兰，河北百鸟拳门一个老拳师的女儿，和闻如我自小相识。按闻如我的说法是"青梅竹马，两小无猜，情投意合，天生一对"。百鸟拳门多年来依附大洪神教，这两年的血战，百鸟拳门自然加入了大洪神教的队列。在十方谷的那场大战中，卫素兰被闻如我俘获。闻如我欣喜若狂，可是卫素兰却视他为洪水猛兽，终日大骂不绝，闻如我为此茶饭不思。

卫素兰才貌平平，渡难大师弄不懂闻如我为何如此痴迷她，他曾经呵责闻如我："为了一个女子便不思进取，你这不是英雄气短吗？"渡难大师虽然一直反对直接向大洪神教开战，但是此役打到今天，除了坚持打完，已别无选择。

"放屁！"闻如我怒骂，"连心爱的人都得不到，纵有万里江山又如何？你一个出家人，看破红尘，你懂得什么叫刻骨铭心，什么叫相思成灾吗？"

"可是这女子并不喜欢你……"

"胡说，阿兰是喜欢我的！"闻如我勃然大怒，一手抓碎凳角，"若不是你们逼我攻打大洪神教，阿兰就不会与我为敌，阿兰就不会恨我，都是你们害我的！"

渡难大师大叫："是你主张攻打大洪神教的！"可是闻如我却不听他多讲，直接把他撵了出去。

后来，渡难大师值夜之际抓到一个前来相救卫素兰的年轻人，一审之下，得知此人原来是白虹山庄少主人梁子发。渡难大师博闻强记，对大大小小的江湖人物均能知悉。他知道这个梁子发是白虹山庄的后人，武功不高，却不知他深夜独闯刀魔盟为了何事。再三审讯，梁子发才告诉他，他和卫素兰两情相悦，他是来救卫素兰的。渡难大师又从卫素兰那里得以证实，原来闻如我竟是横刀夺爱！

他悄悄将梁子发藏起来。渡难大师正愁不知如何让闻如我摆脱卫素兰，忽然心生一计，如果由梁子发救走卫素兰，自己最多是监守不力之罪，不会受重责，还能让闻如我放下儿女私情，全力做好对大洪神教的最后一攻。

他教卫素兰假意迎合闻如我，将其灌醉，然后安排梁子发在马厩等待卫素兰，两人当晚就可趁着夜色远走高飞。他自以为计划天衣无缝，可还是被人告密失算了。

于是，为了一个女子，这个闻如我的第一功臣、第一谋士、第一副盟主被重刑加身，如囚犯般被押在这大雄宝殿上受审。

在闻如我不肯下令攻坛的时候，他曾"矫诏兴师"，假传闻如我的命令带领刀魔盟发动猛攻。但是由于大洪神教上下负隅顽抗，全力死守，刀魔盟这边又缺了闻如我这头威武的雄狮参战，最终无功而返，还伤亡不少。

闻如我得知后，只是重重呵责渡难大师几句，并无任何惩罚。可是如今为了一个女子，闻如我却要狠狠地治他的罪。他才明白在闻如我心里，

天大地大，阿兰最大。

他不禁摇头叹息，想不到这人公私不分，竟至于斯。他望望殿外，现在只有那毫不知情的梁子发还在漆黑的马厩里望着皎洁的月亮，心急如焚地等待着。

梁子发

"我要杀了他，杀了他！"

闻如我的眸子里形成两道骇人的凶光，口中恶狠狠地念着，炽热的怒意化为凌厉的杀气。他那只结实的手掌一直紧紧地握着那柄令黑白两道闻风丧胆的"天刑大刀"，整个大殿被那杀气充盈得膨胀欲裂。

"阿弥陀佛，"渡难大师双手合十，"苦海无边，回头是岸。"

"回头？是啊，我对他们这么好，他们怎么就不回头是岸？"闻如我大声咆哮，痛苦之情从肺腑间传来。他忽然提起大刀，走出大殿，径直往马厩走去。

当他看见那个徘徊在黑暗中的影子时，忍不住气上心头。这个狡猾的家伙就是梁子发，正在这里等着他那心爱的卫素兰一起远走高飞。

"梁子发，你这忘恩负义的无耻之徒！"闻如我飞身上去，抡起"天刑大刀"就着木柱一砍，只听噼噼啪啪地一阵爆响，整个马厩顿时坍塌下来，数匹骏马受了惊吓，顿时脱缰四逃。

闻如我身手快极，以至于梁子发都没反应过来，待看见马厩倒塌，才急忙纵身跳出，和闻如我迎面而立。他见来的竟是闻如我这个杀人狂魔，不禁大吃一惊，问道："阿兰呢？你把她怎么样了？"

闻如我见他命悬己手，还敢问自己爱人的情况，分明不把自己放在眼里，不由得怒火更盛。

"阿兰是我的，你没资格问她！"

梁子发望见他那恶狠狠的双眼，一怔，继而大怒："你又打阿兰了？"

"我打阿兰？我怎会打阿兰？我从来不打阿兰！是的，阿兰想打我，那是因为她爱我。所以，我拉住她的双手，狠狠地往自己的脸上刮，直到她满意为止，你做得到吗？你做不到，你这虚情假意的小人！"

梁子发心里一寒，他十分清楚闻如我的为人，眼前顿时浮现这么一个可怕的情景：阿兰一挥掌要刮闻如我。闻如我道："好！我给你打！"擒住阿兰双手往他脸上刮。阿兰双手顿时像被铁钳钳住，一下子就脱臼了，她两眼一翻，晕了过去。闻如我见她恍如熟睡，心满意足地叫道："你不打我了？你不打我了！哈哈，你不恨我了，你终归是爱我的！"

梁子发想到心爱的人被闻如我伤害，虽然知道自己和闻如我强弱相差太甚，可是这无边的怒意还是促使他拔出了长剑。

闻如我叹道："当年老庄主曾对我有恩，所以凡事我都忍让你、帮助你，想不到你统统忘记了。"

"是我瞎了眼！"梁子发咬牙切齿，没想到闻如我信口开河到了这个地步。他是白虹山庄的少庄主，当年闻如我落魄潦倒、前来投靠。他爹爹说此人目露凶光，不吉，坚决不肯让他留在庄中。梁子发待人和善，再三劝说爹爹，才让闻如我留在庄中陪他练武；衣食住行，皆以上宾相待。哪里有闻如我帮助自己的事儿？

梁子发一抖长剑，"嗤"的一声疾刺而来。

闻如我轻轻一闪，避开来剑，道："你虽然对我无情，可是我不能对你无义。我让你三剑，不，让你十剑又如何？第一剑、第二剑、第三剑……"闻如我对自己的身手极其自信，傲慢地数着。数到"第九剑"的时候，他一时大意，嗤的一声，被梁子发一剑从腋下刺过，划破了衣衫。

闻如我大怒："你来真的？你真的想杀我啊！枉我一直当你是兄弟，你勾引我老婆还没跟你计较，你竟然想杀我！"蓦地飞起一脚，正中梁子发小腹。

梁子发倒退三步，一丝鲜血从口中流出，却用血红的双眼死死地瞪着闻如我。他很想说"阿兰不是你老婆，是我老婆"！可是闻如我武功太高，他必须全神贯注地沉着应对，不能有丝毫大意，一时无暇反驳。可叹这人刚才还大言不惭地要让对方十剑，可现在才第九剑，他便还手了，真是喜怒无常，一如既往。

梁子发稳住身子，嗤嗤嗤，连环三剑刺出。

"怒从心头起，恶向胆边生。"闻如我叹道，"真是人心不古啊，我当你兄弟，你当我王八！"呼地又是一脚，将梁子发的喉结生生踢碎。

梁子发长剑脱手，痛得"咿咿呀呀"地叫，再也说不出话来。闻如我身形疾如风，一招"锁喉手"已掐住了梁子发的咽喉。闻如我身材高大，他把梁子发提在半空，如抓小鸡一般。

梁子发呼吸艰难，头晕目眩，很快便陷入窒息之中。

"你还想杀我？为什么到了现在你还不知错？为什么我一而再，再而三地原谅你，你还要丧心病狂地杀我？"

（梁子发想说："一直做错事的人是你！一而再再而三原谅你的人是我！"奈何口里难吐一言。）

"你记不记得？那次在黑风寨是谁救了你？要不是我为你挡了一刀，你还能活到现在吗？"闻如我扯开衣领，露出黑实的肩头，一道斑驳的刀痕赫然在目。

（梁子发想说："那次是你惹是生非，伤了人家十七条人命，才被人设计抓了，要不是我孤身去救你，你早就死了！那一刀人家砍的本来就是你，说什么帮我挡的！"黑风寨在距离白虹山庄四十余里的地方，两者向来相安无事，这黑风寨虽然身处绿林，平日却无太大的恶行。这闻如我三杯黄酒下肚，独闯黑风寨，见人就杀，还高喊着要替白虹山庄除掉相邻的威胁，硬是把白虹山庄拖进血战的漩涡。梁子发带人去救他，大战两日两夜才把黑风寨众人赶跑，没想到这闻如我竟还以有功者自居。）

"马大龙那个家伙和你争夺帮主之位，若不是我帮你杀了他，使你没有了这个强劲的竞争对手，你会那么容易当上水龙帮的帮主吗？"

（梁子发想说："帮主之位，我和马大龙本是君子之争，谁当帮主都无所谓，是你自作主张将他害了。事后，你多喝两杯后，又一股脑儿地将这件事情抖了出来，我才知道其中真相。是你让我觉得无地自容，我只好辞了这帮主之位，带着你远走高飞，也省得你被人追杀！"当日，父亲责怪他结交闻如我这种暴戾之人，连累了白虹山庄，便把他们二人赶了出来。他带着闻如我投靠了水龙帮，凡事劳心劳力，积功而上，人心所向，很快便成了帮主继承人的热门人选。谁知，这闻如我自作聪明、自作主张，下毒害死了马大龙，使得他在水龙帮再无立足之地。）

"还有，我费尽千辛万苦，流了一身鲜血得来的《魔龙真经》，那是世间至宝啊！我二话不说就送给你，我对你豪爽大方，至情至义，天下还有谁能像我这样待你！"

（梁子发想说："我要了吗？我要了吗？我早说过那是邪魔外道的东西，练来无益，坚决不要。而你却偷偷练，又不得要领，以致走火入魔。我耗尽一身功力救了你，助你打通经脉，你倒是功力突飞猛进，我却复原艰难，再也打不过你了！"他的武功本来比闻如我高出许多，这回伤了元气，从此再难修炼上乘武功，伤心失望之余，便离开了闻如我。）

"你对不起我，我大人有大量，那也无所谓。可是，我一生最爱的人就是阿兰，你怎可抢走她？她年纪小，容易受骗上当。可你也不能这样伤害她啊！你做什么事情我不管，但你要抢走我的阿兰，我就无法原谅你了！"

（梁子发想说："我和阿兰情投意合，相约终生，是你用武力强行抢走她的啊！"卫素兰认识闻如我，是在她随老父做客白虹山庄的时候。而百鸟拳门和白虹山庄是世交，来往频繁，卫素兰和梁子发早已情投意合，订下婚约。那段日子，梁子发正好处于练功的紧要关头，闭门不出，便由闻如我整日陪同卫素兰切磋武功。可这闻如我却当卫素兰钟情于他，从而暗生情愫，就认定了卫素兰，信誓旦旦，要海枯石烂，卫素兰从此命途多舛了。）

"你这是什么眼神？你想求我放过你吗？兄弟，男子汉大丈夫，做错事就要有承认的勇气，死一点都不可怕，死可以清洗你的罪孽啊！"

（梁子发想说："谁怕死！谁稀罕你饶恕！"得知卫素兰被抓到了刀魔盟，别说他现在本事大不如前，即便从前的他比现在厉害十倍，如今的闻如我也能轻易对付，所以这回独闯龙潭虎穴，就是抱了必死的决心而来。）

"唉，"闻如我怜悯地看了梁子发很久，忽地长长地叹了一口气，"我就是心慈手软，终究狠不下心对付你。我还是再给你一次机会吧。"说完松开手，把梁子发"啪"的一声扔在地上。

他看着地上的梁子发摇摇头，诚恳地道："你走吧，永远不要再回来了，就当我们求你也好，当你放过我们也罢，让我们好好地过日子吧。"

说完，转过身去，略略迟疑了一下，便朝大雄宝殿的方向走去。

梁子发忍住痛，捡起地上的长剑，慢慢地爬了起来。闻如我已经转过身去，把后背这个致命的部位毫无保留地袒露给他。这是杀死闻如我千载难逢的机会，机会稍纵即逝，他绝不能错过。也许这是偷袭，也许这很无

耻，为了永远和阿兰一起，为了让更多无辜的人不遭受其害，他这一剑必须刺出去！

他蹑手蹑脚靠近闻如我，蓦地加速，脚步越来越快，一剑对准他背后心脏的地方直挺挺地刺去。这一剑凝聚了他毕生的功力，带着他的爱和恨刺了出去，成和败就在这一刺！

闻如我闻得背后有杀气，大叫："鬼鬼祟祟的，谁来偷袭我？"他的声音还没他的手快，话没说完，他的"天刑大刀"已经又快又狠地劈了出去。只见夜空中蓦地暴起如鬼哭狼嚎般的刀风，刀光如一个巨大的光球，完完全全地笼罩着梁子发。

梁子发的人头"呼"的一声飞了出去，骨碌碌地滚到闻如我脚边，圆睁的双眼充满了不可思议的神色，显然他到死也想不到"天刑大刀"竟然有这般摧天毁地的威力。

闻如我看清是他，不禁大惊，把他的人头抱在怀里放声大哭，伤心的眼泪滴滴答答地落在地上："好兄弟，怎么会是你？怎么会是你？你一定是知错了，你是故意让我杀死你的，你想以你的死来赎罪。你怎么这么傻啊？都叫你别这么倔强，你只要开口认声错，我大人有大量，怎么都会原谅你的啊！"

闻如我越哭越伤心，哭声在夜空中回荡，如鬼哭狼嚎般凄厉，便是死了父母也没有这般伤心。泪水沿着他的脸颊，流到他那沾满了血污的衣裳上，化出一朵朵淡淡的血花……

哭声惊动了众人，几名手下带着渡难大师赶到马厩。两名手下见状走上前来，一人去扶梁子发的尸身。

"别动我的好兄弟！"闻如我大怒，刀光乍现，顿时将这名手下腰斩在地，然后瞪着另一名手下。另外那名手下被吓得面无人色，颤声道："人……人……人死了，总得入……入土为安……""呼"的一声，刀光再度冲天而起，这名手下也被劈死在地。

众人被吓得纷纷后退，傻傻地看着眼前这一幕。渡难大师低念一声佛号，然后为梁子发及两名枉死的手下念起了"往生咒"。

"是她害死了我的兄弟！不是她，我兄弟不会死。我要杀了她，杀了她！"闻如我忽然站起来，拖着"天刑大刀"，向着偏殿的一间禅房走去。

"那是阿兰的房间，难道他……"渡难大师心中一震，难道他会把屠刀指向她？他无奈地念了声佛号，他阻止不了闻如我做任何事情，唯有期待佛祖保佑这个可怜的女子。

卫素兰

闻如我大力地推开房门，卫素兰正蜷缩着身子睡在床角。看见卫素兰，闻如我全身沸腾的热血顿时冷却了，愤怒没有了，悲伤没有了，他的眼里只有阿兰。他静静地来到卫素兰床边，生怕吵醒了他。这世上没人能像他这样爱阿兰，无论她做了什么事，他那阔大的胸襟都可以包容她。阿兰应该是幸福的，因为有他深深地爱她……

"啊，你身上的血……"卫素兰一眼就看见了闻如我一身的血污。她整晚都担心梁子发的安危，现在忽然有一种极度不祥的预感。

闻如我心头一热，道："我就知道你关心我。放心，这不是我的血。我的血，只为你而流。"

"不是你的血？"卫素兰瞪大了眼睛。昨晚，她听从渡难大师的计策，委曲求全地陪闻如我喝酒，伺机将他灌醉，满以为可以和梁子发远走高飞。谁知，那闻如我很快便醒了，并抓住了她。她骂他，打他，结果被他揪住双手"啪啪"地往他脸上刮，弄得双手脱臼，一直昏迷到现在。

她看着他身上的血，两眼模糊，一颗心"砰砰"地跳，忽然扑过来拼命地嗅着闻如我衣服上的血花，心中有个声音在大声地问："谁的血？谁的血？"

闻如我见她扑进自己怀里，满心欢喜，轻轻地抚摸着她的背，温柔地道："我知道你是喜欢我的，没事，一切都过去了！"

卫素兰大力推开他，瞪着他大声叫道："我问你，那是谁的血？"

"哦，"闻如我低头看了看衣服的血迹，"是梁子发的血。这家伙非要弄得鲜血淋淋的，又不是不知道你不喜欢血的，你看弄得这衣服多脏……"

"他……死了？"卫素兰脸色苍白，全身发抖。

"嗯，死了。"闻如我欢快地道，"他死得不窝囊，终于像条汉子了！

他发现对不起我们，知道自己不该拆散我们这对有情人，非要以死赎罪不可。阿兰，你说我们就原谅他吧，好吗？"

卫素兰整个人立刻崩溃了，软瘫在地，喃喃自语："他死了……他真的死了……"蓦地，仇恨的怒火从她心里燃起，她大声喝道："是你杀死他的，你这个杀人狂魔！"

"我没有杀他，是他自己想不开而寻死的啊！"闻如我百般委屈，"其实这又有什么所谓呢，他死了，我们之间就再也没有顾忌，可以永远在一起了！"

"呸！"卫素兰痛骂，"谁会和你一起？我从来没有喜欢过你！"

"你就是嘴硬，你就是嘴硬！"闻如我连声大叫，"你为什么不肯承认？当年，我跟你说过，我会在出人头地之后，带着千军万马，前呼后拥地前来迎娶你。现在我是万人之上的武林盟主、人人敬畏的绝世刀神，你难道不高兴吗？你难道认为还有人比我更配得上你吗？"

卫素兰记得，那次梁子发因为到黑风寨救闻如我，触犯门规，被梁父逐出白虹山庄。当天夜里，梁子发悄悄带她到河边，对着月亮誓，此番闯荡江湖，一定闯出个名头来，然后回来迎娶她。她感动地点点头，下定决心此生非君不嫁。两人相依相伴到午夜，梁子发才把她送回来。一会儿后，她听见有人敲窗，以为是梁子发折返回来，一打开窗，跳进来的却是闻如我。令她吃惊的是，闻如我竟然说出和梁子发几乎一样的话，就是这番离开白虹山庄后，他要干出一番惊天动地的事业，然后风风光光地回来迎娶她。她这才发现闻如我对自己心存爱意，一时惊诧得不知说什么。闻如我见她不出声，不禁摇着她的双肩，笑道："你同意了？我就知道你喜欢我。哈哈，等我回来，不要嫁人！"说完便昂首跳出窗，大笑而去。卫素兰想解释、婉拒却没有机会，一丝焦虑不安的情绪萦绕心头不散。

"我从来没有答应过你，是你自作多情！"卫素兰不屑地道，"山庄上下都知道，我和梁子发鸳盟已订，你难道不知道吗？"

"我知道，我当然知道！"闻如我道，"可是我们是真心相爱的，岂能被世俗的条条框框束缚？有婚约在先又如何？有婚约就不能解除吗？我们应该勇敢地面对！"

"我没有爱你！"

"你还是嘴硬！"闻如我几乎要疯了，手里的"天刑大刀"嗡嗡作响，便是来见卫素兰，他的一只手也没有离开这把刀，最多是用长袖盖住半截刀身，遮掩其凶光。

卫素兰冷冷地看着他，梁子发说得没错，这人真是个疯子。梁子发和闻如我离开白虹山庄之后，卫素兰时刻留意梁子发的消息，知道他先后投靠过水龙帮、铁叉会、天鹰镖局等门派，然而每次做得有点成绩的时候，便又离开了这些地方。后来，她又听说闻如我被饮露寺的渡难大师相中，得到饮露寺的真传，武功越来越高，名声越来越响，然后一步一步登上了盟主宝座。而梁子发，却音讯全无。于是她四处寻觅了大半年，终于在人海茫茫中找到了落魄的梁子发。相见如隔世，发现二人所受的磨难，一切皆因闻如我而起。为了躲避闻如我，二人决定隐居山林，不问世事。没多久，刀魔盟便向大洪神教发动猛攻。百鸟拳门世代深受神教大恩，卫素兰知道老父一定会为神教死战，忧心如焚，决定回去和老父并肩作战。

梁子发阻止她，道："闻如我攻打神教，虽然打着除魔卫道的旗号，恐怕是为了引你出来，你不能去。"

卫素兰眼里一片茫然，她无法理解世上会有人会为了一己之欲，发动如此大规模的仇杀。

梁子发道："他会，他就是个疯子。"

卫素兰最终还是回到百鸟拳门，站在神教一边。梁子发不是神教中人，只能被编在极后的队列。她依然记得那场惊心动魄的大战，双方在十方谷摆开阵势，互相冲杀。百鸟拳门是小门派，被排在西北不显眼的阵脚，说得难听点是用来充充场面的。大家都没想到的是，那个如雄狮般威猛的男人居然将这个方向作为突破口。"天刑大刀"所到之处，血流满地，可怜百鸟拳门数十人竟无一生还，其中包括卫素兰年过花甲的父亲。更可恶的是，闻如我明明认得她父亲，可那柄大刀没有半点迟疑便扫了过去。

"哈哈，阿兰，是你！苍天有眼，终于让我遇见你了！"闻如我于层层叠叠的人群中发现她，不容分说便将她生擒，交给手下看管。抓到她后的闻如我更加兴奋，一个迂回，冲向神教左翼，又一个迂回，杀向右翼，教众纷纷倒下，硬是被他杀得阵脚大乱。神教无法守住十方谷，只能退回苍龙岭，死守总坛。

这人杀了她的父亲，浑然不当一回事，还想逼她就范，真是异想天开。她知道梁子发会想尽办法救她，抱着这一希望才没有自寻短见。现在，梁

子发已经死了，她极度失落，但是复仇的念头却越来越强烈。

"天下美女多如云，我贵为盟主，那是要多少有多少。可是我岂会看上别人？我愿意为你付出一切，这番真心真意，天下还有谁能像我这样？"

"你真的能为我付出一切？"卫素兰似笑非笑地问道。

"当然。"闻如我自豪地道。

"我、要、你、死。"卫素兰一字一顿地道。

闻如我一愕，蓦地大怒："你就是放不下！梁子发死就死了，有什么值得难过的！"

卫素兰哈哈大笑，长久不绝。看着卫素兰那复杂的眼神里面，充满了愤怒、嘲笑、讥讽、滑稽和不屑，饶是闻如我这样的人，也是全身一颤。

山壑寂静，古寺外月冷风清。一连数日，闻如我借酒浇愁，今晚又在这庄严的佛殿上喝得烂醉如泥，大大小小的酒罐、酒瓶丢在地上，弄得殿上酒气冲天。

闻如我醉后酒话连篇，全是伤心欲绝的话："我虽不杀伯仁，伯仁却因我而死。我最好的兄弟，你虽然不是我所杀，可你终究是因我而死，你可知我有多难过……阿兰，阿兰，我的真心实意，天地可鉴，你到底要逃避到什么时候？"他一会儿狠狠地捶着胸口，一会儿用头砰砰地撞墙，撞得头破血流。

渡难大师看着这情景，潜藏于心中的那份不安越来越躁动，不禁柔声问道："你老实地告诉我，你当初不顾阻挠，执意坚持攻打大洪神教，是不是为了这个女子？"若是为了自己的私欲，便发动这么大规模的仇杀，无论有多么冠冕堂皇的理由，日后若被众人发现，只怕他也难容于天地间。这是连日来困扰着渡难大师内心的一大疑问，他希望闻如我醉后能吐真言。

"当然不是……自古正邪不两立……荡平魔教是我的职责……"闻如我梦呓般自语。渡难大师听他否认，但心里还是十分不安，还欲再试。

忽然，闻如我睁开了血红的眼睛，一跃而起，猛地跪在渡难大师面前，"咚咚"地磕着响头，力竭声嘶地哀求："我求求你，求求你！杀了我，杀了我！"

渡难大师被他这突如其来的举动吓了一跳，握着佛珠，后退两步。

"我的好兄弟离开了我，我的爱人又不肯和我在一起。你说，我活着还有什么意思？"闻如我声泪俱下，竟也有点令人同情。

渡难大师看着他的神情，确实是一副不愿留恋尘世的模样。他忽然想，自己原先是想通过这人操控武林正道，与邪道抗衡，可是这人当了盟主之后，凡事与自己的策略背道而驰，且愈发不能控制。再这样下去，自己在联盟的地位和作用都会完全失去……

他见闻如我忽然变得沉默，一动不动地跪在当地，仿佛老僧入定。

渡难大师走近两步，心想既然这人现在一心求死，与其让他日后成为武林大患，还不如趁早结束他的性命。他这样想着，不觉流露出一丝杀气。

"贼秃，你真的要杀我！"闻如我霍地站了起来，愤怒地瞪着渡难大师，浑身散发着浓浓杀气，一点也不像喝醉的样子。"出家人还想行凶杀人吗？还配当出家人吗？你这披着袈裟的恶魔！"

渡难大师被他这举动吓得全身颤抖，饶是他一生见惯世面，此刻也突然起了鸡皮疙瘩，声音骤然变得沙哑："可是，可是刚才明明是你求我杀你的啊！"

"我叫你杀，你便杀？你到底是听我的，还是听佛祖的？出家人慈悲为怀，扫地恐伤蝼蚁命，更何况我是身系武林安危的盟主，你就下得了手？"闻如我越说越是激愤，手里紧紧地握着"天刑大刀"。

"魔鬼，魔鬼！"渡难大师身体剧烈抖动，单手合十，念了句"阿弥陀佛"，希望可以镇住心里心外的各路魔鬼。

"别在我耳边唠唠叨叨！"闻如我一声大喝，刀光闪处，渡难大师那只作合十状的手脱臂飞出，手中那串佛珠"哗啦啦"地洒了一地。

渡难大师高声惨呼，一手捂着断臂，鲜血如泉从指缝流出，脸色苍白如纸。殿外的卫士闻声纷纷冲了进来，见这情况，都是愕然，不知发生何事。

"大胆，你竟敢趁本盟主熟睡时行刺！"闻如我指着渡难大师喝道，"若不是本盟主警醒，此刻断臂的便是我了！"

渡难大师脸色沉重，蓦地单膝跪下，道："老衲刚才喝酒喝得懵懂无知，袭击盟主决非本意，望盟主恕罪！"

闻如我怔了一下，点点头，然后发出一声长叹，上前将他扶起，无比惋惜地道："是的，你我亲密无间，你怎会害我？可见酒能乱性，确实不是好东西。传令下去，即日起，全盟一律戒酒！"他吩咐手下马上带渡难大师下去疗伤，还嘱咐大家，渡难大师的过失不予追究。

渡难大师谢恩，众人诚惶诚恐地带他出去。几乎所有人都知道，渡难大师是严守戒律、滴酒不沾的。

离开大殿，渡难大师仰望西天，心里大呼："佛祖，弟子罪孽深重！我把一个疯子推上了这武林之巅，我该如何弥补这天大的罪过！"

渡难，渡难，谁能渡你的难？

闻如我悲伤的日子，似乎没有尽头。

这一天，他得知了一个让他震惊不已的消息，卫素兰不见了。

看守卫素兰的两名卫士被击晕，窗户被打开，显然，卫素兰是从窗户逃了出去。闻如我唤来两条灵犬，沿着窗户追踪卫素兰的气息，一直到了虎跳崖。前面是数十丈宽的深渊，云雾缭绕，除非像鸟儿那样飞过去，一般人无论如何跳不过去。

两条灵犬有时冲着对面狂吠，有时向着深渊嗅着，在悬崖边上徘徊，再也不能前进一步。

"废物！"闻如我大怒，将两条灵犬踢下深渊，好一会儿，凄厉的犬吠声才从崖底传来。

"阿弥陀佛。"渡难大师念了一声佛号。

闻如我瞪着他，喝道："你知道阿兰上哪去了？"

"是大洪神教的人救了她。"渡难大师从地上捡起一块木片，那木片的形状颇似一根羽毛，"大洪神教的八大散人里面有一位机关师出身的玄机子，此人因精通机关术而名震天下，他有一件得意之作名唤'苍翼翔天'。这块木片便是这东西上面的器件。它的形状如同一对巨大的翅膀，只要把这件东西戴在背上，扯动胸前机栝，它便会啪啪地大力扇动，一次能在空中滑翔二三十丈远。这还是在逆风的情况下，要是顺风的话，五六十丈远也没问题。"

"机关师玄机子？"闻如我听过这人名字，但是不知晓"苍翼翔天"是什么法宝。不过，知道了卫素兰还活着，闻如我顿时放下心来。他看着前面的苍龙岭，不禁豪情万丈。他相信，这个地方很快就会被打下来！

他用手指着前方，叫道："传令下去，全盟明天随我一起攻下大洪神教总坛！"

"是。"渡难大师应道。

闻如我看着他，道："你不要以为阿兰落在大洪神教手上，我才对他们发动进攻。这些日子我之所以按兵不动，那是兵法有云，'出其不意，攻其不备'，我就是要让他们防备松懈下来，才好一举消灭之！"

"是，盟主。"渡难大师再次应道。在他看来，这是不是闻如我的借口并不重要，重要的是，联盟出击大洪神教总坛的这一天终于到了。

"踏平邪道，就在今日！"

第二天，联盟浩浩荡荡的队伍直逼苍龙岭，苍龙岭十分险峻，道路狭窄，要攻上苍龙岭是需要攻下许多关卡的。

第一道关卡是通天桥。这是进入苍龙岭的必经之路，大洪神教已重点把守。通天桥的设置如同兵家城池的吊桥，这吊桥设在半山之上，离地面足有十丈之高，且系着吊桥的巨绳是铁丝所制，最强的弓箭也不能将它射断。底下是数丈深的壕沟，里面密密麻麻地插满了各种锋利的剑戟，人一旦跌下去肯定会被刺个肠穿肚烂。

要使吊桥掉下来，必须弄断巨绳。联盟众人数次冲杀，但是城上箭弩如雨，硬是把众人逼退。看来，大洪神教据此为天险，确实花了不少工夫。

"不管你用什么办法，两个时辰之内，毁掉吊桥！"闻如我将这个任务交给了联盟中的紫阳派，紫阳派众人傻了眼，不知为什么这么大的霉运会落到他们头上。

"谁也不许后撤，否则盟中兄弟将永远视你们，还有你们的亲属为仇敌！"闻如我下了死命令，紫阳派都知道闻如我崇尚"军法如山"，谁要是不听他的话，谁便死无葬身之地。之前的青花会，便是因为闻如我下达的任务太过艰巨而拒绝执行，结果闻如我一个人手执"天刑大刀"将他们全部诛灭。往前冲是九死一生，往后退却只有死路一条。于是，紫阳派上下带着无比愤懑、绝望的心情死命往前冲。

闻如我再命一百名弓箭手拈弓搭箭对准紫阳派众人，谁要是后退一步，便立即杀无赦。他说这合乎兵法中"置之死地而后生"的道理，想当年韩信背水一战、大破赵军也是这样。

紫阳派众人确实是拼了，他们冒着箭雨，踩着同伴尸体搭成的小山往上爬，羽箭插在尸山上犹如一棵苍老而巨大的古树。紫阳派掌门少昊真人拿着沾满血污的最后一包火药，塞到吊桥角落。嘶嘶火蛇，沿着药引向上

爬，只听"轰"的一声巨响，巨绳被炸断，吊桥隆的一声坍塌在地上。

紫阳派仅存的几人随着那一声爆炸，顿时灰飞烟灭，二百来人的紫阳派至此全军覆没。

"好样的！真是我们的好兄弟，好男儿！"闻如我激动得热泪盈眶，"没想到你们为联盟做出如此大的牺牲，我一定要替你们报仇！"闻如我说完，一振长刀，带头冲向吊桥。

众人面对这惨烈的情形怔了半晌，一时没有回过神来。最后不知谁叫了一声，才喊杀声齐起，随着闻如我涌过吊桥。

过了通天桥，然后是双子寨。整个山寨成倒"v"形，左右两座堡垒互为犄角，如怪物张开大口，要吞噬一切来敌。中间是悬崖峭壁无路可上，只有攻陷两边堡垒，才能从甬道进入下一个关卡。

闻如我依样命令金刀门和海龙派，一派攻一边，限时攻陷，并用弓箭手封死其退路。

望着这激烈的战斗场景，渡难大师忍不住道："你这攻城之法，是不是太急了点？"

闻如我道："这不是急，这叫猛。兵法云：'一鼓作气，再而衰，三而竭。'如果不趁士气高昂的时候攻上苍龙岭，拖拖拉拉地，便是上去了，大家也没斗志再战了！"

"可是这般打法，只怕还没攻上苍龙岭，就已经全部打没了！"渡难大师大为感慨。

闻如我怒道："你一个出家人，经书你倒是会念，兵法你懂个屁！老子一人能抵十万雄兵，只要我在，何愁邪教不灭！"

闻如我

一路厮杀，黄昏时分，众人终于冲上了苍龙岭。

这一场旷日持久的决战，从一开始，双方就投入了上万人参战。可是现在双方所剩下的不过数百人而已。这时，苍龙岭上一片死寂，大洪神教所剩的六七百人罗列开来，静静地等着刀魔盟。

苍龙岭东南角有一个长、宽十丈，高二十丈的平台，名叫"君子台"，为大洪神教平日比武切磋所用。由于平台太高，下面的人根本看不见上面的人在做什么。大洪神教的人平日切磋武功，君子台上一般只有教主和几位法王在场，其他人在台下候着，看不到比武过程，只能从下台者的表情推敲比武胜负及过程。"君子比武，点到即止。"这是神教为了照顾落败者的颜面定下的规矩，如无批准，比武者是不能宣扬比武结果的，否则定当重罚。

"闻盟主，再打下去你我的人都得打光，不如我们来一场君子之战吧。我这里有大角牛王、大齿虎王和我三人，你带你的两位副盟主上来，输了的一方立即退兵，如何？"大洪神教教主龙朝圣的声音从君子台上远远地传了过来。

"打光就打光，和你们邪道能有什么好谈的……"闻如我叫道。

渡难大师在他旁边轻轻地说了两个字："阿兰。"

闻如我立刻醒悟过来，光顾着厮杀，却忘记了卫素兰在他们手中。想来这龙朝圣一定会在卫素兰身上大做文章，逼他就范。

"好。"闻如我叫道，"我就上来会一会你！"他说完便带着渡难大师和另外一位副盟主严可纲飞纵上台。联盟本来有六位副盟主的，现在只剩下两位，其余四位都已战死。大洪神教本来有四大护教法王，现在也只有两位活着了。

闻如我一眼就看见卫素兰一动不动地躺在地上，似乎被点了要穴，不能动弹，不禁大为紧张。龙朝圣拔出长剑，缓缓地指着卫素兰的脖子，闻如我大叫："别伤害她！"

龙朝圣叹道："听密探回报，说闻大盟主'冲冠一怒为红颜'，我原本不信，现在看来却是不假！"顿了一下，又道："我用她的性命，来换取阁下暂行退兵，日后再战，如何？"

"好，我答应你！"闻如我爽快地应承。

"什么？"一旁的严可纲瞪大了眼睛，忍不住质问，"两年血战，弟兄们死伤无数，眼看便大功告成，你怎么为了区区一名女子就轻易地放弃了？"

闻如我骂道："笨蛋！这邪教我今天灭得了，明天也能灭得了，但是阿兰的性命若是丢了，难道你还能赔我？"

严可纲不由得一愕。

龙朝圣发出一声叹息，声音竟然充满了悲凉："我大洪神教恪守盟约，避居西域上百年，上一代人的恩恩怨怨，也该随着岁月而消逝。谁想到回来不久，便遭到这么一场浩劫。我原以为正邪不两立，没想到你只是为了一个女子！唉，大家何其无辜！"

严可纲满脸疑惑，看着龙朝圣不解地问道："你到底想说什么？"

龙朝圣道："这女子是我神教中人，早已和意中人隐居山林，不问世事。你家盟主找她不着，便率联盟攻我神教，迫使一切和神教有关的人都回来参战，包括这女子。哈哈，什么除魔卫道，什么正邪难两立，都不过是一个自私自利的欺世谎言而已！"

"荒唐，荒唐之极！渡难大师，你说这是不是很荒唐？"严可纲觉得龙朝圣说得实在太滑稽了，便是小孩也不会相信他的话，然而渡难大师却沉默了。严可纲一怔，随即大怒，指着闻如我骂道："你这个疯子，为了这个女人，让这么多人跟着你送死！"

闻如我恼怒地道："你骂我不要紧，侮辱我的清白也不要紧，但是你不能辱骂我的阿兰！"

"要证明你的清白，那你就杀了这个女子！"

"呸！连心爱的女子都杀，这是英雄所为吗？"

"你杀的人还少吗？"这场战事中正邪两道的死者，直接或间接都是因闻如我而死的，闻如我亲手所杀的人更是不计其数。严可纲猛然醒悟，一种前所未有被愚弄、被侮辱的感觉油然而生，"他妈的，老子不玩了！"说完，气冲冲地就要离开君子台。

"你敢背叛联盟？你这是与天下英雄为敌！"闻如我大怒，一刀抢了过去，只听哗啦一声巨响，地上碎石纷飞，一道凌厉的刀光如天风海雨般掠向严可纲后背。

严可纲早有提防，蓦地双手如爪，反身迎着刀光抓去。刀光顿息，严可纲竟然用血肉双掌，拿住"天刑大刀"。闻如我的刀法霸道雄劲，向来以力量取胜，一流的高手即使手拿兵器抵挡，也会被震得虎口发麻。闻如我大惊："你这是什么武功？我怎么没有见过？"

严可纲骄傲地道："这是我独创的'龙虎柔云爪'，专门对付你的！"这双爪呈龙虎双形，指如铁石，而手掌却练得柔软如绵，一刚一柔，虽说不上是多高强的武功，但看上去明显是专门用来克制闻如我的"天刑大刀"。

闻如我怒道："原来你一直偷偷修炼武功来对付我，我早就该看出你这个叛徒！"

严可纲叫道："你杀人如麻，天知道你何时也会一刀劈向我，我不过是早做防备而已！"

闻如我冷笑："雕虫小技而已，你以为抵挡得了我的刀？"他手腕一沉，"天刑大刀"刀光一闪，严可纲只觉那刀突然沉了十倍，来势汹汹地强压下来。他这才发现，闻如我刚才这一刀竟是未尽全力！他不甘心就戮，奋力使出"龙虎柔云爪"的神功来接。但这在闻如我看来，不过是稍微推迟片刻向阎王爷报到而已。

"大敌当前，岂能自相残杀？"渡难大师一边叫道，一边扑了过来，看样子像是过来劝架。

"他必须死……"就在闻如我这一刀刚好切入严可纲心脏的瞬间，他的叫声戛然而止。渡难大师竟然拿住了他背后的灵台穴和志堂穴这两个人体大穴，闻如我顿时不能动弹，他望着渡难大师道："你开什么玩笑？快放开我！"

"阿弥陀佛。"渡难大师念着佛号，龙朝圣等三人哈哈大笑，龙朝圣笑道："大师果然守信，妙极，妙极！"

闻如我瞪大眼睛，不解地问："你也出卖我？为什么？为什么？"他虽然不能动弹，可是他的语气充满了愤怒，众人都仿佛感觉到他的身体在颤抖。

"我在赎罪。"渡难大师淡淡地道，"也许我无论做什么都弥补不了你所犯下的滔天罪行，但现在我必须替天下人除掉你。"

龙朝圣安慰渡难大师道："亡羊补牢，犹未晚也。"

闻如我恍然大悟："哦，你们是串通的！"

渡难大师晃了晃那只空空的袖子，道："这些日子，我随着你攻打大洪神教，有违初衷。自从被你砍掉了这只手臂，我反而清醒了，我再也不能让你继续胡作非为了。"

闻如我叫道："原来你还恨我，你说过不恨的，你这出家人说话不算数！"

"这场战事不能打了，否则正邪两道必将奄奄一息，没有活口了。"

闻如我叫起撞天屈来："你不想打就跟我说，那我就不打了，你不说我怎么知道？"

渡难大师摇摇头道："要阻止这场战事，我只有和龙教主约定双方各自收手。可是我在盟中空有副盟主的名头，人微言轻，毫无势力。联盟和大洪神教正处于高度紧张的备战状态，联盟围而不攻，神教严防死守，我哪有办法联络到龙教主，传达我的心意？"他说到这里，看了看地上的卫素兰，低念一声佛号。

闻如我蓦地明白，道："你利用了阿兰？"

渡难大师点点头，道："是我放走了阿兰。我知道你的灵犬鼻子灵敏，一定会觅到阿兰的踪迹，所以我用大绳套住阿兰，将她放下悬崖。悬崖的半腰有个小洞，可以让她栖身。你的灵犬追踪到悬崖边，便找不到阿兰的踪迹了。待你们离开了以后，我再将阿兰拉上来，让她回去给龙教主报信，表达我有意终止这场战事的意图。"

龙朝圣接着他的话道："说实话，这场战事打到今天，我们死了那么多人，我恨你们联盟里的每一个人，你们说的每一句话我都不会轻易相信。阿兰在这危机的关头回来报信，刚开始我是不相信的，我甚至怀疑她背叛了神教，来搞什么阴谋，所以我点了她的穴道，不让她逃跑。"

渡难大师道："我也知道你难以相信。连我也无法相信左右这场战事进展的竟是这么渺小的人物！我知道要让你相信我的意图，还要和你有进一步的接触，只好在联盟进攻神教总坛的过程中，找机会和你们接触了。"

他看着闻如我，又道："你把卫素兰看得如命根子一般，可她其实只是一个小人物，大洪神教正处于生死存亡的关头，怎会派专人来救她？更何况，玄机子虽然机关术高明，可他也造不出什么'苍翼翔天'，我们这个时代想在天上飞翔绝对是个梦！我编造谎言，只为让你死心塌地攻打总坛，好让我伺机接触龙教主。这不是好办法，可是我实在没有办法了！"他拍着脑袋，想起这一路厮杀的惨烈程度，远远超乎他的想象，禁不住一阵难过。

"我一直在你身边，找不到机会接触龙教主。好在攻下总坛的第六道关卡的时候，场面混乱，我抢在你前面和龙教主匆匆对了数招，低声说出我的意图。于是，在这君子台上，龙教主便以卫素兰为要挟，约你我上来谈判。我很早就知道严可纲偷练'龙虎柔云爪'，其实每一位副盟主都在偷练武功防范你，这些人对你不满，要是联合起来，没准就能推翻你，可惜他们始终各怀鬼胎。龙教主道破真相，便假装愤然离去，我正好趁你杀死严可纲的瞬间制伏你。"

闻如我骂道："你这个愚昧无耻的叛徒，这世上没有了我，便再无人可以剿灭魔教。你让魔教死而复活，你将成为魔教屠杀我正道人士的刽子手！"

"不！"渡难大师坚定地道，"想当年凌大先生武功盖世，也没有大兴刀兵，便使江湖太平了数十年。我一直相信，'正邪共处'才是真正的江湖之道！两个对手，一个强一个弱，肯定会一个欺负另外一个。可是如果两个对手一样强大，他们相互之间便能够保持和平的状态。然而，近几十年，正道的声势明显不如邪道，这皆因正道门派众多，却难以齐心。所以我传你《天刑刀经》，让本是市井混混的你成为至高无上的武林盟主，就是为了凝聚正道力量，团结一致，好使邪道不能妄动。这样江湖就有太平日子了……"他说出自己的宏图大略时，面露喜色，可是转瞬又痛苦不堪。因为事情的发展完全出乎他的意料，这个他原以为憨厚老实的闻如我竟越来越自负，到后来如脱缰的野马，越来越不听其话，还一意孤行攻打大洪神教，完全背离了他的"正邪共处"的大略。他没办法，只好违背自己的良心和理想，亦步亦趋地跟随着他，幻想着将正道的旗号插上大洪神教的总坛，从此魔消道长……

后来，更让他震惊不已的是，他逐渐发现了闻如我攻打大洪神教的背后可能有一个无比自私的个人目的，就是逼卫素兰出来。其实，要找卫素兰可以有许多办法，可是这人却不惜一战，视众人性命为草芥。他终于明白，这是一个疯子，只有不折不扣的疯子，才会干出如此疯狂的事情！

"你是对的。"龙朝圣对渡难大师道，"大洪神教回归中原，绝无冒犯之心，我们是可以和平相处的。"他说得很真诚，看得出他对渡难大师的"正邪共处"大略十分赞同。想当年，大洪神教败了给"剑圣"凌大先生，远走西域却不怀恨，只因他们是从心里感激凌大先生的，在凌大先生死后数十年他们才回中原，也是出于神教上下对凌大先生的尊敬。龙朝圣父亲给他取名朝圣，所指的那个"圣"，便是剑圣凌大先生。

"狼狈为奸，猫鼠同眠！"闻如我无比愤怒，"纵然世道黑暗，只剩我一人，也为正义死战！"他是真的愤怒了，以至于被点了穴道的身体都

在微微地颤抖。

渡难大师、龙朝圣等人脸色大变，这是闻如我运功冲破穴道的征兆。"杀了他！"大角牛王舞着一对犀牛刺，对着闻如我的心脏、咽喉同时刺过去。蓦地，一道血红的刀光飞过，大角牛王的人头掉在了地上。

众人没想到他一出手竟然杀了大角牛王，只见他的"天刑大刀"发着血红的亮光，仿佛一团剧烈燃烧的火，迅速将他全身裹着，还有他的头发、眉毛，以及眼珠全都变成了血红之色！

"天刑血火，天刑血火！"渡难大师大吃一惊，叫道，"这是《天刑刀经》里面从来没人可以练成的境界！"他没想到闻如我运功冲穴的瞬间，竟然机缘巧合打通了全身经脉，将"天刑大刀"练到前所未有的境界。

龙朝圣一振长剑，使出"洪荒魔剑"第十重的绝招"生关死劫"。他的天赋不亚于历代教主，想当年和凌大先生大战不休的教主罗天王，"洪荒魔剑"也是练到第十重。黑气顿时昏天暗地般涌来，"生、老、病、死"四道玄关仿佛恶咒般地缠住闻如我。然而，天刑本就是天灾，当"天刑血火"燃烧起来，大家才发现仿佛这世间什么都没有，除了死！

渡难大师看得出闻如我不为玄关所动，他招呼大爪虎王同时攻向闻如我。"你无耻，你同流合污！"闻如我更加愤怒，一脚正中渡难大师的胸膛，将他整个人踢得飞了出去，肋骨也断了数根。

渡难大师口吐鲜血，伤得太重，已站不起来。蓦地，他看见被封了穴道的卫素兰正躺在前面数步之遥的地方，一个邪恶的念头顿时掠过脑海。"我佛慈悲，原谅我。"他艰难地向这个娇弱的女子爬去。一步、两步、三步……只要再靠近一点点，他相信他能再一次控制住这头疯狂的狮子。

这时，闻如我胸前中了大爪虎王一记铁爪，血流不止，而他的巨刀却将大爪虎王一刀劈为两半！

"他流了那么多血，为什么还能越战越勇？是因为愤怒吗？"渡难大师百思不得其解，他捡起大角牛王的犀牛刺，对准卫素兰的脖子，吃力地叫道："闻如我，你不投降，我就杀了你的阿兰！"

"你敢！"闻如我怒喝。这时，只见一道红光与一道黑光相抵，在空气中发出嗷嗷连响，仿佛远古的猛兽怒吼，原是闻如我的"天刑血火"与龙朝圣的"洪荒魔剑"之"死关"力拼，刀剑相交，到了最凶险的内力相搏阶段，容不得半点分心。

尽管如此，闻如我心中记挂着卫素兰的安危，不时回头看着渡难大师这边，黑光渐渐有压过红光的势头。

"佛祖，饶恕我。"渡难大师心中默念，他知道这个女孩子是无辜的，可是只有杀了她，才能令闻如我心神大乱。他受伤颇重，全身乏力，勉强拿着犀牛刺一寸一寸地向卫素兰的咽喉刺过去。"原谅我吧。"眼看就要刺到了，他闭上眼睛，将最后一分力气往手里送去。

"你干什么？"卫素兰一声尖叫，情急之下她猛吸一口气，竟然冲开了穴道。她一把夺过渡难大师的犀牛刺，想着渡难大师刚才要杀她的恐怖情形，不禁出了一把冷汗。渡难大师躺倒在地，无力地看着眼前的情景。闻如我见卫素兰脱险，便全神贯注地与龙朝圣比拼内力。渐渐地，红光开始强过黑光……

卫素兰回过头来看着闻、龙二人，瞬间明白了一切。

闻如我欢喜地叫道："阿兰，阿兰！那秃驴刚才想杀你，你快杀了他！"

卫素兰看看脚下的渡难大师，只觉得他就如一片枯萎的树叶，真是无足轻重。她嘿嘿冷笑，忽然越笑越大声。

"为了替阿发报仇，我死也不惜。可是即使再卑微下贱，我的命也是属于我自己的，还轮不到谁来给我定夺！"

她拿着犀牛刺，慢慢地向着闻、龙二人走去。

"哈哈，阿兰，原来你想杀龙朝圣替我解围呀！哈哈，我就知道，你是关心我的，你心里有我。"闻如我笑得像个孩子，"快杀了他，杀光他们，以后再也没有人能够阻拦我们在一起了！"

卫素兰摇摇晃晃地走来，她的眼睛已经模糊，除了闻如我什么东西都看不见，她拿起犀牛刺，将所有的怨恨凝聚在这犀牛刺之上，猛地刺向了闻如我！

"嘭"的一声，卫素兰仿佛撞在一堵大墙上。闻如我有神功护体，犀牛刺遇阻反弹，竟令她生生退了几步！

"阿兰，你搞错了！龙朝圣在那里！"闻如我急道。

卫素兰又猛冲了数次，但是都被反弹了回来。她这才明白，原来在这些大高手面前，她确实是微不足道的小人物，想替梁子发报仇无疑是痴人说梦。她心中痛苦，眼中有血，混成眼泪流了下来。苍龙岭高数百丈，仿佛举手便可以摸着苍天，从虚空中她看见了梁子发的身影，她不禁露出了

微笑：“阿发，我来了。”

“不要以为渺小就没有力量。闻如我，我能对付你。”卫素兰再次举起犀牛刺，猛地一用力，刺入自己的咽喉。她张开双手，血花飞舞，衣袂飘飘，就像仙女慢慢地向凡尘降落……

“阿兰，阿兰！”闻如我大惊，手一抖，红光和黑光相错而过。闻如我一刀戳穿了龙朝圣的心脏，龙朝圣的长剑却只是插在他的胸膛上。

他扔掉了“天刑大刀”，红光顿息，头发、眉毛、眼珠的红色也逐渐褪去，他飞奔而来抱起卫素兰的尸体，号啕大哭。

渡难大师第一次见闻如我放下了“天刑大刀”，那“天刑大刀”仿佛落地就会死去一般，呜呜地发着垂死时的叫声，兀自当当地抖动。闻如我一点都不理会，他现在就像一个单纯而悲伤的孩子。

“为什么要这样傻？你为什么要丢下我一个人？”他没有看旁边的渡难大师一眼，仿佛从来不认识他，只自顾自地伤心痛哭，“我说过我们这辈子不求同生，但求共死，你怎么舍我而去……啊……啊……啊……”

他一连“啊”了数声，蓦地恍然大悟，便如上下求索千年的修炼者终于悟道一般：“阿兰，我终于明白你的心意了，你要我殉情！我终于明白了，不求同生，但求共死……”他哈哈大笑，拿起卫素兰用过的犀牛刺，猛地往咽喉上一刺，便悄然无声地倒在了卫素兰旁边，雄武的狮子终于安静地沉睡了。

渡难大师目瞪口呆，没想到那么多人绞尽脑汁、费尽功夫都无法杀死的疯子，就这样轻轻松松地结束了自己的性命。过了很久，他还不敢相信这个疯子已经死了。

寒风静静地吹着君子台。

死了，那么多人就这样死了。

渡难大师眼前逐渐变得灰沉、浑浊，好想也就这样死去，一了百了。忽然，他想起君子台下还有上千人，他们看不到台上的一切，却在等着某一方获胜，要是迟迟看不到有人走下君子台，或者看到他们同归于尽的情形，必然会马上拼死厮杀起来。他还不能死，死的人已经够多了。他要努力地向台下爬去，告诉大家一切都结束了，大家从哪里来，就回哪里去。可是他实在没有一点力气了……

尾声

后世评论闻如我的时候，那是众说纷纭，莫衷一是。有人将他和"剑圣"凌大先生相比，一个至仁，一个极暴。令人哭笑不得的是，他们殊途同归，切实都使江湖"太平"了数十年。

闻如我的追随者和崇拜者认为：非常人，行非常道也。闻如我用一种非常奇特的方法使江湖太平，这种方法是这个肤浅的世道所无法理解的。他让正邪两道大批精英几乎消戮殆尽，元气大伤，许多高深莫测的武功从此失传，以致江湖此后数十年都没有一位像样的武林高手能够出来兴风作浪。

至于闻如我是正是邪的问题，邪道中人说他曾经是号令群雄的武林盟主，一代刀魔，自然是正道中人；可是正道中人却认为，闻如我滥杀无辜、恃强凌弱，其所作所为比邪道中人还要邪，绝对不是他们的同道。

后来更多人认为，闻如我来到世上，就像那凶刀的名字一样，是一场前所未有的天灾，是上天给这千百年来腥风血雨的黑暗江湖来了一次彻底的惩罚和洗礼。

无论英雄还是平庸之辈，都在劫难逃。

注：闻如我这种病态，按现代医学的划分属于"偏执型人格障碍"，是一种以固执、敏感多疑、过分警觉、心胸狭隘、好嫉妒、自觉无人理解为特征的人格障碍。

月
老

"状告天下第一邪教！"

"万卷书兮万里路，万里路兮云飞扬，云飞扬兮归故乡，归故乡兮……"方秋生骑着黄驴，边行边吟，此番游学江南半年，问道于大名鼎鼎的吴老夫子，也算得上学海扬帆、满载而归，不禁踌躇满志，一路摇头晃脑，沉醉不已。这不，近乡情怯，最后一句"归故乡兮"到底是接"见老娘"还是"抱婆娘"似乎都合乎韵致，一时拿捏不定，犹自憨憨地笑。

沿途风物越来越熟悉，不知不觉，家园在望。这次江南之行，回去与老父兄长促膝长谈，只怕三天三夜也说不完。黄昏时分，他走入家门所在的长街，催驴快行，离家越来越近，最后只有数步之遥。

然而，才到家门前，方秋生便傻了眼。整个人仿佛突然堕入冰河之中，手足僵硬如石，从驴子上"噔"的一声跌了下来，就像从天堂突然掉到了地狱，落差巨大。什么诗情画意，什么书生情怀，一下子灰飞烟灭。

方秋生家位于西口街尽头，是这里面积最大的民宅，三进三出，还有偌大的一处花园。方秋生喜欢花，他根据时令在里面种了各式各样的花卉，有牡丹、蔷薇、杜鹃、菊花等，一年四季都是鸟语花香、春色满园。大宅旁边是一个垂柳依依、碧波荡漾的池塘，和大宅相得益彰，说得上是殷实之家。

然而，大宅现在成了一片死气沉沉的废墟，满目尽是断壁残垣、鼠蚁出没。看样子似乎是很久前就遭遇了一场巨大的火灾，到处还残留着烧焦的痕迹。

"人呢？"方秋生反应过来，发疯似的冲进废墟。他上有高堂，中有兄弟，下有妻房，一家子二十三口都到哪里去了？

难道……给烧死了？

他有一种不祥的预感，害怕得心突突跳，嘴里则喃喃地道："不可能，不可能！"大宅前后有门，非常通达，旁边还是池塘，即使大火扑灭不了，也不至于全都逃不出来。可是……人呢……他们都到哪里去了？

"不要出事……不要出事……"方秋生"嗬嗬"大叫，双手去刨那些冰凉的瓦砾，希望可以挖出个明白来，却又真怕挖出什么物事来。

这时，一个酒鬼提着酒瓶子摇摇晃晃地从废墟路过，一路还嚷着酒话。

"王二麻子！"

方秋生认得这人是街上的邻居，想问个究竟，便一声大喝，从废墟中扑了出来。

王二麻子吓了一跳，仔细打量着方秋生一会，恍然"哦"了一声，笑眯眯地道："原来是你这个败家子、死剩种呀！"

"我的家人呢？"方秋生急红了眼，问道。

"死光了呀！"王二麻子嗝着酒气，笑嘻嘻地道，"一把大火……呼，呼——烧得干干净净。"

方秋生终于听到噩耗，悲痛的眼泪好似滚珠般掉了下来。他握紧拳头，无语望苍天，慈祥的母亲、严厉的父亲、孝义的兄弟、勤劳的妯娌、贤惠的妻子，还有憨态可掬的三岁孩儿……全都成了无边虚妄中的幻影，从眼前一一飞驰而过，不留一点痕迹。

王二麻子看着方秋生失魂落魄的样子，忍不住指着他哈哈大笑。方秋生蓦地看见王二麻子手指上的碧玉戒指，认得那是二哥平日所戴之物，不禁抬头瞪着王二麻子。

王二麻子见他发现了戒指，却不害怕，傲慢地道："我拿了又咋地？我拿的可不只是这个戒指，遍地都是死人的东西，本大爷捡来用了是你祖上的光荣！"

方秋生悲愤交加，也不管这王二麻子是不是凶手，蓦地一声大喝，扑向这个身材比他高大许多的人。王二麻子毫不慌张，他是当地有名的地痞流氓，又喝醉了酒，力气似乎更大了，一拳就把方秋生打倒在地。

"小兔崽子，敢打你爷爷！"王二麻子拿起酒瓶，砰的一声砸在方秋生脑门上。方秋生顿时头破血流，眼冒金星。他一介书生，在蛮横的王二麻子面前，只能乖乖地饱受一顿老拳。

王二麻子打完后，又从方秋生身上搜出银袋，放在手里掂量，估计有十几两银子，狞笑着道："这是赔你爷爷的酒钱！"说完，便扬长而去。

方秋生被打得躺在地上很久都起不来，绝望的眼睛死死地盯着苍穹，看着天色渐渐暗了下去。几个好心的老乡先后想来扶他，但是方秋生没有一点反应。

"这事和王二麻子无关。这厮虽然贪婪蛮横，可是杀人放火这种事他是干不来的。"

"都不知你家倒了什么霉。这火是大洪神教放的。"

"那天晚上突然来了十几个凶神恶煞的大汉，他们骑着高头大马，一手拿着火把，一手拿着又长又尖的刀子，重重围住了方宅，不让任何人出来。唉，你这一家子哪里还能有一个活口！"

"后来才听说，大洪神教认错人了，他们要找的人和你家无关。这火烧得实在冤枉……"

众人见他不理不睬，便逐渐散去，剩下他独自一人躺在冰凉的大街上。其实，他们所说的每一句话方秋生都听得清清楚楚。方家向来谨小慎微，从来不与江湖人士交往，却平白无故地遭此无妄之灾，真是飞来横祸。

他脑子里一片空白，毫无情感地看着月亮慢慢地从西边升到中天，倒映在池塘中，光灿灿的一片。

方秋生越想越愤怒，不知哪里来的一股力量，他蓦地从地上坐起，咬牙切齿地吐出四个字：

"我要报仇。"

可对他而言，报仇是极其渺茫的事。他一介书生手无缚鸡之力，而大洪神教是一伙来去无踪的强盗，他仅一人无疑是以卵击石。

"呵呵。"池塘边的垂柳后突然转出来一人，是个五六十岁的老者，白眉华发，面目安详，穿着一身黑黢黢的阔大长袍。

"你想报仇吗？"老者面带微笑地道，"我来帮你。"

方秋生没想到突然冒出这么一人，愕然道："你是什么人？"

老者笑道："我是来帮你的复仇之神。"

"复仇之神？"方秋生打量老者一番，心想这老头子虽然气度不凡，但若以为自己拥有神力，如果不是疯子，那便是狂妄无边。他今天遇上这等惨绝人寰的事，没有心情搭理这种疯子。

老者很认真地道："大洪神教是邪道第一大教，教众十多万，高手如云，教主毕如风更是举世罕有的高手。你不会半点武功，找他们报仇无疑是以卵击石。"

"那你认为该如何？"

"学武功呀！"老者笑道，"江湖事，江湖了。这江湖向来以武制武，你要报仇，只要武功大成，尽管找他们去。"

老者看着方秋生，用左脚脚尖轻轻地在地上比画数下，所过之处"哧哧"冒着白烟，他竟然用脚尖在地上刻了一个斗大的"武"字。这地是用坚厚的青石块铺砌的，即使用大铁锤砸下也只能敲破些表面，这老者却如站在泥沙上一般用脚尖刻下大字，可见他是身怀绝学之人。

"如果你想学武功，我可以教你。嘻嘻，虽然你只是练武的中上之资，但是……"老者信誓旦旦地道，"不出五年，老夫便可将你调教成可与毕如风匹敌的高手，八年让你成为独步天下的大高手，让大洪神教臣服在你脚下！"

这真是天上掉下来馅饼。毕如风武功盖世，在江湖中已可呼风唤雨，超越了他，那便相当于江湖之王了，这等美事任谁也不会拒绝。

然而，方秋生只是冷冷地看了老者一眼，转身便走。老者大奇，追上几步，问道："你不相信我？"他刚才露了一手，显示了自己的武功，料想这年轻人不该怀疑才是。

方秋生面色冷峻，十分鄙夷地道："吾家被毁，便是因为你们这些江湖中人自恃武力，目无法纪，以武犯禁所致。我要是练武报仇，和他们又有什么区别？我恨这些恶人，可是我自幼饱读圣贤之书，决不会以你们的方式惩治他们。"

"那你认为该用什么方式惩治他们？"老者反问。

"王法！"方秋生十分坚决地道。

"王法？"老者颇感惊讶，继而脸露微笑。在他看来，方秋生真是一个不折不扣的书呆子，不吃点亏是不会学乖的。他摇了摇头，一转身逐渐消失在夜色之中。

方秋生看不清老者是如何消失的，他也不去理会，径直朝衙门的方向走去。

"在我心目中，守王法者，梦里无惊。这世上之所以有那么多恩怨情仇、腥风血雨，都是因为这些江湖人士不守法度而致。"

"我不会像他们那样，死也不会。"

长街寂寂，冷冷清清的。月亮缓缓地爬过中天，天边第一处晨曦将隐将现。

　　方秋生来到衙门，击鼓鸣冤。他仿佛把一股怨气发泄在大鼓之上，狠狠地擂着，鼓声远远地传开。值夜的衙役睡眼惺忪，骂骂咧咧地把头从门缝探出来："天还没亮，快快走开！"

　　"我要见知县大人！"方秋生怒吼。

　　"大人还没起床，你过两个时辰再来！"衙役喝道，说完就要将门合上。

　　"我要现在进去！"方秋生拉住门，愤怒地盯住衙役。那衙役突然被一道凶恶的目光一瞪，心中一寒，不由自主地让他闯进了公堂。

　　公堂上寂静无人，方秋生在公堂上默默地站了两个时辰，县老爷、公差们才无精打采、哈欠连连地出来办差。县老爷一大早被吵醒，极其恼怒，甫一坐下便不耐烦地喝道："谁人击鼓？速与本官诉来！"

　　堂下只有方秋生一人，他站了起来，道："在下是西口街方家子弟方秋生，状告天下第一邪教大洪神教火烧吾家，谋害吾家二十三条性命！"

　　"大洪神教？"县太爷蓦地瞪开惺忪的眼睛，被吓得几乎从座上跌到地下，这还是他为官多年第一次有人把江湖门派告上公堂。他整整衣冠，一拍惊堂木，叫道："西口街方家？此案数月前已经结了，纯属意外失火！"

　　"意外？"方秋生如遭晴天霹雳，不敢相信这个事实。

　　"正是。"县太爷言之凿凿地道，"火起当日，你家里举行宴会，所有人醉酒不醒，以致无法逃离火海。案情凿凿，早已论定，无须再议，你还是回去给他们多烧几炷香吧！"说完便招呼公差，要赶方秋生出去。

　　方秋生只想放声长笑，他全家死得极其冤枉，却不想县老爷一句"案情凿凿，早已论定，无须再议"便将事件敷衍过去。他满怀希望而来，期望县太爷主持公道，却被无情地粉碎。一股无名的怒火油然而起，不禁大骂："大人庇护大洪神教，视人命为草芥，难道大人和大洪神教是一伙的？"

　　"我呸！"县老爷怒喝，"本官才不认识什么大洪神教，你口口声声说大洪神教杀人，可有证据？"

　　方秋生道："街坊四邻，都是证人！"

　　"好！"县老爷突然变得爽快起来，道，"传四邻街坊，好教你心服口服！"

　　方秋生心想大洪神教当日纵火杀人，肆无忌惮，目击整个过程的邻居不在少数，这些便是铁一般的证据。然而，出乎他意料的是，一连传召了十几名街坊邻居，问及"大洪神教是否纵火方家"的时候，不是说"不知道""没见过"，就是伏在地上如筛糠般发抖，一句话都说不出来。

方秋生一把揪住张老伯的衣领，喝道："你昨晚还在一旁跟我说是大洪神教干的，现在怎么一句都不说了？"张老伯吓得牙齿打颤，不停地摇头。

"没有证据了吧？"县老爷"嘿嘿"冷笑，得意地道，"本大人明察秋毫，断案如神。你看，我说这案错不了就是错不了！"

方秋生心里明白，这些弱小的街坊邻里畏惧强大的大洪神教，不敢出来指证他们。而这知县老爷明知案件错漏百出，还是埋没良知地胡乱枉断。熊熊的怒火顿时烧遍方秋生全身，他从牙缝里迸出四个字："无耻狗官！"

县老爷一怔，旋即大怒："你敢辱骂本官？来人，给我打他二十棍子！"

两名公差顿时将方秋生压倒在地，脱掉他裤子，准备杖打。方秋生力竭声嘶地大骂："是非不分，黑白颠倒，你这里还有王法吗？"

县老爷似笑非笑地讽刺道："打你的，就是王法！"

方秋生也是一怔，还没反应过来，棍子已如暴风雨般挥下……

"天山上的老鹰一振翅膀，也能掀起一场海上风暴"

方秋生被打得遍体鳞伤，被两名衙役挟着扔在衙门口，嘻嘻嘲笑，如看着一堆糟粕。

萧瑟的秋风吹着他身上的伤口，好似刀子割着一般痛。大街上人来人往，对他发出各种各样的声音，有劝解的、安慰的、嘲笑的、叹气的、怜悯的……方秋生什么都听不见，目光呆滞，只觉眼前人影重重，什么也看不清。

及至下午，明媚和暖的阳光照在身上，方秋生才渐渐有了点力气。他看了最后一眼那庄严肃穆却又妖气如山的衙门，心里明白，这个地方不会给他公道，永远不会。他咬了咬牙，慢慢地从地上爬起，一瘸一拐地往

前走。

"你还要去告官吗？"昨夜的老者不知何时出现在他旁边，笑问道。

方秋生不理会他，兀自前行。老者也不怪他无礼，和他并行着，路人和他们擦肩而过。

"我知道你相信王法，你还想告官。但我可以肯定地告诉你，天下乌鸦一般黑，即使你从这里一直告到京城去，每告一次都会挨一次打，你绝对熬不到京城，便会一命呜呼。"

不知不觉，二人回到了西口街尽头，四周毫无人影，只有一片零乱的废墟。

老者仍在他耳边喋喋不休："不要妄想官府会派兵帮你剿灭大洪神教，江湖和朝廷向来相安无事，才不会为了你一家的生死劳师远征。"

"你背负血海深仇，想报仇不学武功是不行的。只有武功大成，才会有更多的人依附于你，才能组建一支更强大的力量对抗大洪神教，才能手刃毕如风。

"相信我，世上没有人能像我一样愿意传授你高强的武功。"

老者很认真、很诚恳地说完，然后静静地看着方秋生。他说得句句实在，这书生原本对王法抱有很大幻想，可经历了今天衙门一行，已彻底死心。要报仇，只有学武，别无他法。

"王法死了吗？"方秋生长叹一声，望着已变成废墟的家园，想到逝去的亲人永远不会回来了，眼泪不禁无声无息地流了下来。

老者微微一笑，等着方秋生过来求他，拜他为师，学他的武功，从此跟在他的左右。

等了很久，方秋生目视前方，忽然淡淡地道："我宁愿死。"这四个字说得很轻，然而方秋生神色坚定，使得每个字都重如泰山。

"宁愿死？"老者没想到他会做出如此决定，感觉遭到了巨大的羞辱，十分生气，骂道："好，好，好！你去死吧！你这不识好歹的蠢人，死了倒是干净！"

一个闪身，老者转到柳树背后，不见了踪影。

方秋生没有理会他，他对这世界已经完全失望，更觉得生无可恋。他安静地走到柳树下，解下腰带，绕过大树枝，打个活结。他用力搬了块大石头垫脚，然后把头伸进绳圈。他饱读诗书，鄙视武夫所为，此刻王法既死，他已经无力与整个邪恶的世界抗争，那么，他就只有用他自己的方式来向这混浊的世界，发出无言的控诉。

末了，他再向那片曾经充满了天伦之乐的家园废址投下深情的一眸，脚一蹬，踢掉石块，整个身子顿时悬在空中……

方秋生呼吸越来越艰难，周身渐渐陷入冰冷无边的黑暗世界，脑海里所剩的一线微弱灵光，转瞬也黯淡下来……

方秋生知道当脑海中那最后一线灵光熄灭之后，他便可以去到天国，和他的亲人相聚。他已经没有了呼吸，没有了痛苦，身体变得冷冰冰……

突然，那几乎消失殆尽的最后一线灵光，竟逐渐扩大……最后一下子变得光灿灿。方秋生"啊"的一声大叫，猛地睁开眼，只觉阳光明媚，大地流彩，他正躺在青青嫩嫩的草地上，几条随风摆动的柳枝在眼前飘来荡去，风里传来百花醉人的香气。

"这是……"方秋生惊疑地看着四周，这里不像地狱，难道是到了天国？

"恭喜你，你重生了！"老者的声音从旁边传来。大白天老者还是穿着一身黑袍，他低着头盘膝在地，手里拿着几块短小的木块，轻轻拍击着，而他身前已有数十块木块竖起排列成一个图形。

方秋生问道："是你救了我？"

"我在一旁看着你死，是想看看你到底是不是那种宁愿死也不愿学武的人。"老者笑道，"很明显，你就是那种人。所以我在你一只脚踏进了鬼门关，一口气还弥留在人间，将死未死之际救下了你。"

"你为什么要救我？"方秋生发现老者临别时愤怒的表情，和现在的慈祥与和颜悦色截然两样。

"帮你报仇啊！"老者笑道。

"我说过不学武功的……"方秋生道。

"我没说教你武功。"老者哈哈大笑，忽然无比严肃地道，"别忘了我是复仇之神。告诉你，这世上除了武学、王法之外，还有至高无上的第三种复仇之法。此法凌驾于世间万物之上，却从不露痕迹。古往今来，天下人浑浑噩噩，忙忙碌碌，却不知一举一动都受此法牵制，什么盖世武功、铁法如山与它相比简直可笑，只因它神圣不可侵犯！"

方秋生被老者的庄严感染，有点激动，问道："此乃何法？"

老者不说话，将手里最后几块木块，安放在身前的木阵中。"这是？"方秋生突然发现，这木阵似乎是一个熟悉的图案。老者右手食指在木阵末端的木块上轻轻一点，那木块向前倾倒，压在第二块木块上，第二块又压在第三块木块上，第三块又压在第四块……一块压一块，木块依次飞速倾倒，如波浪一般伸展开去。待全部木块倾倒在地，方秋生终于看清楚这木阵原来形成的是一个"神"字！

老者庄重地道："看不见，摸不着，冥冥之中，世间万事万物都由它操控，它无所不包，无所不能，此乃——神法！"

"神法？"方秋生吃惊不已。他看了老者的演示，隐隐参透了什么，但具体是什么，一时又说不上。

"这世间人和人、物和物、人和物之间总有千丝万缕的联系，表面看来八竿子打不到一起的两个人，会因为另外一人的举动而发生变化。你看看这些木块，第一块和最后一块之间相隔数十木块，可是你在第一块处那么一点，便'骨碌碌'地一块压一块，最终压倒最后一块。所谓神法，就像站在虚空之上俯瞰众生的神明，伸出无形之手，通过撩拨人与人之间的一些关系，便能改变凡人的命运。"老者嘻嘻一笑，"神之手，看不见，摸不着，你改变了他人，而他人却不知晓，岂不是高深莫测？"

方秋生听得一头雾水，只痴痴地看着老者。

老者哈哈一笑，道："简单点说，就是利用因果关系惩治恶人。比如你要报复戊，可以通过甲达于乙，通过乙达于丙，通过丙达于丁……最终达于戊，明白吗？"

方秋生疑惑地道："一丝变化真的可以改变那么多事情？"

"差之毫厘，谬以千里。天山的老鹰一振翅膀，也能掀起一场海上风暴。"

老者忽然像书生一般摇头晃脑，自得其乐地吟着歌谣，方秋生竖起耳朵，只听见他在吟唱：

失钉子兮，坏蹄铁。

坏蹄铁兮，折战马。

折战马兮，伤良将。

伤良将兮，输战争。

输战争分，亡国家！

方秋生听得分明，只觉得振聋发聩。老者似乎在说着非常高深的道理，比他在江南吴老夫子那里学到的不知要精彩多少倍，不禁连连点头。

老者看了看他，嘿嘿一笑："神法复仇，有快有慢。大洪神教和毕如风非常强大，可以说是这世间你最强大的敌人，你要复仇可不是一朝一夕可以完成的，你得跟随我苦心修行数年。"

"数年？"方秋生看着老者不禁有点将信将疑。

"你不相信？"老者倒也爽快，道，"说一个在这附近，而你又想对付的人，我让你看看神法的厉害。"

方秋生脑里灵光一闪，脱口道："王二麻子。"这王二麻子居然连他家死人的东西也不放过，偷去换钱赌光，还把他打了一顿，委实是卑鄙无耻。这样的人不狠狠地教训一下，那真是天不长眼。

"好！"老者叫道，"就王二麻子！"

"对付王二麻子这样的地痞流氓，只需一天，便可应验。"老者非常自信地看着方秋生。

老者把方秋生带到远离西口街的郊外，他交给方秋生两枚铜钱。这两枚铜钱看上去没什么特别，就是边缘之处微微有些缺口。

老者道："你把这两枚铜钱，在今天中午给菩萨庙外的那个瘸腿小叫花便可。"方秋生点点头，手里紧紧地握着那两枚铜钱，目光注视着菩萨庙四周。

很快，他便看见老者所说的那个瘸腿小叫花。今天的香客很少，小叫花倚着墙躺着，身边的破碗空空如也。他饥肠辘辘，肚子咕咕叫的声音让人听得真切。他以为今天不会得到什么施舍，索性连叫花歌也不唱了，力气节省一分是一分。

到了中午，方秋生装作普通行人路过小叫化身前，掏出两枚铜钱，当当两声脆响，扔进了那个破碗后，若无其事地走开。

然后，他和老者躲在别处偷看，老者只是得意地笑。小叫花看见铜钱，仿佛来了力气，伸出肮脏的小手拿着那两枚汗津津的铜钱站了起来，一瘸一拐地向长街尽头那家"李大郎馒头铺"走去。

方秋生和老者远远地跟在小叫花后面。数百步之后，青石井后的一名

青衣刀客仿佛被小叫花手上的铜钱吸引，亦步亦趋地跟在他后面。方秋生大奇，这青衣刀客看上去衣着光鲜，气度不凡，难道还会打这两枚铜钱的主意？他看看老者，老者却在微微地笑。

小叫花大概是饿了很久，走得很慢。青衣刀客很有耐心地跟在他后面。

"我要两个馒头。"小叫花的声音不大，但是明显对那热气腾腾的馒头充满了期待，他将那两枚铜钱高高举起，递给李大郎。

"好的。"李大郎揭开笼盖，正欲取馒头。忽然，一个大汉从旁走出，骂骂咧咧地道："臭叫花，馒头是你能买的吗？"

方秋生心里一惊，他的目标出现了，这人正是王二麻子。他一手夺过小叫花手中的铜钱，一手把小叫花推倒在地，道："你应该乞讨，不该来买，你要是来买，那还是乞丐吗？"

小叫花重重地摔在地上，放声大哭："还我钱，还我钱！"李大郎心软，哄那小叫花道："别哭，别哭，我送你两个馒头吃便是。"

"不给钱也行？"王二麻子喝道，"那我要十个！"

"这……"李大郎畏惧他，却又不舍得给。王二麻子毫不客气，自个儿去取馒头。

"馒头放下，铜钱给我！"那一直跟着小叫花的青衣刀客突然叫道。王二麻子突然被人一喝，大怒，转身瞪着青衣刀客，骂道："给你这短命的杂种！"便将两个铜钱狠狠地掷向青衣刀客。虽然看见青衣刀客手上有刀，但王二麻子自恃高大蛮横，也不把他放在眼里。

青衣刀客轻轻地接过铜钱，放在手里仔细地抚摩，仿佛在思考什么事情。

王二麻子见铜钱没打到他，便挥起拳头直奔他而去。青衣刀客轻轻一叹，转身便走。眼看王二麻子就要追上，拳头即将落到青衣刀客头上的时候，王二麻子突然整个人僵住了，一动也不动。直到青衣刀客走开二十多步，一抹鲜血突然从王二麻子身上飞溅出来，"啪"的一声，他倒在了地上，已然毙命。

"杀人啦，杀人啦！"街上众人才发现王二麻子被那青衣刀客以极快的刀法杀了，顿时乱成一团。青衣刀客的步子不大，但这时已经走了很远。

王二麻子死了……方秋生出了一身冷汗，仿佛是他亲手杀死他的，但是一切又与他无关。那老者嘿嘿一笑，转身便走，方秋生紧紧地跟在他后面，连问："你是怎么做到的？"

"菩萨庙外的小叫花饿了很久了，你给他两枚铜钱，他一定会去买馒头吃。街上卖馒头的不只李大郎一家，但小叫花一定会去李大郎那里，那是因为李大郎的馒头比别人的要大些，做工也比别人的好，而且平时对小叫花很好，偶尔还会送他一个半个馒头吃。

"王二麻子每天中午，都在街上游逛，干点偷鸡摸狗之事，一定会路过李大郎的馒头铺。

"这青衣刀客是从外地来的，他是一名杀手。他在这街上已有十五天了，他和他的中间人约定十五天内在这里接头，等中间人给他安排他这一生最大的一笔买卖。他们之间从来没有见过面，中间人每次约见他，都是以一枚作了标记的铜钱为暗号。"

方秋生突然醒悟，给小叫花的那两枚铜钱一面黑漆漆，一面却被打磨得亮锃锃，颇为特别。

"青衣刀客见了小叫花手中的铜钱，以为是神秘的中间人联系他，便跟在小叫花后面。王二麻子平时欺负小叫花惯了，连小叫花手中小小的两枚铜钱也不肯放过。青衣刀客平时和中间人联系都是十分神秘的，青衣刀客觉得今天这情景有些不对，便向王二麻子索要铜钱。

"一看之下，发现这两枚铜钱只是碰巧有点相像，并非中间人的暗号，好生失望。今天已是他待在这个小镇的第十五天，按照约定如果中间人不出现的话，便可能是中间人出事了，他必须离开这里。这王二麻子不知他是杀人如麻的杀手，而且此刻心情非常糟糕，居然出手打他，那真是惹怒了他。青衣刀客虽然面无表情，但这时心里又烦又怒，他平生杀人无数，轻轻一出手，便杀了他。青衣刀客杀人，固然是因为王二麻子不知死活欺到他的头上，同时也是因为他不知道中间人发生什么事情而失约。他杀掉王二麻子，便能向中间人传递一个信息：他来过，现在已经走了。这算是青衣刀客留给中间人日后寻找他的线索，他从没见过中间人，他以前便是通过这样的方式联系他。"

方秋生听后心里"咚咚"狂跳，这老者料事如神，妙手轻轻一挥便能决人生死，难道真是神仙？他已经心悦诚服，决定跟老者学"神法"去制裁大洪神教和毕如风，他请教老者的名号。

老者呵呵一笑，道："叫我月老吧。只是你要记住，我这个月老不会

替人牵线结良缘，只会替人牵线复仇。"

"全部来自这些书籍"

方秋生知道"月老"不过是他的一个代号，他既然是暗暗地躲在江湖背后的人，肯定不想别人知道他是谁。那也没关系，方秋生只要能复仇便可以了，不用武功，不求王法，一切置身事外，却能为一门二十三口惨死的家人报仇，便已足够。

月老把方秋生带到一个非常隐蔽的山谷，那便是月老的住所"月老谷"。山谷里面住了数百人，全是月老的手下，他们每天都似乎极其忙碌地来来去去，方秋生一时也看不懂他们在干什么。月老告诉他，这些人都是他的"红娘"，全是替他做事的，他们本领高强，每个人都有不同任务和分工。通过他们，他可以知道和操纵整个江湖的事情。

方秋生跟着月老一路走去，来到一处绝壁前面。这绝壁几乎是垂直的，极其陡峭，顶上云雾迷漫，连猿猴都不易攀缘上去。绝壁之下，还有许多飞鸟的尸体，显然是它们看不见路，一头撞死在绝壁上的。

月老往上面一指，方秋生顺着他的手指看去，只见峭壁上建造了一条弯弯曲曲的索道，索道通向的地方竟然有一座气势雄伟的楼阁！这便是月老憩息之地和月老谷的权力中心：月下阁。

方秋生大为慨叹，真不知这楼阁和索道是如何建起来的，这到底需要花费多少人力、物力和时间。

月老抵着方秋生的腋窝，疾如飞鸟，方秋生只觉脚下生风，在陡峭狭窄的索道上奔走如飞。不一会，便上到那半空中的月下阁。方秋生暗里冒汗，若不是被武功高强的月老带上来，让他一步一步地爬，没个三天三夜别想上来。

阁里给方秋生的第一印象就是到处都是书，他几乎认为自己来到一家巨大的藏书馆，而不是一个可以操纵天下的地方。阁里每一处地方都堆满了各种各样的书籍，因此阁里四处都布满了蜡烛。阁里也有许多"红娘"，他们的任务就是不停地搬运、整理和抄写书籍，以及不停更换将要燃尽的蜡烛，以保证阁里的光明。

"神之所以无所不能，首先是他无所不知。"月老说道，"因此，所谓'神法'，全部来自这些书籍，你只要用心去读，便有发现。"

因此，方秋生在月下阁住下的第一件事情，也是唯一的一件事情，便是读书，读无穷无尽的书。

方秋生一介书生，读书对他而言本是其乐无穷的事情，但是很快他就发现这些书不是他常看的四书五经。这座卷帙浩繁的书库里的书籍，其实分为两类：一类是武功典籍，什么拳法、剑法、内功、异术、蛊术、毒药等，数以万计，琳琅满目，应有尽有，据说许多还是武林早已失传的，连名字都不复在世；另一类则是各种各样的江湖纪实，这些典籍记载了江湖上的所有人和事，事无巨细，一览无余。武功典籍方秋生是不会阅读的，他只阅读那些江湖纪实，每每读到那些不为人知而又令人触目惊心的秘密，他都感到惊心动魄、气海翻腾。实在难以想象这黑暗肮脏的江湖，会有那么多无耻、卑鄙和不可思议的事情。不少道貌岸然的君子，其实是唯利是图的小人；不少端庄的美人，其实是水性杨花的婊子。师徒可以互相谋害，兄弟可以互相仇杀，朋友可以互相出卖，大家无所不用其极，道德是一文不值的，良心不如一坨狗屎。面对如此曲折离奇的故事，即便是坊间最富想象力的小说家也会觉得自己笔下的情节枯燥乏味。

这些匪夷所思的事情，和圣贤所教的内容完全背道而驰，每次读到心痛难受的地方，方秋生几乎要窒息、呕吐，他愤愤不平，把书本扔在一边，觉得无法再读下去。休息了许久，他想起了大洪神教和自己背负的血海深仇，心头一热，又有了不顾一切读下去的动力。

他曾为一个被最亲密兄弟出卖的少侠感到不平，跑去质问月老，为什么知道这么凄惨的事情，也不去帮一帮那少侠？

月老笑了笑，说，这种事情多如牛毛，你管得了吗？

方秋生气馁了，这样的事情确实太多了。连月老也管不来，他又如何去管？算了，还是只管自家复仇吧。久而久之，方秋生看见这样的事情已不再揪心，他麻木了，没有感觉了，仿佛那都是纸上的事情，世上根本不曾发生。他不再为落难的正直少年感到悲愤，不再为廉洁的忠臣惨死落泪，不再为狼心狗肺的恶人咬牙切齿。他发疯似的去读关于大洪神教和毕如风事迹的书，强迫自己去了解，从而找出对付的办法。可是大洪神教不愧是

天下第一大教，分舵和教徒遍布江湖，枝蔓丛生，关于它的记载实在太多，方秋生一目十行，只觉得眼花缭乱，应接不暇。每天，都有"红娘"将关于大洪神教的新书运进月下阁，书中是大洪神教近来发生的事情，或者是早已发生，但刚刚被"红娘"查出来的事情。"红娘"们的本事到底有多高？方秋生曾经问月老，月老喟然长叹，脸上露出一种深不可测的表情。后来方秋生知道，每一位"红娘"都武功、才智过人，所以这世间几乎没有他们做不到的事情。他们隐姓埋名、心甘情愿地为月下阁终身效力，仿佛中了魔咒一般。

月下阁的旧书还没看完，新的书又至，方秋生只好没日没夜地看。他是个书虫，看书飞快，记忆力也好，可也被折腾得精神恍惚、视野模糊。"红娘"们会经常用野菊花、野生人参等药物，或煮水生烟熏，或熬汁服用。这是月下阁的独门秘方，对宁神养眼，有显著功效。要不是有这些秘方，方秋生整日这般看书，即便是有十双眼睛也早已坏掉。

月下阁永远是光明的，在里面没有黑夜白天之分。方秋生经常沉溺于书中，有一次低头走出楼阁，蓦地透过绝壁，仰视苍穹，根据星斗的偏移位置，推算出自己已经不眠不休地读了三天三夜，不禁一声叹息，虚脱晕倒。

这段日子月老对他不闻不问，只让他不停地读书。月老经常离开月下阁，游戏人间，回来后会给方秋生说说江湖上的事情。方秋生想向"红娘"们打听月老的来历，可这些"红娘"仿佛天生聋哑，泥雕般毫无表情，也不知是不知道，还是讳莫如深，方秋生对月老始终一无所知。直到有一天，一名"红娘"不耐烦地道："你和我们不一样，我们是'红娘'，他没当你是'红娘'。"便转身而去。

"没当我是红娘？那当我是什么？"那人不说，方秋生也想不明白。

这日，月下阁外雪花轻轻地飘落，丝丝寒气沁入阁内，时序已到了冬季。真是山中读书，不知时光飞逝，方秋生在月下阁已有一年。

方秋生读遍了所有关于大洪神教的书籍，对大洪神教的熟悉就像看着自己的掌纹一样清晰，仿佛他就是神教的一分子，而且是监管神教机密的官员，事无巨细，人无贵贱，全都清清楚楚、明明白白。可是，越是这样，方秋生越感到懊恼，因为大洪神教实在太强大了，不计依附他们的大小帮派，光教众就有二十多万。若不是如今朝廷还算兵强马壮，换作乱世，大洪神教揭竿而起，定能争夺天下。而且大洪神教上下十分团结，并无派别旁系之争，邪道其余教派也是唯它独尊，对其一呼百应，比起各自割据的正道各派，大洪神教自然要胜出许多。说它是铜墙铁壁，那是一点不差。

"铜墙铁壁，如何撼动得了？"他跑去问月老，面对这么一个毫无破绽的庞然大物，他真怀疑月老的所谓"神法"是否有效。

"这一年来，你只读有关大洪神教的书，这是对的。但光读它还不够。"月老微笑地道，"你得读懂江湖。"

"江湖？"方秋生瞪大眼睛。

"是的。"月老严肃地道，"大洪神教是天下第一大教，动辄倾动天下。你要想撼动它，必须读懂这茫茫江湖，只有江湖，才是它的葬身之地。"

方秋生沉默了片刻。月老是对的，只有倾天下之力，才能令这大教覆灭。他望着阁外的星空，绝壁之外的大洪神教和毕如风，大概不会知道绝壁之内有这么一个人，一个他们完全不知道的人，正在发奋要将他们打倒吧。

他暗下决心，读懂江湖。

读懂江湖不是容易的事情，这意味着方秋生几乎要把月下阁的所有藏书读遍，这里的书如恒河沙，而且数量每天都在快速增加。

好在方秋生生来就是个书虫，读书不是一件困难或者痛苦的事情，他读起来也像圣贤的诗书一般有趣。

一年、两年、三年。

方秋生足不出阁，又再读了三年的书。五年来，他读过的书不计其数，见识日渐广阔，对整个江湖的了解已是胸有成竹。随便提出一件事、一个人，方秋生都能说个大概。

月老有时会给他布置"作业"，让他牵线去杀一些人，算是对他运用"神法"的检验。刚开始是杀一些诸如王二麻子之类的流氓地痞，然后便是什么刀客、剑客，所杀之人的层次逐渐提升，到了第三年，目标逐渐变成一些帮派的首脑。

他曾经问月老，他什么时候才能对大洪神教下手？月老总是笑笑：你的火候还远远不够，"神法"的施展必须不露痕迹，让人毫无察觉，否则，种种恶果都会报应在你身上，只会害了千百年运转不衰的月下阁。

方秋生听后，倒也不心急，他早已相信"神法"的高深莫测，从心里

佩服得五体投地，慢慢修行便慢慢修行吧。

这一天，方秋生接到月老布置的一份作业：杀掉银刀公子叶欢。

看到这个名字的时候，方秋生心里"砰"的一跳。这种感觉，只有第一次牵线杀人的时候出现过。那次杀的是一个王二麻子之流的地痞恶徒，他记得自己的"线"一笔一画地写出来时，那只手在剧烈地颤抖，就像对犯人写着一份秋后处决的刑文。尽管素未谋面，眼前却不断出现那地痞挣扎求饶的身影，心里突突狂跳，如同亲手杀人。

后来，一次、二次、三次……他成功地布线，心情极其平静。是的，他只是写下一个看上去与人生死无关的开头，就像月老当日只是叫他施舍两枚铜钱给小叫花一样，这次在东街售布叟处买半尺浅绿色布料，下次在云来酒楼吃一只半斤重的特色燕窝鸡，看似云淡风轻、毫无关联，接着所有事情都会按照设想一步一步地发展，直到该死的人死去。

这次之所以有这种感觉，是因为月老第一次让他去杀一个有分量的人。

银刀公子叶欢是银刀山庄之主。银刀山庄三代刀雄，称霸一方，在江湖中赫赫有名。到了叶欢这一代，银刀山庄更是走向巅峰，可以和各大帮派并驾齐驱，势力非常庞大。方秋生当然知道叶欢这种人死不足惜。银刀山庄的大位向来立嫡，这叶欢是姬妾所生，按祖规不能继承山庄。本来以叶欢之能，完全可以走出山庄，开创一片天地。但是这人心胸极其狭隘，相继将父亲、兄长害死，而且干得神不知、鬼不觉，江湖中无人知道他这等兽行。为避免银刀山庄后继无人，族老们便通过商议，决定由他继承银刀山庄的大位。当然，这一切都逃不过月下阁犀利的眼睛，他的一切罪行，全都白纸黑字地书写在月下阁的典册上。

方秋生很有信心干掉叶欢。他端坐在案前，冥思苦想了一天，又翻阅了许多资料，然后拿起似阎罗判官用的笔即席挥毫，纸上写着两个事件：

一是三月三日辰时在东胜酒楼喝八十七文钱的酒，喝完大叫伙计结账。

二是从四月开始，守在北门街林家祖屋外，弄断一名小孩放风筝的线。

他所写的两个事件，每个都是一连串事情的开始，他和月老称这个为"红线"。他满怀信心地把两条"红线"给月老，虽然两个事件看似毫无关联，换作别人准看得一头雾水，但是月老却看得明明白白，完全明白方秋生在想什么。

"天下武学博大精深，既可相生，也可相克"

"很好，很好，你的筹划很严密。"月老笑道，忽然轻轻一叹，"可惜，终究功亏一篑。"

方秋生微感诧异："你是说我的'红线'杀不死叶欢？"

"嗯。"月老将纸张揉成一团，往下面一扔，一名"红娘"急忙跑来捡过纸团，躬身而立。方秋生走过去，在他耳边细细地吩咐了一番。月老的"红线"都是由"红娘"牵引的，二人平时将"红线"写好，便交由"红娘"执行。月老虽然说方秋生的"红线"不行，可还是安排"红娘"执行，目的是要证实他的预言。

"可是我不明白，我的'红线'为什么不行？"方秋生诚恳地请教。

月老微微一笑："你第一条'红线'的目标是银刀山庄的大管家雄达。雄管家伺候过叶欢的父兄，是银刀山庄的三朝元老，银刀山庄外面所有生意几乎都是他打理，只有他才清楚那些盘根错节的账目，所以银刀山庄可以缺少庄主，唯独这个管家不可少。

"雄管家有个常年习惯，就是每天辰时都会到东胜酒楼喝早茶。在三月三这天，你安排'红娘'在此喝酒。这个'红娘'是个粗鲁大汉，邋邋遢遢，一副落魄样子。他来到酒楼，只能喝最便宜的水酒，偏生喜欢充大爷使唤伙计，使得伙计不厌其烦。

"到了结账的时候，这'红娘'不多不少就喝了八十七文钱的酒。伙计来收钱的时候，大汉便放开鞭炮般嗓子问：'多少文钱？'伙计答道：'八十七。'大汉再问：'再说一遍，老子听不见！'伙计心中有气，便又大叫：'八十七！'大汉骂道：'妈的，老子听不见！'这时伙计很生气，连叫：'八十七，八十七，八十七！你听见了没有？'这时大汉的任务便完成了，便结账走出东胜酒楼，谁也不会注意他。

"但是，刚刚上酒楼的雄管家就会全身突然打个冷战，然后忆起之前'叶欢杀害父兄'的事情。叶欢当日谋害父兄的事情做得非常隐秘，但很

不巧的是，雄管家刚好经过，从而知道他所做的一切。叶欢当然不惧怕雄管家，他银刀一挥，便可送他上西天。可是他知道银刀山庄的一切生意都得依赖这人，故杀之不得。

"他早年曾学过一种西洋的'摄魂术'，这种异术能使人忘记部分记忆。他捆起雄管家，用一条小线串起一颗小珠，念念有词地在雄管家眼前来回晃动，施展异术。一直晃到'八十七'下，雄管家便将'叶欢杀害父兄'的这段记忆忘却，继续替叶家效命。

"但是，只要让他连续听见三声'八十七'，他便会从迷惘中醒来，忆起前尘。雄管家是极其忠诚之士，所以两代庄主都非常信任他，将全盘生意交托给他。他醒来之后，痛苦伤心，定是下定决心替两代庄主报仇。"

月老娓娓说来，仿佛亲历其境，和方秋生设想的一模一样，方秋生佩服得很，说："爷爷说的是。"

"第二条线，"月老悠然道，"你的目标是龙纹掌林家。林家当家林随云和叶欢哥哥叶喜有过命的交情，他的妹妹更是嫁给了叶喜为妻，他要是知道叶喜是被叶欢害死的，一定会找叶欢拼命。

"但是叶欢接掌银刀山庄之后，便与林家疏远了，林随云很少踏入银刀山庄。这林家原先也是十分显赫的世家，祖传龙纹掌打遍大江南北，奈何自林随云的爷爷开始，这十九式龙纹掌便失传了，林家也因此衰落。

"林随云一直想振兴林家，就必须找到龙纹掌谱。只是他不知道这掌谱就失落在林家祖屋的屋顶上，用两片瓦片盖住。当年他爷爷追赶贼人遇伏身亡前，临时放在那里，后人却一直不知。

"每年这个时候，林随云都会带几个随从回祖屋拜祭先人。林家祖屋附近是空旷之地，这时正是天朗气清的日子，许多小孩会在那里放风筝。你命一名'红娘'抛出一块石子，割断飘于林家祖屋上空的风筝的丝线。那风筝飘荡而下，"红娘"暗中以掌风拍击风筝，使那风筝不偏不倚地落在林家祖屋屋顶。

林家祖屋有围墙相隔，失去风筝的小孩无法逾越，只能站在墙边哇哇啼哭。这时，林随云回到祖屋，听见小孩啼哭，便会问他缘由。林家祖屋高大雄伟，一般人上屋顶须得借助于长梯子，但以林随云的身手是不需要的。于是他飞身上了屋顶，替小孩捡风筝。捡时，便发现瓦背上有几块瓦片的堆砌形状有点特别。那几块瓦片的堆砌形状其实是林家的一种独特标记，旁人不会觉得有什么，所以这些年偶尔有些鸡鸣狗盗之徒在那屋顶匆匆而过都没发现异样。但是林随云很快便发现了异样，找到他爷爷藏在瓦片下的掌谱密卷。

"这十九式龙纹掌是至刚至猛的武功，修习过程中，到了晚上便会全身高温难退，如不借助外物降温，第二天起来极有可能变成一具烧焦的尸体。所以他在此期间必须向银刀山庄借'寒玉枕'一用。这寒玉枕乃千年冻玉所制，晚上用来当枕头，便能遍体生寒，击退高温。林随云和叶欢没什么交情，知他不会轻易相借宝物，便会去求大名鼎鼎的雄管家。这时雄管家正想着如何替两代庄主报仇，两个互不相识的人被你'红线'牵引，无意中相聚在一起，雄管家至忠，林随云至义，两人一拍即合，自然而然便会密谋为两代庄主报仇。

于是，雄管家偷偷借寒玉枕给林随云，助林随云练成十九式龙纹掌。银刀山庄势大，二人又没有叶欢弑父杀兄的证据，无法号召同道声讨叶欢，便只能商议暗杀叶欢。"

说到这里，月老便停住了。他专注地看着方秋生，仿佛等他觉悟过来，良久才道："最后死的不是叶欢，而是林随云。"

"什么地方出错了？"方秋生不明白，林随云神功大成，武功比叶欢高出许多，而且雄管家和林随云一内一外，只要筹划周密，没有理由杀不死叶欢，他实在百思不得其解。

月老微微一笑，道："二十日之后，便有分晓。"

方秋生绞尽脑汁，却怎么也想不到自己的"红线"错在哪里，心情变得焦急万分。日子一天天过去，到了第二十天，"红娘"果然传报：叶欢杀死林随云于枫树林外。

方秋生心中一寒：月老真是无所不知的神。他原以为经过自己千推万敲，自认万无一失的"红线"，在月老面前却是那么虚弱无力。

这是他第一次牵线失败。

突然之间，他冷汗直冒，脸色苍白，仿佛骤然生了急病，心中一阵阵刺痛。

月老知道他为什么这样子，冷笑道："你现在该明白了吧？你的'红线'若是牵得不对便会害死无辜的人，这和你亲手杀死他们没任何区别。"

直到听到林随云的死讯之后，方秋生才意识到，虽然林随云不知他这个人，可是他不能埋没自己的良知，因为他的失误，实实在在害死了一条无辜生命，双手虽不是血淋淋的，却一样充满血腥。

"红娘"前来叙述，雄管家把叶欢骗到枫树林外，林随云出来为叶喜报仇。刚开始，林随云凭十九式龙纹掌占尽上风，眼看就能取叶欢性命。谁知到了一百个回合之后，形势急转直下，叶欢越来越强势，林随云逐渐连抵挡都无力。雄管家想去帮忙时已迟了，叶欢一招"冰浪滔天"，把林随云斩于脚下。

月老道："你知道错在哪里吗？"

方秋生茫然地摇摇头。

"林随云的武功本来不在叶欢之下。学了十九式龙纹掌，武功早已在叶欢之上，而且林随云设伏在此，占尽地形、心理优势，按道理应该是林随云杀死叶欢才对。"月老就像看着一个做错事的孩子似的看着林随云，慢条斯理地道，"你处处都算到了，可是有一样东西，你算漏了。"

"是什么东西？"方秋生已经隐隐约约地猜到了，可还是忍不住要问。

"是武功。"月老道，"天下武学博大精深，既可相生，也可相克。你不知道，龙纹掌和叶欢的银刀是属于后一种。龙纹掌属性刚烈，叶家银刀暗带阴寒，两者相斗时间长了，银刀便会慢慢消耗掉龙纹掌劲。所以，虽然原来林随云比叶欢高强，可是随着时间消逝，此消彼长，两者的强弱便会急剧转换……武功这东西，是不是很玄妙？"

方秋生顿觉黯然，他知道月老说这番话意味着什么。当日月老要教他武功，他宁死不从，只因他一介书生从骨子里鄙视江湖人士"以武犯禁"，满以为跟月老修习"神法"，与武功便扯不上任何关系。如今看来，要修习高等的"神法"，还是离不开它啊！

"在月下阁，你一直只看江湖纪实，对所有武功秘籍视若无睹。我一直都想告诉你，江湖和武功，就像两个双胞胎兄弟。你要研习'神法'，只研习江湖，不研习武功，是难以大成的。你可以不学武功，但你不能不懂武功。"

方秋生不记得月老最后说了些什么，他独自回到卧室，看着阁外的天空，耳边只有"武功、武功"的声音在不停地回荡。他一直视武功为洪水猛兽，月下阁的武功典籍何止千万，他一页都没翻过。他捂着脑袋，试图说服自己"我只是看，不是学。"可就是下不了决心。

他很气闷，一连几天一个字都没看，只望着阁外日出日落发呆。二十三名亲人的身影不断在虚空中划过，仿佛在叮嘱他切勿忘记报仇。"我只是看，不是学。"人生不如意事常八九，可与人言无二三，这世上谁能事事如意？

他对着长空一声大叫，绝壁外阵阵回音传来，他回身走进月下阁深处的藏书架，拿起一本记载上乘内功心法的典籍便看。

月老知道他终于开窍了，不禁一笑。

方秋生拿起书本读得很认真，他坚信自己心无杂念，即使阅遍天下武学书，一样可以不学武功的一招半式。

他看了许多之后，相信月老的话是对的。天下武学博大精深，不懂武功，是绝对学不好"神法"的，而且这里面还是有点有趣的东西的。比如两种武功，相生相克，一百回合内，武功甲能克制武功乙；二百回合后，武功乙又能反过来克制武功甲；到了第三百回合，武功甲还在死撑的话，便必死无疑。

真是神奇得很。

可是这些秘籍太过深奥，有时看得还真的挺辛苦。方秋生依稀记得，经常夜里睡得模模糊糊、昏昏沉沉，好像全身发烫。后来似乎有"红娘"过来照料，他们的法子也挺神奇，睡到半夜便热气全消，早晨起来，只觉神清气爽。

月下阁的藏书实在太过丰富，方秋生想起传说中的貔貅，那是一种气吞天下、"只进不出"的神兽。月下阁就像貔貅一样，它源源不断地吸进各种各样的书籍，却永远都不会满足。

方秋生两年来于灯下苦读，对天下武学脉络有了清晰的了解。打那以后，方秋生的"红线"再也没有失手，所杀的人比银刀公子叶欢之流不知要高强多少倍，弹指之间，便将千里之外的他们判处死刑。这些年，江湖的二流高手里，有一百二十七人死在他手里；一流高手，他干掉了四十九个；江湖九大派，他废掉了四派。有时，他的"神之手"还触及了那高高在上的殿堂，令昏庸的君主颁布几条惠及天下百姓的政令，使那些被诬陷下狱的忠臣良将沉冤得雪，当然他不会忘记"关照"一下当日那个不肯帮他报仇、糊涂断案的知县大人，他一条"红线"便让知县大人掉了乌纱帽，

仇家们很快一拥而上将他干掉，弃尸闹市。他思前想后，觉得还不够，便牵线将当日那些不肯为他作证的街坊四邻也惩戒了一下：或是煮饭失火，或是走路摔跤，或是钱袋被窃，处罚程度有轻有重，各不相同。

天下如棋局，举手风云变。他变得无所不能。

月老已经非常放心让他牵"红线"，方秋生在月下阁可以发号施令，地位仅次于月老。他知道，凭他现在"神法"的功力，即使离开了月下阁，也能干出一番轰动天下的大事。方秋生忽然想起那个"红娘"说的"他没当你是'红娘'"。难道月老当他是弟子？要不，怎么会把"神法"倾囊相授？虽然月老从来没有承认他们的师徒关系，他心里还是非常感激的。

这一天，月老对他说："七年了，你可以着手对付大洪神教，为你的家人报仇了。"

听到这个消息后，方秋生很平静，但是内心却波涛翻滚，这一天他等了太久！他跑到阁外，指着阁外那片血红的天，大叫："毕如风，我要你血债血偿！"

而相距很远的大洪神教总坛，此刻正在举行酒肉横飞、热闹非常的宴会。毕如风正大宴群雄，庆祝一场打败正道三派八十多名高手的巨大胜利，他端起金樽，顾盼自雄，哈哈大笑："诸位请干杯，以壮声威，干——"众人一齐喊道："教主威武，一统江湖，干——"皆一饮而尽。

过了一会儿，方秋生慢慢回到大殿，平静地对月老道："我想到江湖上走走。"这是他来到月下阁这么多年后，提出的第一个要求。

月老同意了他这个要求，但是月老也有一个要求，就是方秋生去任何地方都得月老跟着。

"怎么是这种结局？"

江南小镇，车水马龙。

一老一少，并行于川流不息的人群中，看上去是两个很普通的人，然而他们的双手是"神之手"，一举一动都与江湖上许多人的生死相关。

"那孩子只有七岁，你为什么要杀掉他？"

方秋生冷冷地道："你没有看见他那怨毒的眼神吗？他眼里对那些杀掉他父亲的侠士们充满了仇恨，他长大后一定会找他们报仇。与其让他长大为患，不如及早除之。"

数月以来，月老陪在方秋生左右，方秋生看见不平的事，总是出手"管"一下。他的"神法"不见痕迹，轻轻一拨，便如小鸟振翅，给万里之外的海上帆船带来灭顶的大风。世上除了月老，没人看出他在做什么，此时方秋生运用"神法"的功力已不在月老之下。可是二人看问题的观点有时还是有点出入，比如刚才一个隐藏在闹市的恶人，在方秋生的无形"红线"下，一群侠士联手诛杀了他。但月老不明白，方秋生为什么连那恶人膝下才七岁的孩子也不放过。

"斩草不除根，春风吹又生。"方秋生漠然地道，"除恶务尽，势必无情。这几年我一直在想，该如何惩治毕如风。我的亲人不是毕如风亲手所杀，他们只是毕如风的手下杀的。那么我杀掉毕如风，或者把那些亲手放火烧毁我家的教众找出来杀死，便是报仇了吗？不，我的亲人其实是死在'恃强凌弱'这条黑暗的规则下，大洪神教杀死吾家一门可以全然不当一回事，便是自恃强大。所以我要将大洪神教连根拔起，才能告慰他们的在天之灵！"

月老微微一笑，在他的调教下，方秋生再也不是那个迂腐弱小的书生，他现在充满自信，变得冷酷、无情、执着、坚忍。

他们来到一处书院遗址。这里破烂不堪，到处是断壁残垣、荒草丛生，却也依稀可以想到当年鼎盛时期的兴旺。看书院的规模，少说也能安置一两百学子，聆听先生讲学。

月老问道："这里便是江南吴老夫子的道场？"

方秋生点点头，吴老夫子学富五车，闻名遐迩。当年，他慕名而来，在此求学半年有余。吴老夫子是大学问家，他讲的道理精彩纷呈，令他孜孜不倦，流连忘返。现在想来，要是当初不是沉迷于问道，早点回家的话，想必也能和家人死在一块了。如今这里物是人非，吴老夫子病逝，书院已不复存在，而方秋生修炼"神法"以来，几乎洞悉这世间的一切真相，也觉得吴老夫子当初相授的道理，不过是花被盖鸡笼——华而不实而已。

他们今天来这里的目的不是凭吊吴老夫子，而是为了一睹毕如风的"风采"。这里挤满了江湖人士，熙熙攘攘，热闹非常。盛传大洪神教征服了

南宫世家，在此举行受降仪式。南宫世家一向独霸江南，其控制的渡口、码头、街市、商铺数以百计，实力非常雄厚。大洪神教垂涎多年，却一直无法涉足。然而，毕如风实为一代雄才，只用一两年时间，便把南宫世家打得服服帖帖。这令人颜面扫地的受降仪式，还是南宫世家自己提出的。

旁边有人叹气："束手就擒，南宫世家的子孙不争气竟已到了这种地步，可叹啊！"

另一人道："这你就不知道了，听说风月镇一战后，南宫世家的所有堂口几乎都为大洪神教所占，南宫博的所有亲人都落在了毕如风手上。这仗还用打下去吗？"

"噤声，噤声，人来了！"

南宫世家早已失去往日的派头，只有十几人跟在南宫博后面，面容憔悴的南宫博手捧印绶低头垂手立一旁。

"教主驾到！"随着一声吆喝，数百人簇拥着一人走来。方秋生望着这个不共戴天的仇人，只见他骑着高头大马，器宇轩昂，看上去不过四十多岁，然而天生充满威武，微风吹起他的斗篷，如一只凌空振翅的雄鹰。

受降仪式开始，南宫博全身发抖，不知是恐惧，还是不甘心失败，而毕如风则从容自如，仿佛收编偌大的南宫世家不过是在街头买了些蔬菜一般。方秋生心中佩服，他看得出毕如风是志在天下的人，南宫世家再庞大十倍也满足不了他。

突然之间，南宫博暴跳而起，手里寒光四射，不知何时多了一柄短剑，疾刺毕如风双眼。事出突然，所有人都没想到，南宫博的父母妻儿都在大洪神教手上，他竟然诈降行刺毕如风，不管刺杀是否成功，这都是把亲人的性命往鬼门关送啊。

毕如风蓦地一提马缰，那坐骑往后一退，连人带马躲开了南宫博这一剑。南宫博落回地上，正想去补第二剑，忽然眼前一团阴影袭来，毕如风已用脚尖抵住了他的喉咙。

南宫博才知道自己的武功和毕如风相去太远，无奈弃剑，大洪神教的卫士连忙擒住他。

一名教徒呵斥南宫博："教主仁慈，已经下令释放你的亲人，足见我们教主诚心待你。可你竟然丧心病狂，刺杀教主，真不怕我们杀光你一家大小吗？"

南宫博一脸沮丧，却依然是不服气的样子。

毕如风嘿嘿冷笑道："连父母儿女性命都可以不顾的人，不忠不孝，我堂堂神教收来何用？"他没有杀南宫博，命人将他放了，并放出豪言："你要报仇，本座随时恭候！"

教众被他豪情所染，高声喝彩，只有南宫博灰溜溜如丧家之犬独自逃走。

这是方秋生第一次见到毕如风。直到大洪神教大队人马离去，毕如风的一言一行都深深地刻在他脑海。他忽然有点激动起来，与他为敌的这个人果然不同凡响，自己卧薪尝胆，藏身月下阁七年，历遍群书，值得！

月老道："你现在应该知道毕如风是多么可怕的人了吧。他不但有天下第一大教为后盾，而且具备一代霸主所需的武功和智慧，更懂得如何笼络人心。比如今日，南宫博必将失去人心，毕如风则大度大量，南宫世家的势力今后便会彻底依附大洪神教，南宫博再无翻身的机会了。"说到最后，月老补充一句："这是一个非常完美、毫无破绽的人。"

方秋生点点头，月老说的没错，但即使毕如风再强大十倍，他也一点都不害怕。"神法"在手，天下已没有令他害怕的事情了。他们离开吴老夫子的道场，回到月下阁，方秋生便将自己关了起来，他不用再去看书，因为整座月下阁就在他心中。他只是盘膝打坐，冥思苦想。

"白日依山尽。"

"白"——白龙堡，关外四大马场都是它所辖，富甲天下，堡内高手如云。

"日"——红日社，善于投机倒把，钻营生意，号称只要红日照到的地方，都有它的分舵。

"依"——蝶衣楼，江湖最大的杀手组织，没有之一。

"山"——千山盟，由天下一百零八家山寨会盟而成，盟下尽是聚啸山林、义字当头的绿林好汉。

"尽"——金刀会，"天下第一刀"武兴霸创立的帮会，会众数万，声势浩大。

这是方秋生出关后，告诉月老的计划。这句诗词里面，每一个字都代表了正道的一个门派，方秋生计划牵线，让这五大门派消灭大洪神教。

"这五大门派，要么是侠义道，要么非正非邪，和大洪神教都没多大过节，如何让它们和大洪神教火拼？"

方秋生笑了笑，他早知道月老会有此问。此刻他运用"神法"的功力不在月老之下，月老也轻易猜不出他将如何牵线。他打开一幅地图，指给月老。

"五派里面，红日社和蝶衣楼的总坛最为神秘，江湖中知者无几，但经过我推算，其实它们和另外三派都在这。"他在地图上了一连点了五下，东、南、西、北、中五个方向，再指着正中一个地方，那便是大洪神教的总坛。月老遽然一惊，失声道："他们正好包围着大洪神教的总坛！"

方秋生微微一笑，道："确实如此。"原来大洪神教看起来强大无比，却也不是一点危机都没有。它并没有意识到身边有五个强劲的敌人。当然，这五大派也不知道它们的优势，它们彼此之间交情甚浅，甚至还有点摩擦，说到联手，几乎是不可能的事情。

"没有不可能。"方秋生很有自信，"正也好，邪也罢，相同的只有利益。当你损害了别人的利益，别人就会找你拼命。"

月老一声长叹，方秋生的"红线"找得又准又狠，还有什么理由不让他实行呢？

方秋生定了目标，月下阁便变成了看不见刀光剑影、硝烟弥漫的战场，这里远离江湖，却和江湖一样充满紧张的气氛。方秋生每天伏案写"红线"，对付庞大的大洪神教。一条"红线"是不够的，他需要很多的"红线"，写完之后便交给"红娘"落实。他不停地写啊写，就像是一个舞文弄墨的小说家，然而这世间一流的小说家与他相比，就显得根本没入流，因为"神之手"写出来的，不管是丑陋、壮烈，统统都会在世间残酷地上演。

"红娘"回来便会向方秋生报告情况，方秋生每次都会很用心地听。月老在一旁静静地听着，很少发表看法。这场惊天的策划中，他只是一个旁观者。

一连几个月，方秋生的忙碌程度都达到了顶峰，一条"红线"下去，又有数条"红线"出来。"红娘"们在月下阁出入，忙个不停。而外面的江湖，正按照方秋生所设想的那样上演着一场热闹非凡的大戏。

方秋生的计划首先是壮大五派。五派在江湖上原本就是有声有势的帮派，经过方秋生牵线发生一连串事件后，五派的势力得到进一步扩大，风头已经盖过正道传统帮派，如少林、武当、丐帮等。五派如平地冒起的五座高山，隐然已可和大洪神教叫板。这就是方秋生选择五派的原因，它们标新立异，没有传统帮派那么多桎梏束缚，扩充起势力来，势如破竹。

接着，通过牵线，制造五派与大洪神教之间的种种摩擦、纠纷、殴斗和仇恨，使五派同仇敌忾，也使大洪神教意识到危机，下决心阻止五派结盟，并逐个消灭。但是越是阻止，五派结盟的呼声越高。于是，大洪神教分兵五路，分别打击五派，企图削弱五派的实力。生死关头，方秋生的"红线"起作用了，五派歃血为盟，共同抵挡大洪神教。双方还各自吸纳同道的其他门派参战，形成正邪对峙的局面。

江湖大战，一触即发。五派约定，由距离大洪神教总坛最近的金刀会发起总攻，起牵制的作用。其余四派分别从东、南、西、北四个方向向大洪神教发起猛攻，逐个击破，从而与金刀会会师，一举攻下大洪神教总坛。五派要毕其功于一役，让大洪神教彻底陷入内忧外患的境地，首尾不能呼应，疲于奔命。

五派这一招又毒又狠，但毕如风毕竟是久经战阵的枭雄，面对五派如此浩大的声势，却毫无紧张慌乱的神色。在他眼中，这些正道中人都是虚张声势之徒，不堪一击。

他胸有成竹，早已有了完美的应对方案。金刀会是心头之患，必须首先除去。然而，他没想到老迈的武兴霸还有廉颇之勇，率领金刀会上下死缠烂打，他一连派了几个得力部下都不能将他拿下。他只好亲自上阵，和武兴霸交手数回合，惊讶地发现这个七十多岁的老匹夫，其勇猛程度足可与血气方刚的小伙子相比！

他当然不知道，武兴霸之所以如此勇猛，犹胜多年前，一个原因是其意志坚定，另一个原因是他的侄儿武阳伦偷偷在他的膳食里下了一种使人兴奋的药物，能不断激发人的潜力。武阳伦之所以这么做，正是方秋生牵线的结果。

毕如风虽然一时拿不下金刀会，但是对守住四个方向还是很有信心的。可是他错了，方秋生给他搭了一条又一条要命的"红线"，使大洪神教接连出现几个意外，导致他那些原本十分高明的措施全都无功而返。这些意外有执行重要命令的堂主突然暴病、行军过程中遇到泥石流挡道，等等，气得毕如风仰天长叹："天意，天意！"双方实力开始扭转，正道形

势一片大好。

正如一部大戏，慢慢进入高潮。

大洪神教内外失守，被五派攻破总坛，大洪神教的高手死伤无数，作鸟兽散。五派挟大胜之势，将神教成员逼到五鹿原一带，合力进行围剿。

这一切，月老看在眼里。胜利已在眼前，方秋生只需要狠狠地加上数笔，便能将大洪神教送下地狱。这部复仇大戏便可以完美谢幕。

方秋生忽然越写越慢，原先一个早上就可以把数十条"红线"哗啦啦地写出来，而现在居然一两天才写三四条，如此关键的时刻，理应加倍努力才对。这令月老好生奇怪："何以他放慢手脚？难道他力不从心了？"

这天早上，方秋生握着毛笔发呆，一个字都没有写出来，他蓦地一声长叹，把笔掷到地上。他推开书案，闷闷不乐地走到楼台上，独自发愁。

到了下午，一个令人震惊的消息传来：毕如风在五鹿原设下埋伏，重重包围了五派精锐。恶战中，"天下第一刀"武兴霸突然口吐鲜血，力气全消，被毕如风一掌击毙。其余四派首领，也相继死在毕如风手上。这一战，毕如风身如猛虎，气势磅礴。五派被彻底击溃，从此一蹶不振。

而大洪神教竟然通过一战复活！

月老不解地问："怎么是这种结局？"

毕如风的十面埋伏计，在月下阁看来并不厉害，只需要牵几条"红线"，便会令其一败涂地。一切尽在掌握，而结局却截然相反。方秋生显然早有预料，听到结果毫不惊讶。

那就只有一个原因：他改了"红线"。

"果然是绝世奇才！"

"武兴霸骤然消失，想必是他的膳食出了问题。这是你牵线的结果吧？"

方秋生点点头。他牵了条"红线"，使武阳伦给武兴霸长期服用的那种药物分量少了些许，这一丝连武阳伦自己也没察觉的变化，便令武兴霸葬送了性命。

"武兴霸虽然不是五派的盟主，五派首领都是平起平坐，但是五派首领里就数武兴霸年纪最大，资历最老，而且这老家伙平日也喜欢倚老卖老。其余四派首领都让着他，说来也有点明哲保身的意思。武兴霸一死，其余四派首领都不愿带头对付大洪神教。溃败的一刻，只想着保存实力而四散逃逸，反而给了毕如风反败为胜的机会。"月老看着方秋生，迫切想知道答案，问道："你为什么要这样做？"

　　"记得上次我跟你说的话吗？除恶务尽，我要让大洪神教彻底消失！"方秋生咬牙切齿，"可是五派即使在五鹿原大获全胜，大洪神教也能突围而去，流窜到江湖中去。以毕如风之能，假以时日必定东山再起。这不是我要的结局！"

　　月老吃惊地看着这个人，原来他是这样想的……虽然朝夕相对，他发现自己还是不了解他。忽然，他又"嘿嘿"地冷笑："你放弃这次机会，大洪神教不但没被消灭，反而变得更加强大，你还有办法对付它吗？"

　　方秋生忽然哈哈大笑，笑声中充满了阴险："当然有！我没有一气呵成地消灭大洪神教，是因为我想让毕如风他们死得更惨！"

　　月老心中一寒，疑惑地看着方秋生。

　　"这叫'丢羊肥狼'之计。"方秋生得意地道，"大洪神教是一头饿狼，越饿越凶猛，当你喂之以羊，使狼肥起来，他们便威力大减了。大洪神教这次反败为胜，一定会乘机蚕食五派原有的地盘，五派许多人迫于形势，会选择归降大洪神教，但这些人心里多有不服。日中则昃，月满则亏。物盛则衰，天地之常数也。这大洪神教看似比原来更庞大，其实尾大不掉之势已成，危机四伏。"

　　月老没想到，五派"五鹿原之败"，原来只是方秋生的一条千里伏线！

　　"君子报仇，十年未晚，再给我三年时间吧。"方秋生坚决地念道，"我一定让江湖从此以后再也没有大洪神教这个字号！"

　　"黄河入海流。"

　　这是方秋生接下来三年要扶植的五个门派，他称之为"新五派"，"白日依山尽"则称为"旧五派"。

　　"黄"——黄龙镖局，江湖中实力最强劲的镖局，分局遍布江湖，白龙堡的四大马场被它接管了其三。

"河"——六合帮，吸收了红日社的许多地盘后，号称八方六合都有他们的分舵。

"人"——如梦社，蝶衣楼被灭之后，如梦社成了江湖上最大的杀手组织，没有之一。

"海"——海天盟，江湖上的水上霸主，五湖四海都有它的水寨、码头。千山盟瓦解之后，部分山寨被海天盟占领，部分山寨主动投靠海天盟，世人称之为"上山下海"。

"流"——断水流，一代刀雄贺白师吸收了东瀛刀法后创立的刀术名门，武兴霸的侄儿武阳伦率金刀会残部投靠了断水流。

"新五派"比起"旧五派"，性质颇为相近，但是实力有所不如。自从"旧五派"失败之后，方秋生就不断牵线，使"旧五派"的部下、地盘，一部分并入大洪神教，一部分并入"新五派"。很快，"新五派"逐渐强大起来，遥相呼应，共同对抗大洪神教。而并入大洪神教那部分人，暗里纷纷表示愿意接受"新五派"的策反，随时准备反戈一击。

胜利的曙光又照亮了正道这边。

然而，方秋生没有动手，他和月老下了一趟山。方秋生说他要找一个"绝世奇才"。

他们来到一个叫"洞天福地"的地方，这地方位于一个山谷之内。方秋生带着月老，登上悬崖上空一截横出来的断壁上，在断壁上可以看见悬崖上空，也可以俯瞰整个山谷。

这时，悬崖上空传来一阵喊杀声，出现数条人影。蓦地一声惨呼，一个少年从悬崖边缘掉了下来，竟是被人追杀被迫跳了下来。追赶他的人穿着大洪神教服饰，他们一阵哈哈大笑后，便离开了，他们认为一个人从这么高的地方掉下来，绝无生还的可能。

当然，他们不知道，他们之所以追杀少年，少年之所以掉下悬崖，都是方秋生的"红线"造成的。于是，少年的身体一连下落十几丈，遇着一根横出来的老树枝，卸掉了大部分下落之劲，然后跌进了寒冷的深潭。

这根老树枝，也算得上方秋生的"红线"。

它原来是在月老手上的。

方秋生在断壁恭候多时，看着少年落下之际，便让月老计算准了那少年落下的时间和位置，猛地用力一挥，这根树枝便如长枪利戟般抢先一步插入悬崖，从而拦阻了一下少年的身体，卸去大部分下落之劲。

方秋生和月老来到寒潭旁边，少年整个人已经沉入水中。月老双掌一推，一股激流冲向潭面，潭面顿时形成一个急速旋转的漩涡，少年出现在漩涡之中。月老猛地双掌往回一拉，一串水珠划过，便把少年带出水面，送到地上。

方秋生上前探看少年，见他还有气息，便放下心来。他从少年身上找到一块半圆的玉佩，那玉佩色泽雪白，上面刻着"如影"两个字。

他取过玉佩，放进怀里。二人让少年躺在地上，便悄悄离开。过了半个时辰，少年醒来，然后慢慢地站起，一会儿便发现身上不见了玉佩，神情十分焦急，便四处找寻，却无所获，最后一声长叹，大概认为掉进潭水了。少年茫然四顾，发现崖下到处是嶙峋的白骨，这些白骨互相挨着，地上还凌乱地躺着一些刀剑，似乎是多年前这里经过一场激烈的厮杀。

悬崖边有一个山洞，少年试探着走了过去。良久，山洞里传出一声欢呼。

月老问道："这人练武是中人之姿，哪里是什么绝世奇才？你为什么把《流云神功》传给他？"月老知道，洞内有一副骷髅骨，死者是二百年前叱咤江湖的绝世高手"流云金刚"，是大洪神教的创始人"神风尊者"一生之宿敌，二人生前相斗十多次，据说还是"流云金刚"稍占上风。"神风尊者"创立大洪神教后，派出教内最厉害的"十二杀手"追杀"流云金刚"，结果追到这悬崖底下。"流云金刚"奋力杀死"十二杀手"，随后自己也油尽灯枯。临死前，他将自己生平经历、武功秘诀全部刻在洞内石壁上。二百年来，江湖上都没有他们的消息。然而，即使是天不知、地不觉的事情，在月下阁的绝密档案里也记载得一清二楚，经过方秋生穿针引线，少年便机缘巧合得到前辈留下的神功秘诀。

"我之所以放弃'旧五派'，是因为它们不能彻底干掉大洪神教。它们之所以不能彻底干掉大洪神教，是因为它们始终各自为战，不能形成一个整体。'新五派'不能重蹈覆辙，我需要一个人将'新五派'紧紧地拧成一团，才能形成强大的力量铲除大洪神教。而这个人，就是他。"方秋生很自信地指着那少年，那少年已从洞内发现了神功，在洞外手舞足蹈，雀跃欢呼。

"他？"月老不解。

"他叫步青云。"方秋生笑道,"他骨骼不算清奇,但是真正的绝世武功能够把一个庸人变成绝世高手,比如流云神功。这人的奇特之处在于他的身世。"

"黄龙镖局的大当家是他养父,他母亲是如梦社老大的妹妹,六合帮帮主的千金与他私定终身,海天盟的盟主是他的结拜兄弟,断水流和他没有关系,但很快就会有。'流云金刚'是当年断水流创始人贺白师的大恩公,断水流常年供奉'流云金刚'的神主牌位,定时祭拜,当步青云成了'流云金刚'的继承人后,断水流便会铁了心追随他。这么一个人,和五派都有血浓于水的关系,除了他,这世上还有谁能将五派紧紧地拧在一起?"

月老看着方秋生,忍不住叹道:"果然是绝世奇才!"月老神情怪异,真不知他说的这个"绝世奇才"是指步青云呢,还是指方秋生。

方秋生笑笑,留下步青云在这片福地独自修炼,他和月老回到月下阁。

三年里,步青云在这福地默默地修炼。一个平凡少年,逐渐成为一名绝世高手。他的"传奇"经历,日后自然也会在江湖流传。

三年里,方秋生的"红线"层出不穷,他就像站在虚空之中,操纵着两个木偶,一个是"新五派",一个是大洪神教,斗来斗去。

月老知道,方秋生一定会成功。在他本可成功的一刻,他却毫不犹豫地放下,宁愿再等三年,能忍人所不能忍,不图一时之快。

这三年里,方秋生做的事情和三年前一样,书籍被源源不断地收进来,方秋生的灵感不断被激发,写出一条条的"红线"。除此之外,他和月老还会按时去峡谷偷偷地看望步青云,密切关注他的成长。

"白日依山尽"的大部分势力是由"黄河入海流"接管,但是这种接管,不是强行的接管,而是自愿的投靠,因此"新五派"有为"旧五派"报仇雪恨的意图。于是,一个崭新的强大联盟很快便崛起。

斗转星移,江湖风云浩荡!

这一天,方秋生和月老来到断壁察看步青云,只听洞内传来一阵轰隆隆的巨响,步青云一纵一跳,已闪出山洞。一出来,山洞便轰然坍塌。

步青云哈哈大笑,他刚才毁掉石壁的刻字,弄塌了山洞,因为他已经神功大成,不需要再待在这个地方了。他仰天长啸,一个箭步向着悬崖猛冲，转眼便跨上陡峭的绝壁，如履平地般往顶上飞奔而去。外面便是江湖，海阔天高，随他任意闯荡！

但他不知道，他的这一切行为，被断壁上的两个人看在眼里。

步青云步入江湖之后，他的消息不断地传入月下阁，很快便取替了毕如风，成为月下阁最频繁出现的名字。

他第一次出手，只用了一招便击毙了大洪神教的一名舵主，发出了与大洪神教势不两立的誓言。"流云金刚的隔世传人"的称号，立刻传遍了整个江湖。人们仿佛看到，一个横空出世的少年，带着延续"流云金刚"和"神风尊者"二百多年恩恩怨怨的使命来到了江湖。他天生便是大洪神教的敌人。

最先投靠步青云的是断水流。在知道"流云神功"重现世间，断水流上下激动不已，宗主贺云龙带着三百名部下按照祖宗的规定，以最隆重的礼节三跪九叩地迎接步青云，甘愿成为他的下属。

黄龙镖局的大当家郝定方膝下无子，看到义子归来，激动得老泪纵横，当下便宣布步青云是黄龙镖局的继承人。

最令人激动的是，步青云找回亲生母亲的过程。他母亲是如梦社老大的妹妹杨万紫，当年一次意外偷偷生下步青云，便将他送了出去，多年来不曾尽半点母亲的责任。谁也不知她有这么一个儿子，她也不知道这个儿子是死是活、是好是坏。

步青云单枪匹马从大洪神教数十名高手的合围中救下的如梦社老大，也就是他的舅舅杨万山。杨万山被他的盖世神功所震慑，又感念血浓于水，心悦诚服地愿为他的这位外甥效犬马之劳。于是，他带着步青云去找他的亲生母亲。

当步青云找到杨万紫的时候，杨万紫已在尼姑庵带发修行多年，她自知有愧于步青云，没脸见儿子，不肯出来相认。步青云一连在庵外跪了七日七夜，那几天下起了倾盆大雨，大雨打在步青云身上，旁人劝他离去，但是步青云大叫："母亲生我之恩，毕生难报。母亲不肯出来，便是心里恨我、怪我。得不到母亲原谅，我便长跪不起！"他的孝义感动了所有人，断水流、黄龙镖局以及如梦社许多英雄好汉纷纷跪在他身后，默默地祈求杨万紫出来相认。一时间，小小的尼姑庵外面密密麻麻地跪满了数千人，非常壮观。男儿膝下有黄金，这些人平日快意恩仇，宁愿脖子挨一刀，也

不愿向人一跪，此刻却全都心甘情愿地在地上跪着。那便是孝义的力量！杨万紫再也忍不住，在老尼姑的搀扶下出来相认。大雨中，母子相拥而哭，成为武林中近年来最感人的一幕。

步青云迎娶六合帮帮主的千金也是一件振奋人心的事情。步青云虽然与六合帮的千金私定终身，但终是不妥。那时六合帮被大洪神教重重围困，生死系于一线，步青云带领群雄突破重围，击退了大洪神教。此战中，步青云和毕如风生平第一次交手，"流云神功"天生克制"大风神功"，斗了七八十合，毕如风便败退了。

步青云顿时声威大振。六合帮上下十分感激步青云，步青云当场向帮主提亲，终于有情人成了眷属。"英雄救美"，自然成了武林中的佳话。

还是小孩子的时候，步青云和海天盟的盟主便曾经像野狗一样在大地上流浪过，他们吃过苦，挨过饿，同生死，共患难，没人可以理解他们在那一段日子结下的感情是多么真挚！虽然时隔多年，但是"知心"不变，在这形势下兄弟更是同心，向着共同目标——铲除大洪神教进发！

认义父、认母亲、娶妻子、结兄弟，步青云做的每一件事情都令人叹为观止。黄龙镖局、六合帮、如梦社、海天盟和断水流全部心悦诚服地唯他马首是瞻，拥立他为"盟主"。

步青云大胆改造，精心整编，使五派团结一致，实力空前膨胀。天下各路豪杰、各门各派争相来投，而早前被大洪神教吞并的"旧五派"势力，果然一呼百应，纷纷反叛，成为大洪神教内的千疮百孔。很快，步青云带领着"新五派"会盟天下，创建了一个庞大而令人心潮澎湃的江湖联盟，名曰"正气盟"。

前所未有的危机感渐渐落到毕如风头上，他是一个完美的人，可是现在一个比他更完美的人出现了。步青云对于江湖的号召力是空前的，"旧五派"还是各自为战，正气盟却全听他一人号令。经过数次战事，正气盟重创了大洪神教。毕如风和步青云交手数次，每次都不超过一百个回合，毕如风便败下阵来。一个残酷的事实摆在眼前：他老了，不是步青云对手。

这个"天下第一大教"终于处于风雨飘摇之中。

事情到了这个脚步，双方都在紧锣密鼓地筹划一场大战。方秋生不再坐镇月下阁，他和月老出了谷，到实地观战。所到之处都可以看见大洪神教和正气盟之间大大小小的战事，江湖处处点燃了烽火，死伤无数，真是白骨露于野，千里无鸡鸣。这是一场比三年前规模更大的决战，大洪神教总坛附近的州郡紧急戒严，迁走了许多百姓和房屋，调集精兵数万结营驻守边界，以防不测。官军放出口风：打打杀杀随便，胆敢作乱，定斩不赦。

双方最后的决战还是选择了五鹿原。不一样的是，上一次，面对"旧五派"来势汹汹的围攻，毕如风为了保存实力，主动放弃总坛，撤到这五鹿原再作图谋。这一次，却是步青云带着正气盟步步为营，将他们赶到这里来的。步青云似乎认为，毕如风一生的功绩在五鹿原达到了顶峰，在这里走向灭亡便是最好的选择！

战局惨淡，愈发不可收拾。毕如风手下左右使者、四大护教法王、八大散人以及大部分堂主、舵主相继战死，剩下孤家寡人的毕如风只能节节败退，战况更加明朗。步青云仿佛是毕如风命里克星，大洪神教只能步步退缩。毕如风希望利用五鹿原的地形，再次伏击以新五派为前锋的正气盟，然而历史无法重演，步青云如有神助，总能预先洞悉他的计谋。更令毕如风想不到的是，一直按兵不动的官军，突然加入战团，数十门火炮从后面狂轰大洪神教，片刻后骑兵突出，疯狂地绞杀这些残兵败将，直接导致大洪神教一败涂地。

毕如风回天乏术，此刻，他可是深刻尝到"旧五派"当年遭遇十面埋伏的滋味了。

"你到底是什么人？"

五鹿原十里外的一座山神庙里，方秋生正在整理手中的一些木牌，这些木牌约十六寸长、六寸宽、两寸厚，都是上等木材所制。木牌上面隐隐约约刻着一些字。他用洁白的丝布认真地擦着木牌，恭敬而细心。

"失钉子兮，坏蹄铁。坏蹄铁兮，折战马。折战马兮，伤良将。伤良将兮，输战争。输战争兮，亡国家！"月老知道十里外的五鹿原正发生一场改变武林气运的大战，心情不禁有点激动，吟唱起当日教方秋生的诗句。

看着一脸平静的方秋生，月老忍不住赞叹："你牵的线实在太高明了，

许多事件看起来是毕如风的失误造成，其实不过是被你'扔颗钉子在地上'那般地造成，你的'神法'之高，天下已无人出你之右，包括我。"

面对赞辞，方秋生不为所动，依旧整理他的木牌。月老又叹道："你也太狠了，一个战无不胜的步青云已让毕如风吃不消了，你还让官军狠狠地插上一足，真是嫌他死得不够快。"

方秋生停止擦拭木牌，将它们依次排列在案上，然后跪在地上诚恳地磕头。月老一怔，只见当前两块木牌上，一块刻着"显考方公讳文元之神位"，另一块刻着"显妣方门李氏翠梅之神位"，下面落款都是"不孝子秋生立"。

月老恍然大悟，原来这些大大小小的木牌，是方秋生替他那一门死去的二十三名亲人立的神主牌位。一阵风吹来，山神庙顿时显得阴森森的，仿佛成了审判游魂野鬼的阎罗殿。

月老不明白，把这么多神主牌位带到这荒山外的山神庙里来，是什么意图。十里之外的五鹿原此刻正是刀光剑影、血肉横飞的紧张时刻，作为这一场惊天动地的大战的策划者，理应密切关注才是，要尽孝心也不该是现在。

方秋生道："我马上要在这里会一个人，请你回避一下。"

月老不知道他要见什么人，以前他觉得自己是这世界上唯一一个无所不知的人，现在似乎不是了，起码他现在已经不知道方秋生在想什么了。他慢慢地往后退，逐渐消失在幽暗的角落。

方秋生坐在案前，静静看着庙门外。

一会儿，一阵打斗声由远而近地传来。忽然，嘭的一声巨响，一个人撞破大门凌空飞了进来，在香案前两步的地方落下，重重地摔在地上，口里鲜血狂喷，显然是被人用重手法打在背上，飞了足足十丈远。

一名汉子旋风般地冲进山神庙，哈哈大笑："你赢了我的大洪神教，可是你没有赢得了我！"接着如猛虎般纵身压在那口喷鲜血的人的身上，举掌照着那人的天灵盖狠狠一拍，那人当场头盖骨碎裂而死。

汉子又是一阵狂笑，叉腰而立，身姿雄伟，正是大洪神教教主毕如风。而死在他脚下的，竟然是江湖中的后起之秀，逼得他数次走投无路的正气盟盟主——步青云！

毕如风想不到自己在走投无路时的拼死一战，居然杀死了气势正盛的步青云，虽然五鹿原上大洪神教已经全军覆没，可是这场意外的生死相搏还是让他充满了狂喜。

毕如风的笑声蓦地戛然而止，因为他发现庙里正有一双充满仇恨的眼睛瞪着他。

他警惕地看看四周，发现没有埋伏，才问："你是什么人？"

"我叫方秋生。"

"方秋生？"毕如风仔细想了片刻，怎么也想不起这号人。抬头一看，只见方秋生前面香案排着二十多个神主牌，上面刻的都是姓方的一家，不禁奇怪地问："他们都是你的亲人？"

"是的，他们都是被你杀了的。"方秋生见毕如风满脸愕然，知他对死者不会有任何印象，便继续道，"十年前，你下了一道命令：朝化县西口街方家大宅，不能放走一个活口。他们便被你的手下放火烧死了。"

"十年前……"毕如风愣了一愣，他一生下达过的命令不计其数，要透过十年的岁月回想这道无关痛痒的命令，实在花了他很长的一段时间，"哦，我想起来了，好像确实有那么一回事。那次不知谁告诉我，说我教一名叛徒躲藏在那家人里面，我便派人铲除他们……哈哈，怎么？难道……难道你就是那家人的死剩种？"

方秋生心里一阵绞痛，在毕如风眼里，他这一家子的性命都是微不足道的，杀了便杀了。

毕如风冷笑："你躲在这里等我，是为了报仇？可是你认为这世上有人能杀得了我吗？步青云就以为自己可以，可是……"

方秋生淡淡地道："天下武学博大精深，相生相克，神奇得很。有两种武功，一百回合内，武功甲能克制武功乙；二百回合后，武功乙又能反过来克制武功甲；到了第三百回合，武功甲还在死撑的话，便必死无疑。这武功甲是步青云的'流云神功'，武功乙便是你的'大风神功'。刚才想必是步青云和你剧斗了三百回合，一个由强转弱，一个由弱转强，终于被你一掌打死了吧。"

毕如风心中一惊，五鹿原最后一战，大洪神教被消戮殆尽，败局已无可挽回。他只得独自逃命，狼狈不堪。偏偏那步青云死死地盯着他，二人且战且退，退到这里便拼死恶斗起来。第一百个回合，他敌不过步青云，以为对方血气方刚，自己体力不如，或者真如江湖盛传的那样，对方的武

功是自己的克星；然而，到了第二百个回合后，他意外地发现对方渐渐不支，自己越战越勇；到了第三百个回合，便一气呵成将步青云干掉。他完全没想到会出现如此令人悲喜交集的变化，以为是天公开眼，注定他命不该绝。他一时也没想到是两种武功之间存在这样的特性，被方秋生一说，才恍然大悟。

转瞬，他不禁打了一个寒战，方秋生怎么知道这两种绝世武功之间的特性，这特性连他都不知道，这小子到底是什么人？

方秋生从怀里取出一块半圆的玉佩，抛给毕如风，这是他当日在水潭边从步青云身上取的。毕如风接过玉佩，见上面刻着"如影"二字，心中一动，连忙从身上也取出一块半圆的玉佩，上面刻着"随风"二字。"如影随风。"两块玉佩"破镜重圆"，明显就是一对。

毕如风喝道："你怎么会有这块玉佩？"

方秋生露出一丝阴险而诡异的冷笑，道："那不是我的玉佩，是步青云的。"

"什么？"毕如风如遭晴天霹雳，仿佛背后正有一个残酷的真相在等着他。方秋生疯狂地大笑："没错，他是你的儿子，你打死了你的儿子！你亲手打死了你的儿子！"

方秋生的笑声，令毕如风阵阵心寒。他看着地上步青云的尸体，连日的厮杀后这才察觉，这少年眉宇之间隐约跟自己有几分相像，难道……

"你还记得吗？"方秋生道，"十八年前，你在飞鸿浦看见一名貌美的女子被几个山贼劫持，你英雄救美，救了那女子。那女子本想和你当一辈子的夫妻，是故以身相许。但是你毕大教主志存高远，跟她不过逢场作戏，一夜夫妻之后，连真名都没有留给那女子，只留下半块'如影'玉佩，便离开了。"

毕如风隐隐约约记得有这么一回事。其实他当日救那女子是没安好心的，纯粹是看上了那女子的美色。那女子似乎跟他说过她的名字，可他并没记在心上。那真是个痴情女子，居然妄想跟他一生一世。他为求脱身，便给了她这半块多年随身携带的玉佩，然后说些"天地合，乃敢与君绝"的海誓山盟，约定在某年某月某日相会，便一走了之。他当然没有回去再见那女子。

方秋生看着他的窘态，强忍着笑："你一生拥过无数的女人，可你知道那个女子是谁吗？"

"是谁？"毕如风声音颤抖地问。他很努力地回想那女子叫什么，可实在没有一点印象了。

"他是如梦社老大杨万山之妹杨万紫，刚从乡下出来准备投靠兄长。她跟你一夜风流后，便怀了身孕。到了你们约定的日子，你没有出现，她伤心不已，以为你有了不测，还托人打听你，可是你给她留下的是假名啊，她怎么可能找得到你？如梦社那时还是名不见经传的小门派，这女子顾及兄长的名声，不想影响兄长的事业，便瞒着兄长到乡下产下一个男婴，从此隐姓埋名。这男婴便是你刚刚杀死的步青云。"

毕如风仔细地看了看步青云的容貌，越看便越觉得像自己，心里顿时陷入无比的悲痛之中。他俯下身子，将步青云的尸体抱在怀里，步青云是被他用重手法打死的，惨状骇人，毕如风不由得眼中涌出了泪水。

方秋生叹道："步青云真是个可怜的孩子。他不知道父亲是谁，母亲将他送给一户农家抚养，但他对父母从没半点怨恨。七岁那年，家乡发生洪水，盗贼横行。他和另外一个少年被抓上山寨，他和那少年合伙击杀了看守的喽啰，逃了出来，二人结拜为兄弟，那少年便是他现在的得力部下——海天盟的盟主。然后，他投靠了黄龙镖局，他为人忠直，干活任劳任怨，大家都很赏识他，大当家收他为义子。一次行镖，又与六合帮的千金定下鸳盟。一场意外的厮杀中，他被你的手下赶下悬崖，谁知大难不死，反而学成了流云神功，成了正道的领军人物，带领正气盟与你为敌。看上去，可是前程似锦的大好青年！他自小就很想知道父亲为谁，可是他不知道自己千方百计想杀死的人就是自己的亲生父亲，而他临死前的一刻更不会知道，杀死自己的竟是自己找寻千百遍的父亲！哈哈，是不是……很残忍？"

毕如风再也忍不住，眼泪滴滴答答地落在地上。他是一代枭雄，平日宁愿流干身上最后一滴血，也不愿流下一滴眼泪。这是他唯一的儿子，是上天给他的恩赐，可是父子俩没有片刻相聚天伦的温情，便被他一掌打死。要早知道这样，他宁愿死的是自己！

方秋生看见毕如风痛苦的样子，一种复仇的快感涌现全身上下，舒服无比；看到这一刻，觉得这十年来即使再苦再累，都是值得的！

蓦地，毕如风站直了身子，他上下打量方秋生，脸上已露出了浓浓的

杀气，喝道："你到底是什么人？你为什么知道那么多事情？"

"我说过，我便是十年前被你灭门的方家剩种方秋生。"方秋生笑道，"这几年你的所有事情，我都知道。你和白龙堡、红日社、蝶衣楼、千山盟、金刀会，还有黄龙镖局、六合帮、如梦社、海天盟、断水流以及步青云的恩恩怨怨都是我一手一脚安排的。"

毕如风冷笑："大言不惭。自古正邪不两立，他们想铲除我，我也想消灭他们，每一战都是出自双方的意愿，说什么是你的安排？"

"六合帮，向来自顾自经营生意，一点也没想过与大洪神教为敌。有一天，一个农民在地里挖出一个白玉瓶子，托经常进城做买卖的小贩到镇上的当铺当掉。镇上只有一家当铺，这当铺是六合帮开的。掌柜接到白玉瓶子吓了一跳，因为这是帮主夫人的物件，连忙派人送去总坛给帮主。但是在小贩来当铺的过程中，被大洪神教一个分舵的高手盯住。他见掌柜如此器重这个瓶子，便当是极为贵重之物，半路将瓶子劫走。其实那个瓶子并不值钱，顶多值三两银子。但是他们不知道，六合帮帮主夫人早年遇害身亡，凶手无法查找，帮主夫人身上钱财不见少，唯独不见了这个瓶子。因此，这个瓶子对寻找凶手是极其重要的线索，帮主派人向这分舵索要。这分舵向来瞧不起六合帮，更认为一个瓶子没啥了不起，抢了便抢了，拒绝归还，还当面打碎。这一下彻底激怒了六合帮，那帮主更认为是你们大洪神教害死了他的夫人，才抢夺这个瓶子，六合帮从此加入正气盟和贵教火拼。"方秋生笑道，"这不过是我命人伪造了一个和那帮主夫人的一模一样的瓶子，埋在地里给老农挖掘，又设法让你的手下发现，便造成了这种结果。"

毕如风瞪大了眼睛，他真没想到六合帮是因为这样与他为敌的。

"马良堡一战，其目标是堡内的关大先生以及神教数十名智囊之士。关大先生号称大洪神教的'大脑'，是你最重要的谋士。正气盟本来是没人知道他在马良堡的，是我放消息出去，他们才不惜血本派出大批精英去攻打马良堡。关大先生发出求救信号，可是最终等不到救兵，被正气盟活捉杀死。"

这是令毕如风刻骨铭心的事件，关大先生是他最得力的部下，大洪神教许多策略都出自关大先生以及那些谋士。那日他接到关大先生的求救信号，不禁大吃一惊，急令部下火速赶往。然而，就要到达马良堡的时候，一个意想不到的情况发生了：路上出现巨大泥石流。众人无法过去，只能无可奈何地望着……就因为差那么一点时间，没能救下关大先生。关大先生一死，毕如风如同折了一臂，时至今日，不得不感叹，要是关大先生还在人世，他断不会有今日之败。

"你们走的那条路，我早已算好。那段日子下了多天大雨，山体石质变得松垮，天气阴郁，我找堪舆师测量过，只需连根挖掉山上二十四棵树，便能在你们来临的时候发生泥石流，挡住你们去路。"

方秋生一连说了好几条"红线"出来，听得毕如风目瞪口呆。方秋生看见毕如风被他肆意愚弄，不禁一笑："这几年，这种事情我干了不知多少，真是累得华发早生了啊！不过最杰出之作，应该算是步青云了。我知道他是你的儿子，所以我将他引到'流云金刚'的墓地，让他学会流云神功，然后与你为敌。只有我知道'流云''大风'两种武功相克的原理，我知道只要你们恶斗三百回合以后，步青云一定会死在你手里。你和步青云之前有过数次相斗，但我都设法让你们相斗不超过一百回合，所以你们都不知道这种奥妙。哈哈，一切都在我的算计中！"

毕如风蓦地想起每次和步青云相斗，双方都是大批人马在场，在一百回合之内，他的败迹是很明显的。这时候，要么有人冲进战圈，要么有人施展暗器，扰乱二人决出最终胜负，引起一片混乱。只有这次逃出五鹿原，剩下他和步青云二人，才相斗超过一百回合。冷汗从毕如风额上流了下来，在他有生之年，他都认为自己是这个世上的最强者，他从来不知道恐惧是什么东西。他一生经历过无数大风大浪，也曾遭遇绝境，可他都不曾感到恐惧。他相信只要自己还活着，即使大洪神教只剩下他一人，他日也能东山再起、卷土重来。

可是此时此刻，眼前这个如文弱书生般的方秋生，让他感到了恐惧。他觉得即使自己的武力再强大一百倍也没用，冥冥中似乎有一种力量，是他们这些凡人对抗不了的，而这个方秋生似乎就是拥有这种力量的人。

这到底是什么力量？

他一片迷惘，蓦地一抬头，看见方秋生就坐在庙里那尊泥塑的神像之下，仿佛成了神的化身。

"神……"毕如风眼里充满了恐怖，"这人所做的事情，只有神才做得到啊！"

毕如风如在梦中，十年来，他自视天下无敌，却不知远处有这么一个人，或者说是一个自己毫无察觉的复仇之神，长期操控着自己的一举一动。与他相比，自己实在显得太过渺小。这种敌人的可怕之处不在于他有多强大，而在于你对他一无所知。

方秋生慢慢地站了起来，朝毕如风走过来。此刻的方秋生看上去，还是那个弱不禁风的样子，但强如毕如风也感到了他那强大的气势，后退了两步。

毕如风壮了壮胆气，叫道："你说了那么多，可你就是没有提起你的武功，如果我没看错，你是不会武功的！"想到自己有大风神功，他顿时自信起来，随即双手左右开弓。虽然刚刚和步青云恶斗一场，他的真气还是非常充盈，一股旋风似的劲气在他身边鼓荡起来，并逐渐变得强劲。

"大风起兮！"毕如风一声大喝，整座山神庙里顿时狂风呼啸，门楣、窗棂都在咯咯地响，山神庙的屋顶被掀了起来，仿佛茫茫大海突然卷起了巨浪，顿时昏天暗地。

狂风吹得方秋生的衣服霍霍作响，他面对眼前这场风暴，还是神色自若。他脚尖轻轻一点，直奔毕如风，如一叶轻舟行驶在惊涛骇浪中。

毕如风鼓起真气，强大的气墙，如风暴直卷向方秋生。蓦地，方秋生身形越来越快，如箭一般滑到毕如风身边，以一种无法形容的速度一掌戳向他的胸口，一戳，一挖，一颗血淋淋的心脏已被他抓在手里。

狂风呜呜地喘息，渐渐微弱。毕如风不敢相信自己的大风神功竟是这么不堪一击。慢慢地，他倒在了地上，眼里还残留着疑惑的神色。

方秋生将毕如风的心脏放在香案上，那心脏犹自"咚咚"地跳，用来祭拜他那二十三位亲人，没有比这更好的东西了。君子报仇，十年不晚，用了十年时间等来这手刃仇人的结果，真是畅快淋漓。

"因为寂寞，所以疯狂，所以荒唐……"

月老从暗处走了出来，两人相互对视，沉默了许久，月老才摇头叹道："没想到你偷偷练成了这么高强的武功，我看漏眼了。你再也不是当日那个宁愿死也不愿学武功的方秋生了。"

方秋生没有理会他,将所有神主牌放进包袱,打个结准备带走。当世两大高手——毕如风和步青云的尸体就凄凉地横陈在他脚下。

"你真是个恶毒的人。"月老道,"你给了步青云一个辉煌的道路,却给了他一个无情的结局。可怜的孩子啊,江湖中大概又将流传一段'出师未捷身先死'的英雄故事了吧。你也给了毕如风一次死里逃生的希望,却不过是要他感受打死自己儿子的悔恨,然后又亲手粉碎他的最后一丝希望。呵呵,够狠,够狠!"

方秋生对他的冷嘲热讽无动于衷,漠然地看着光秃秃的庙顶,随后说道:"你知道吗?这些年一直有个问题缠绕着我,便是报完仇后我该何去何从。其实我早就知道,你将自己视为主宰一切的神,所以你绝对不会容许有第二个拥有同等法力的人存在。"方秋生突然目露凶光,死死地盯着月老,一字一字地道:"所以我报完仇后,便是我的死期,对不对?吴老夫子?"

月老听罢,哈哈大笑:"孺子可教也,孺子可教也!"方秋生听到这句熟悉的"孺子可教也",心结终于得以解开,这月老果然就是当年自己在江南问道时的老师——吴老夫子!当时一班学子里面,吴老夫子最喜欢的便是他,常常用这句"孺子可教也"来夸他,只是现在听来,却是讽刺无比。

"你果然心细如发。"月老道,"不错,当年毕如风之所以下了那道灭门方家的命令,是我牵的'红线'。说到底,我才是你真正的大仇人!"

方秋生心中痛苦无比,一直以来他很感激、钦佩月老,可是这么一个至亲的人,却突然变成了不共戴天的仇人。他难过地问:"你为什么要这样做?"

月老道:"吴老夫子本是一个失足掉下山崖而死的穷书生,我借用了他的身份,在江南一带讲学。以我的学问,很快'吴老夫子'就声名大起,吸引了一批又一批学子前来听课。我的目的就是在这些学子里面,挑一个合适的人,成为我的助手。"

方秋生黯然道:"你选择了我?"他的一切灾难,便是从月老选中他的那一刻开始。

"是的。"月老也很黯然地道,"那时我已经七十九岁了。虽然我可

以做到只有神才能做到的事情，可我毕竟不是神。我心血来潮，想做些有趣的事情，便想扳倒这天下第一大教。可是我已经老了，两眼昏花，记忆衰退，要施展神法，就得每天应付月下阁源源不断的书籍和消息，我有点力不从心了。所以，我需要一个助手，替我应付那些层出不穷的书籍和消息。

"这个助手必须忠诚可靠，否则他学会了神法倒戈一击，我便危险了。要控制这个人，他必须对武功毫无兴趣，让厌恶武功的人待在月下阁，我才可高枕无忧。在众多的学子里面，我发现你是一个天生的书虫，整天沉迷书本，而且记忆力奇佳，心思聪敏，能背书千卷。更难得的是你与人发生争执，只讲道理，从不动手动脚。所以我选中了你，我牵线烧死你全家，让你仇恨大洪神教，然后现身要教你绝世武功，便是试试你是否真的对武功不感兴趣。果然，你相信公义，相信王法，到县衙申诉无门后，宁愿上吊一死也不肯学武，我便确定了你是我要找的那个人。而你也没让我失望，你的'红线'牵得非常好，大洪神教就这样被你干掉了。"

方秋生无言，这些年他牵线对付大洪神教，就像操控着一个傀儡，然而自己何尝不是月老手中的傀儡，一举一动被月老在背后操纵着？

"可是我还是看错了。"月老叹道，"月下阁的武功典籍那么丰富，世上没有人能够抵挡得住诱惑，你从前还说'我只是看，不是学'，可还是偷偷练成了高强的武功。"

方秋生擦干手上血迹，淡淡地道："杀亲之仇，不共戴天，我要向你报仇。"

月老哈哈大笑，大声喊道："别自欺欺人了！你以为你这些年做这些事情，仅仅是为了报仇吗？不，你所做的一切早已超出了仇恨的范畴！你要报仇，三年前就可以击溃大洪神教，但你一点都不急，你根本就是想取代我，成为月下阁的主人！"

方秋生哈哈大笑，笑声撕破所有伪装，他瘦弱的身躯顿时变得高大雄壮，仿佛一个全新的方秋生傲然挺立在大地之上。月老说得不错，这些年他可以将这天下第一大教玩弄在股掌之间，可以操纵任何人的生死、命运，感觉自己就是站在云端、主宰一切的神，试问天地之间还有比这更令人着迷的事情吗？他早已深深爱上神法，爱上了那个可以发号施令的月下阁，爱上那至高无上的神权，他绝对不容许别人把这些夺走。为了继续拥有神法，他可以不惜牺牲一切，包括那些决不"以武犯禁"的陈腐想法，也可以践踏在脚下。

"不错。"方秋生脸色严峻地道，"我偷学武功，绝非为了手刃毕如风，我是为了对付你。"

"你如何对付我？"月老冷笑。

方秋生道："你虽然博览天下武学，但是你选择的基础武功却是大洪神教的大风神功。你一心想铲除大洪神教，应该不希望这世上还有人懂得这种神功吧。当然，你比毕如风高强许多。但是这种貌似强大无比、威风八面的武功，却有一个不为人知的弱点。你发功的时候，能够掀起飓风般的气劲，这种气劲固然可以摧毁一切，可是在它的内部却有一个风平浪静的区域，名叫'风暴眼'。只要进入风暴眼，便能将你彻底击败。这些年我暗自苦练的，就是可以进入风暴眼的武功。这种武功是你'大风'的克星，它叫'捕风'！刚才毕如风便是死在'捕风'之下，你就是比毕如风强大一百倍也在劫难逃！"

方秋生越说越得意，看着月老越来越阴郁的表情，明显感到胜利的天平已经向他倾斜。

月老仿佛在思考问题，过了一会便仰天大笑，喝道："来吧！杀了我，你就成了我，你就是下一个月老了！"猛然间，他周身劲风顿起，刮得山神庙的栋梁都断了几根，地板噼噼啪啪地爆裂开来，很快便形成一个更为强大的气旋。月老的力量强大到超乎想象，与其相比，毕如风不过是小巫见大巫！

方秋生没明白月老说的"下一个月老"意味着什么，他冷哼一声，相信月老的死穴已被他握住，月老这番不过是困兽犹斗。他毫不犹豫地出手，任你多强大的风，他深信自己一样能应付！

方秋生依旧脚尖轻轻一点，便迅速进入"风暴眼"，出掌如刀，戳向月老的心脏。在他看来，月老的气数已尽，天下武功相生相克，正如"大风"克制"流云"，这"捕风"正是"大风"的克星，比如针尖对皮袋，皮袋再鼓再胀，针尖轻轻一刺，皮袋便破了。

月老见方秋生已经逼近，猛地一掌朝他当头劈下。但是方秋生的速度和角度更佳，他已一掌戳入月老左边胸膛，一戳，一挖，等待月老的应该是和毕如风一模一样的命运。忽然间，方秋生全身寒毛倒竖，如跌入千尺

冰窖，他发现自己中计了！

是的，他比月老出手更快，但是他完全没有想到月老胸膛左边根本就没有心脏。月老异于常人，他的心脏长在胸膛右边！

他这一抓固然可以重伤月老，但月老一时半会死不了，依然能够反击！

方秋生完全没想到有这么意外的事情出现，怪不得月老明知自己武功被克制，却还敢迎战。千不该，万不该，神一样的人是绝对不该小视的。此时此刻，他只好闭上眼睛，等待月老一掌破开他的头颅。

然而，月老这一掌只是轻轻地落在他头上，爱怜地抚摸着他的头发。方秋生不可思议地睁开眼，月老正一脸慈祥地看着他，道："秋生，你的神法已经比我高明，可我最终也不输你。"

方秋生后退两步，不明白他为什么放过自己。月老的胸膛穿了个窟窿，鲜血汩汩地流出来，他软绵绵地倒下，躺在血泊之中。

方秋生见他脸白如纸，气息奄奄。月老虽然看上去只是五十来岁的人，但毕竟已是八十九岁的老人了，流这么多血，换作年轻人也受不了。方秋生走过去，扶起月老，很诚恳地问："你为什么不杀我？"

月老苦笑："我不忍心啊！你是我一手扶起来的，你是那么完美，我不忍心将一件完美的东西毁灭。"言下之意，不忍心毁灭方秋生的话，那就只有毁灭自己了。

"其实，我早就发现你在偷偷修炼武功了。"月老道，"可我没有揭穿你，一来我需要你牵线扳倒大洪神教，二来你的'捕风'虽然克制我的'大风'，可我也有制伏你的方法。所以有好几次，你练功有走火入魔的迹象，我都派'红娘'帮你化险为夷。"

方秋生蓦地醒悟。他之所以偷学武功，是因为想亲手手刃毕如风图个痛快，也是因为对月老的阴谋有所察觉。为了瞒过月老的眼睛，他都是在睡觉的时候修炼。有时神志模模糊糊、昏昏沉沉，全身发烫，而"红娘"总是很及时地过来照料，却不知原来是月老在暗暗相助。

"直到刚才那一刻，我才发现自己已经无法按原来的计划杀死你。杀了你，我上哪儿去找另一个你？"月老长叹，"我老了，也许代代相传，才是神法长久不衰的秘密。"他从怀里取出一根七彩的丝绳，系在方秋生的手腕上，道："这是千年'七彩天蚕'的蚕丝所制，戴上它，你便是月下阁的新主人了。"他手上有血迹，而这丝绳一看便知不是凡品。

方秋生茫然地看着这根"红线"，不知所措。月老忽然问："秋生，你了解月下阁吗？"

方秋生摇摇头道："这些年我也曾尝试查找它的来历，但毫无所获。我只知道，它能够永不衰竭地运行下去，是因为它的势力是遍布江湖的，只是没人知道而已。它需要'眼睛'，需要有人每天记录江湖大大小小的事情，并送到月下阁。我想，在它的势力里面，一定有许多像董氏世家那样的神秘组织。" 董氏世家据说世世代代都在编写一本《武林史记》，记载武林大大小小的事情和人物，平时以贩卖秘密为生。

"是的。"月老道，"它还需要'血液'，有钱能使鬼推磨，最好的'血液'便是银子。每天有那么多的书籍输入月下阁，这得耗费多少财力物力，所以，它应该有大量富有的钱庄甚至地下钱庄支撑着它。"

"还有'手脚'，它便是供我们使唤的'红娘'。这些'红娘'，我们是无法找来的，他们是自己发展自己的传人的。但他们绝对忠诚可靠，仿佛中了魔咒似的，千百年来死心塌地地为月下阁效命。"

说到这里，月老嘴边露出一丝苦笑："虽然我当了数十年的月老，可是我对月下阁的了解却不多，更不知它那些'眼睛''血液''手脚'从何而来，分布在哪里。这只能说明创立月下阁的第一任月老的聪明才智远远超出了我们的想象。也许他是真正的神，他建立的各种机制，既无形又有效，使月下阁有条不紊地运作下来。"

"拥有这等智慧的，恐怕真是神了。"方秋生心里想。他接着问："第一任月老是什么人？"

月老摇摇头，道："我也不知道。关于他的经历，也只有代代月老口耳相传的记载了。据说他是位奇人，他当过商人，短短几年便家财万贯，他知道按照他的法子经营下去，天下的银子至少有一半会属于他，便散尽家财，弃商练武。他很快武功大成，便暗访当时天下公认的五大高手，这五大高手的武功已到了'摘叶飞花，伤人立死'的境界。可是和他一比，却不过是土鸡瓦狗，不堪一击。他顿时兴味索然，毅然自废武功，不再习武。他一直很苦恼，因为他无论做什么，都可以达到登峰造极之境。"

"到了晚年，他终于大彻大悟，萌生了最疯狂的追求。他要做的这件事情，不但他从来没有做过，这世上恐怕也从来没人做过。和这件事情相比，世间的一切虚利浮名都是微不足道的。他要超凡入圣，成为主宰世间

一切的神！

"于是，他穷尽一生的精力，建立月下阁。他虽然没有永生不死的肉体，可他的月下阁却世代流传下来，代代月老都继承了他的神法……"

月老的眼神涣散，他已到了油尽灯枯的地步。方秋生长叹一声，道："人生苦短，月老前辈为什么如此热衷于别人一辈子都难以触及的事情？"

月老眼里忽然发出异样的光彩，脱口而出："因为寂寞！"

"寂寞？"方秋生瞪大了眼睛。

"是的，一个人到达了巅峰，就会感到寂寞，所以他就会不知疲惫地去做某些事情。这世间万古不变的事情，就是寂寞！"说到"寂寞"，月老有点哽咽："我曾经牵线干掉天下第一大帮，使江湖平静了许久。可是后来我又扶持大洪神教成为天下第一大教，然后让你去消灭它，折腾来折腾去，都是因为寂寞。这种感觉，你以后也会有的。因为寂寞，所以疯狂，所以荒唐……"

月老死了。受伤之后，他不停地散功，这样可以令自己毫无痛苦、如同睡觉般死去。方秋生本来有机会救他，只需封住月老身上几处大穴，便能保住他的性命。但他没有那样做，他只是静静地看着月老死去。月老似乎也没怪他无情，死得很安详。

方秋生看着月老的尸体，这是他的大仇人，千刀难解心头恨，可是月老又曾放自己一命。他心情复杂，埋葬了月老后，便返回月老谷。其实，所有的仇恨都已经烟消云散，他完全可以转身离去，天高地阔，想去哪里便去哪里，"红娘"们绝对不会管他去哪儿。可是他还是向着那座神秘的阁楼走去，仿佛那里有无穷无尽的魔力，牵引着他的生命。

一路上，还可以看见五派四处征剿大洪神教残部的情景，但他已经无心停留，这场由他一手缔造的江湖大戏已到了曲终人散的时刻。

月下阁里，"红娘"们依旧像勤劳的蚂蚁忙来忙去，看见方秋生手上戴着用"七彩天蚕丝"所制的"红线"，便开始尊他为"月老"，压根就不过问上一任月老的踪迹。

方秋生心想，月下阁之所以能长久运作下来，是不是也是因为寂寞呢？

他在阁里徘徊，看见铺天盖地的书籍，忽地生出厌烦的情绪来，觉得这些都是罪恶的东西。他点燃一根火把，想把整座月下阁烧掉，却怎么也下不了手。蓦地，他将火把扔在地上，一脚踩熄。他跑到阁外，一轮明月正挂在绝壁之上，丝丝冷气随着微风沁入阁内。

寿星

儿孙辈

老寿星微微睁开眼睛，麻木地看着这个世界，恍恍惚惚间，眼前晃来晃去的是些模糊重叠的影子。

围着他的人是他的孝子贤孙。

三年前，他刚刚从沉睡中醒来，围在床边的家人七嘴八舌地告诉他，他老人家因为中风整整睡了一年多，才从鬼门关逃了回来。可能是病得太重或者睡得太久之故，过去的任何事情他都记不得了，甚至连自己是谁都不知道了。家人告诉他，全身瘫痪、不能动弹是他的中风后遗症所致，然而大难不死，也算是上天眷顾，值得庆贺。而且再过几天就是他的百岁诞辰，必须遍请江湖各门各派掌门前来，热热闹闹地庆祝一番。

记忆就从这次热闹的宴会开始，仿佛他一来到这个世上，就是一个百岁老人……

老寿星的大儿子是一家之主，大家叫他"大老爷"。寿宴由他主持，他是个有头有脸的人，各路江湖人士表面是为老寿星贺寿，实则是看在大老爷的面子上。听他们讲，大老爷在正气盟的地位非常高，连盟主都很买他的账。不过，大老爷的年纪也不小了，都八十多岁了。所以，宴会都是由大孙子来张罗，大孙子其实也是五六十岁之人，人称"大少爷"。二孙子就是"二少爷"，三孙子就是"三少爷"，依年序称之。"大少爷"在筵席间觥筹交错，有节有度，稳重大方。年富力强的他，吸引了大多数人的注意力，隐然就是龙家的下一位当家人。而其他少爷，论地位与分量和"大少爷"明显不是一个档次，就像是脸谱画就的人物。

老寿星虚弱得只剩一口气吊住残命，整天半死不活地软瘫在上品红木制造的四轮小车上，生命如一缕清风，随时都会飘到九霄云外。他听子孙说自己姓龙，共有两个儿子。大儿子即大老爷，是为"龙大先生"，大儿子共有五个儿子、四个女儿，十二个孙子、九个孙女，以及五个玄孙、三个玄孙女；二儿子即二老爷，是为"龙二先生"，共有四个儿子、七个女儿、十一个孙子、六个孙女，以及三个玄孙、五个玄孙女……

五代同堂，枝繁叶茂。除此之外，他们还有数量不少的一大批外孙、外玄孙，也是住在龙家宅群内。再加上依附龙家的那些门客、食客、亲属、部属等，龙家足有五六百人，俨然就是一个实力雄厚的江湖大派。宅群外围建有又长又厚的城墙，配有角楼、箭垛、堞墙、瞭望台，龙家子弟轮流带班巡防，比得上州郡城池，说得上易守难攻。宅群则依太极阵图而建，越是辈分高、越是重要的人物越是住在居中的位置。太极图黑色部分的白点之处建有最为豪华的大宅，称之为"北府"，是龙大先生的住所；白色部分的黑点之处是次豪华的大宅，称之为"南府"，是龙二先生的住所。两大宗主的子孙及门人则分别依据"北府""南府"而居，所谓孤阴不生，独阳不存，两脉阴阳结合，互相依存。

时常有江湖中人来到龙家看望老寿星，都感叹龙家自老寿星以下二百多子孙，全都齐齐整整、平平安安，真是天大的福气啊。老寿星只要再活几年，六代同堂也是妥妥的事情。可是老寿星对这些子孙没多大印象：一个个走马灯地转来转去、来来回回如一幅群像图，实在叫不出几个名字来。

老寿星自睁开眼以来，便感觉龙家的喜宴办个不停。可能也没办法，龙家家大业大，十几个房头，成亲的、添丁的、满月的、嫁女的、过寿的、过节的……经常是喜气洋洋，张灯结彩，高朋满座。所以，老寿星现时记忆里面出现最多的，就是这些千篇一律的筵席。只是这人山人海的景象，经常让老寿星晕头转向，不知所以。

龙家以孝义传家，大凡家里开宗族大会，都会把老寿星推出来，放在最中央的上坐，然后子孙按辈分排列，依次坐下。

老寿星的脸朝着一处房梁，梁上挂着一柄用素布裹住的宝刀。这刀名叫"月龙狂刀"，重逾三百斤，刀身仿关王爷的青龙偃月刀，又长又厚，刀柄却只有二尺来长。刀身刻着张牙舞爪的一条青龙，距离刀尖二寸不到镶嵌着一颗圆形的红宝石，煞是好看。但是使刀的人都觉得握短柄摇大刀，不太好使。

据说老寿星当年就是用这柄巨刀闯下名号的，但大多数子孙不信，如果真有那么厉害，为何家族上下都没有一人会使几招重刀刀法？一般人都看得出来，这种刀不适合实战，更多只用作装饰，挂在大堂正中蛮有气势。

子孙们私下也有所议论：老寿星所谓大大的名号是不存在的，龙家二老为了彰显孝心而将老寿星说成厉害的人物，事实上老寿星除了长寿并没

多大本事，否则也不会中风瘫痪。

龙家有今天的辉煌，主要还是由二位宗主所创。龙家没有形成系统的家传武学，龙大先生和龙二先生的武功门路并非一路，他们跟了不同的师父，甚至龙家后面几代子孙所学都不一样，看上去杂七杂八，亦算百花齐放、百家争鸣。

所以，这刀尘封数十载了，现在不过是家族的一个标志、一个象征而已。老寿星当年真实的风光事迹，连他的子孙都未必清楚，何况时下江湖中人？那些后辈们有时过来和老寿星聊天，神情恭敬，唯独说起这柄重刀的时候都表现出不信的态度，有意无意地刺激老寿星一下。

老寿星的记忆力一天不如一天，常常今天忘记昨天事，在这些子孙里面也就只记得两个儿子的名字——大儿子叫龙大先生，二儿子叫龙二先生而已。尽管每天至少有一个时辰，龙家都会安排一名孙子、曾孙、玄孙过来陪老寿星唠一下家长里短，让他知道家里发生了什么事情，江湖上又发生了什么事情，但老寿星因耳力不怎么好，反觉得这些子孙不解人意，唠唠叨叨，挺招人烦。

他还是习惯和照顾他起居饮食的"小月儿"相处，这个丫头也姓龙，名叫龙小月。今年只有十四岁，是个孤儿，自小被龙家收养，算下来她也应该称呼老寿星为"老祖宗"。

但是她叫不了，她天生是个哑巴。

她和老寿星平时就以手势比画、眼神交流进行沟通。她喜欢照顾老寿星。她不会武功，在全民皆兵的龙家显得有点格格不入。龙家也不是没人肯教她武功，只是她天生看见刀剑就害怕，不肯学。每次在议事大厅，她都会把老寿星推得远离挂着"月龙狂刀"的那处横梁，生怕那重刀掉下来，伤了老寿星。所以当她被安排专门照顾老寿星后，她是满脸欢喜，然后无微不至、尽心尽力将老寿星照顾得很好。

每天清晨，她都会扶老寿星起床，穿好衣服，再用光滑的牛角梳将他那长长的头发、眉毛、胡子梳理得整整齐齐，再抹上一点纯正的野生橄榄油，使它们油亮和顺，还散发淡淡的清香。老寿星脸上的肌肤，每天都必须用后院那从远山接引过来的泉水清洗多遍，连一个毛孔、一个疙瘩都不放过，切实保持肌肤的柔软和滋润。

然后，小月儿抱着老寿星坐上四轮小车。她打小干惯重活，力气不小，好在瘦瘦的老寿星也不重，她搬动老寿星的身体便不需要别人帮忙。她推着他走过一片密密麻麻的桑田，再从羊肠小径来到湖边第五十棵柳树下，看着太阳从湖边两山中间的地方慢慢升起来，让老寿星感受朝阳的温暖和生气，静静地晒两刻钟太阳。

老寿星早已不能进食，全靠小月儿每天至少给他喂食五遍用上等长白山野生人参熬制的汁液，才能维持生机。

是的，白天三遍，晚上两遍。

一次都不曾少过。

小月儿扶老寿星上床后，就在床边打个地铺，形影不离地照顾着他。她毕竟是收养的，地位勉强比龙家的仆役高些，但比起龙家那些自小便锦衣玉食的公子、千金们，地位就差远了。尽管在这种大户人家中生活，从小脏活累活却没少干，练就了她农家子弟一般刻苦耐劳的性格和结实有力的体魄。由于夜晚还得起来喂老寿星参汁，小月儿几乎没有一个晚上是睡得安稳的，因此小月儿常年挂着明显的黑眼圈，头发也是干枯凌乱的。与同龄少女相比，瘦小黝黑的小月儿实在说不上好看。

除此之外，老寿星的沐浴、穿衣、剪指甲等需要，都是她一人包办。龙家尝试换个仆人或者增加仆人来帮小月儿照顾老寿星，都被老寿星拒绝了。怎么拒绝？老寿星拒绝喝人参汁，吓得龙家上下再也不敢提换人或者增人的事情。而小月儿居然也会不高兴，仿佛是觉得别人不认可她的工作，直接关起门不让其他仆人进来。有人曾撞门进来，小月儿就狠狠地一口咬过去，坚决不让那人碰一下老寿星，那人痛得破口大骂小月儿是个疯丫头，而老寿星眼里满是赞许之色。

小月儿就这样以一己之力，将龙家无比尊崇的老寿星伺候得舒舒服服、妥妥帖帖。这一点，龙家上下都是认可的，小月儿在龙家的地位日渐变得特殊起来，她既依赖龙家，又有点特立独行。

辛苦一天后，小月儿最喜欢做的事情，就是推老寿星在湖边看星星。广袤的天空里，银河倒挂，俏皮的星星像眼睛眨呀眨。躺在草丛上，星星仿佛落到了水上，顺着微风滑行，凉飕飕地钻入脖子，好不舒爽。

日复一日，年复一年。两人每天的生活过得平淡而千篇一律，每一个生活环节仿佛练习了无数遍，都那么顺其自然，那么心有灵犀。龙家每天都至少有一位子孙过来看望老寿星，顺带讲述龙家内外的事情。

老寿星其实一点都不想听这些糟心事，每当这个时候他的目光就会看向小月儿。他常常想，自己年轻的时候，不知会爱上什么样的姑娘，是温柔如水，还是俏皮如星？还是像小月儿这种朴实无华，但生命力旺盛得像那离离原上草那般的？

可惜苍白的记忆里，并没有一个可以让他沉醉的情影。

到了宗族大会，小月儿将老寿星推到议事厅的上座，随之便退缩到墙角，把自己隐藏在阴影中。本来，她是没有资格参加这个会议的，可因为她把老寿星照顾得太好了，大家就让她一直待在厅里，以备老寿星有什么需要。不过，她的眼里只有老寿星，至于议事厅讨论什么事情，她完全不想知道。

但今天有点意外。今天的议题异常火热，虽然议题只有一个，但在龙家众人中已掀起了一股汹涌的波流，这场景把小月儿也触动了。大家说的是大洪神教现任教主成天空武功盖世，野心勃勃，已经一统魔道多年，现在又练成更加厉害的神功，蠢蠢欲动，意图吞并江湖。反观正气盟这边高手凋零，各派门户之见深重，壁垒重重，气势和实力都远远不及魔教，明显是抗不过了。

但是，最倒霉要数龙家。龙家绝大多数产业和地盘的地理位置居于大洪神教与正气盟之间。换句话说，龙家是魔教进军江湖的必经之路。

有子孙建议，老寿星马上就一百零五岁了，可以借为老寿星大摆寿宴的机会，遍请各路豪杰前来参加宴席，最好能把正气盟的盟主以及几位当家请过来。在这个大喜之日，由龙大先生当着大家的面，诉说魔教的狼子野心，分析唇亡齿寒的利害关系，说得大家义愤填膺后，恳请大家歃血为盟，派驻大量高手驻扎龙家，共同对抗魔教。

大家都认为这个办法比较妥当，自老寿星百岁之后，龙家每年都为他举办寿宴，确实可以借这个机会保家卫道。

龙家准备了三百桌宴席，广发请柬，遍请豪杰。

然而，当天宴席的境况却让龙家上下凉了半截。各大门派认为这是一场鸿门宴，大多数人借故不来或只是命人前来送上贺礼。偌大一个宴会现场，冷冷清清，门可罗雀。

这也难怪，面对当前声势浩大的大洪神教，大家都选择了明哲保身、避而远之，谁都不想卷入这场纷争之中。龙二先生气得咬牙切齿，对龙大先生道:"别的就不说了,正气盟的诸位当家一个都不来,简直太不像话了!"

龙大先生叹了口气道: "这世人啊,向来锦上添花易,雪中送炭难。怪就怪我们分不出哪些是酒肉之徒,哪些是患难之交!"

小月儿推着老寿星站在二老旁边,看着这个空荡荡的场景,再听听二老的喟叹,也生出一种紧迫的感觉。

宗族会议一连开了几晚,都开不出个所以然来,小月儿只得在议事厅上喂老寿星参汁。她向大家示意,老寿星很累了,让他回去休息吧。尽管老寿星不能发一言,可是大家都习惯了他在场,他就像是大家的精神支柱,没有他在场总觉得做任何事情、说任何话题都不自在。

这当儿没人理小月儿。她搞不明白,每次宗族会议大家都说那么多事情,老寿星能听得进去吗? 即使听得进去,又有什么作为?

有个不肖子孙提议,魔教势大,抵抗如螳臂当车,正气盟摆明对龙家置之不理,不如投诚魔教,成为魔教的一个堂口,还能守得住家业。

龙大先生脸色一变,还没等他发号施令,龙二先生瞬间就懂了他的心意,即时下令执行家法,当着老寿星和众人的面,把他打得遍体鳞伤,还废了这个小子的武功,将他的名字直接从族谱中涂掉。事实上,这小子还是龙二先生一脉,但是只要牵涉到大是大非,在两位宗主那里都是毫无周旋和妥协的余地。

末了,龙大先生大义凛然地警告众人:正邪不两立,龙家哪怕子孙断绝,也不能与魔教为伍;否则,就在老寿星面前自尽吧。子孙们看着四轮小车上的老寿星,全都唯唯诺诺、战战兢兢。

这事不知怎么传到了魔教耳中。魔教离龙家最近的一个分舵就充当了急先锋,亲自率领本部人马乘着夜色前来偷袭。大洪神教的一个分舵,实力都比江湖上一般的大帮派还要强大。所以这位舵主很有信心,要把龙家灭掉。

但是,龙家并没有这位舵主想象的那么虚弱。龙家有着非常完善的预警系统,早就发现了敌人的图谋。龙二先生布置了陷阱,故意放魔教人马越过城墙、闯进宅群,再将他们引到埋伏之处,成关门打狗之势,然后万箭齐发,将他们杀得丢盔弃甲,该分舵舵主还被龙二先生手刃,魔教损失惨重。

这就惹怒了魔教。该分舵的直属上司——大洪神教四大护教法王之一的大齿虎王亲自率领十二舵主与二百多号高手，杀奔龙家而来。

龙家早就料到魔教会有这一着，便派人向正气盟求救，请求各门各派派高手前来支援。然而，各门各派都有各自的小算盘，面对龙家的求救，推托身体有病，婉言拒绝的有之；明里答应，暗里迟迟不发兵的有之……龙家不得不独自面对大齿虎王的进逼。

大洪神教的四大护教法王分别为大齿虎王、大翼鹰王、大角牛王和大爪熊王。这四个名称都是固定封号，由功高之士担任，代表了神教中的神圣身份。这任大洪神教教主武功极高，且四大护教法王也被誉为最强的一届。四大法王任意一人的实力，都比江湖上那些大帮派的掌门厉害得多，甚至不比正气盟的盟主弱。

大齿虎王的到来，使龙家上下慌成一团，自然有子孙气急败坏地来到老寿星的住处，向他诉说这场难以阻挡的浩劫。

南北府

龙大先生亲自部署，龙家上下都加强防备，防止大洪神教偷袭。

然而，大齿虎王并未把龙家放在眼里。他身经百战，杀敌无数，为神教剿灭数十家门派，功劳赫赫。据说他曾向教主请战，声称不用教主派一兵一卒，只需他的本部人马，就可以一举荡平正气盟，气焰固然十分嚣张，但其实力之雄厚，可见一斑。

此刻，身材壮实的大齿虎王身穿黄金连环锁子甲，骑着汗血宝马，气派十足。

四大法王都有一身神功护体，用不着盔甲来保护，穿上这套黄金甲其实是为了炫耀。他们所穿黄金甲的款式都是差不多的，唯一不同的就是头盔。大齿虎王的头盔铸着两个又长又厚的利牙，其他三位法王的头盔分别铸着鹰翼、牛角和熊掌。

这四大法王不但武功高，才略也是十分突出的，这大齿虎王尤其厉害，一眼便看出这宅群乃依八卦图而建，外围的城墙乃是关键。他从部下那里抽了十名高手，然后身先士卒，带领大家分别以"梯云纵""叠罗汉""抛绣球"等功夫，突然攻上城墙，很快就杀光了城上的神箭手，顺利打开了城门。

大洪神教的人马一拥而进，合力将城墙上下的守卫杀光后，一直杀到宅子之前。龙家花了数年精心构建的防御工事，在大齿虎王面前，竟是不堪一击。

龙家众人这才明白过来，坚固的城堡可以阻止外敌入侵，也可以防止其他门派侵扰，甚至可以抵挡朝廷兵马的攻打，但是防不了绝世高手。看着如天神下凡的大齿虎王，龙家未战先怯，良久都没人敢上前迎敌。

作为一家之主，龙大先生只得硬着头皮上前。

大齿虎王哈哈一笑，声若洪钟："你年纪太大了，赢了你也不光彩。"他指着龙二先生，说道："你们两个一起上吧。"

"欺人太甚！"龙大先生大怒，挥掌上前，直取大齿虎王。大齿虎王两脚如固定在地，寸步不移，只是扭动身躯闪躲龙大先生凌厉无比的掌法。别看他身材高大，可闪避起来极其灵活，龙大先生的动作虽快如魅影，竟然一掌也打不中他。

龙二先生见状，马上加入战团，一左一右，共同夹击大齿虎王。这两兄弟都是武林中的一流高手，否则上次大洪神教那位舵主也不会被龙二先生手刃，可现在他们才知道什么才是大高手，他俩以二敌一，仍处于下风。

约莫过了五十来招，大齿虎王开始反击，他的步法似重实轻、似慢实快，他就用一双铁拳直迎二人的掌法。砰的一声，大齿虎王击中龙大先生的左掌，直接废了龙大先生一条手臂；再一拳，正中龙大先生的胸口，把他打飞出去，撞在砖墙上，口吐鲜血。

龙二先生急忙退到一边，扶起龙大先生。大齿虎王没有乘胜追击，他哈哈一笑，对龙二先生道："你大哥废了，龙家以后该由你当家了！"谁都听得出他的故意挑衅和离间，但时机恰到好处，如一颗钉子扎进了本来无缝的木板中去。

龙二先生面带惊恐、迷惘的神色，颤声说道："你如何才肯放过我们？"

龙大先生怒道："不要求他！"说完之后，就被这个不争气的老弟气得急怒攻心，一下子晕了过去。

大齿虎王满意地点点头，道："本王有细作探知，你们有一柄宝刀，

名叫'月龙狂刀'，相传是名师铸造，也算是一件宝器。我神教教主喜欢收藏天下宝物，就让这柄宝刀归入我神教宝库吧。一个月后，你们焚香沐浴，出门献刀，可保你们性命无虞。"说罢，便率众离去。

龙家上下伤心、失望不已，没想到二位宗主在这大齿虎王面前，竟然如此不堪一击。这一役就像一条无法愈合的伤口，深深地刻在龙家身上。龙二先生若有所思，还在回味大齿虎王的那一番别有用心的话。

渐渐地，龙家开始分裂了……

大齿虎王来袭的时候，小月儿正推着老寿星在湖边散步。老寿星耳力不好，小月儿一门心思都花在照顾老人身上，所以就算外面打得天翻地覆，二人都毫不知悉。

原本应该在当天申时前来陪老寿星聊天的那位弟子，足足迟到了一个时辰。他气急败坏地将大齿虎王来袭的事情绘声绘色地告诉了老寿星后，二人才知道一场浩劫已经来临。

当天晚上，龙大先生紧急召开宗族大会。

以前开宗族大会，龙二先生会提前一个时辰在门外等候，然后紧跟在龙大先生身后进来。这次，他没有在门外等候，龙大先生来了，他也没有站起来行礼，只是微微地点了一下头。

龙大先生只当他还没从今天的大战中恢复过来，也不怎么在意。他脸色苍白，左手打着绷带，表情极其凝重。大家都是练武之人，看得出他这条手臂算是彻底废了，就算日后拆了绷带，也不可能像以前那么灵活了。

会议开始，龙大先生言语慷慨激昂，要与魔教血战到底。龙二先生竟然冷不丁从旁来了一句质疑："不就是一把刀吗，要是能保住我龙家几百号人性命，给他们又有何妨？"

此话一出，全场鸦雀无声，谁都看得出来龙二先生对待龙大先生的态度有了微妙的变化，他开始不再对龙大先生唯命是从。之前龙二先生的武功只比龙大先生略逊一筹，现在龙大先生遭遇重创，龙二先生无疑是龙家武功最高的那个了。

龙大先生瞪大了眼睛，看着这个向来顺从自己的弟弟，诧异地问："你说什么？"

龙二先生道："打又打不过，逃又逃不掉。何不忍一时之辱，可保我族气运长久。兄长要是放不下这个颜面，就由小弟代劳吧。"

"你……"龙大先生气得一口气接不上去，几乎晕倒，会场霎时闹成一片。"大少爷"将他扶住，想发挥接班人的作用，高声呵斥众人，想让众人平静下来。可是龙二先生的长子，也就是龙家的"四少爷"冒了出来，用尖刻的话语顶了回去。"大少爷"气得不行，暴跳如雷，立刻大骂"四少爷"是白眼狼，"四少爷"一点都不惧，大声驳斥。霎时间，龙大一脉与龙二一脉的子孙们互相指责，闹成一片，平日积压的诸多不满情绪全都倾泻而出，越演越烈，双方差点就在老寿星面前拔刀相向，大打出手了。

小月儿慌忙推着老寿星的四轮小车，离开了议事厅。

当晚，龙大先生派了七名武功高强的北府子弟急匆匆赶来晴湖雅筑，不准小月儿带老寿星出去看星星、看月亮，他们彻夜带刀守护在老寿星的住所门口。而龙二先生的南府子弟果然发起了偷袭，他们要来抢刀！

双方在门外斗了一宿，有人受伤，有人流血，有人断臂，有人折腿，到后面还有人死了。半日之前，两边还是互相友爱的一家人，现在居然反目成仇，各自为战，双方陷入水火不容的地步。

北府子弟击退了对方，暂时守住了老寿星和他的那柄重刀。再晚一点，龙大先生亲自前来，要将老寿星和刀转移到他的府上严加看管。

老寿星居住的晴湖雅筑，就建在龙大先生的北府与龙二先生的南府之间，距离两府都不远。转移路上，龙二先生的南府精英子弟倾巢而出，原来龙二先生不但要抢刀，还要抢老寿星！

小月儿战战兢兢地推着老寿星的小车，一路上都是腥风血雨，沿途死了不少人，有的是龙家部属、门客，有的是龙家的血脉子孙。这些人，小月儿全都认得，有的还非常熟络。

她哭不出声，但是眼泪一直哗哗而下。短短的一段路，仿佛走了十年、百年！

进了北府，老寿星和小月儿被重重保护起来。

龙大先生派人和龙二先生谈判。

龙大一方大骂龙二一方，居然包藏祸心，龙二一方抢夺老寿星的目的，无非是想夺取龙家产业，谋朝篡位。

龙二一方反骂龙大一方，与其让老寿星跟龙大一方玉石俱焚，还不如交给他们，让老寿星颐养天年，那才是尽孝之道。

龙大一方先行让步，答应龙家所有产业可以让给龙二一方，但是老寿星和刀得归他们。

龙二一方不让步，认为若不献刀，大洪神教将血洗龙家，龙家产业再多再广要来何用？况且，没有老寿星，他们也就得家不正，得来何安？

……

谈崩了，只有继续打。

北府的力量本来比南府强大，但无奈被重重包围，一旦粮食用尽，肯定会不攻自破。更何况，老寿星还需要名贵的参汁才能维系性命，而人参大多藏在南府的药膳房。

危机悄然发生。龙大先生阵营有不少意志不坚的子孙，心里还是信服龙二先生的那一套道理：不就是一把刀嘛，一把中看不中用的破刀，值得龙家这么多子孙为它丧命？不少人悄悄逃到龙二先生阵营去了。

"忤逆子孙！"龙大先生愤怒之余，也知道必须突围，迟则生变。

趁着月色，他留下少数子弟伪装，带上精锐子弟从北府后山的小路突围。突围本来就不是一件容易的事情，况且小月儿还要推着四轮小车上路，那柄月龙狂刀更是重达二百斤，必须另使两人抬着，很大程度影响了他们行动的速度。

果然，才走出一段路，便喊杀声四起，龙二先生的子弟埋伏在此，突然掩杀过来。好在龙大先生也很谨慎，先派出十来个人探路，见有埋伏立刻掉转人马，逃回北府。南府子弟只是截住了那十几个探路的倒霉鬼。

一连被困了十几天，南府子弟在外面威逼、咒骂、利诱，无所不用其极，想迫使龙大先生投降。

龙大先生自然不依。

龙二先生告诉他："不要无谓地挣扎了。大洪神教已经将龙角岭攻了下来，作为征战江湖的阵地。好多门派都已经归顺，为了长久之计，我们还有什么必要死守呢？"

龙大先生一怔。这龙角岭离龙家只有十数里之远，龙家向来依其为屏障，若有外敌入侵，可提前在龙角岭上下布防。在龙角岭周边还有几个帮派，都视龙角岭为致命关隘。它被取下，说明这几个帮派不是被除名，就是已经投降。

如此看来，龙家被灭，不过是弹指之间；江湖被撼，也是迟早的事情。

每念及此，龙大先生就愁眉紧锁。他肩负千斤重担，情绪无处宣泄，在北府的这些日子，他几乎每天都过来和老寿星聊天。当然，那都是他一个人在自言自语。他责备自己无能，痛心兄弟背叛；他无力回天，求老寿星原谅；他迷惘无助，求老寿星指点明路……明知在老寿星面前说这些都是徒劳，他还是每天都来倾吐心声。

小月儿看得出来，龙大先生真的憔悴了许多，背影也佝偻起来。八十多岁的人，若不是山穷水尽，也不至于来老寿星这里倾诉吧，毕竟那只是一个躺在床上不能动弹的废人。

龙二先生对北府的攻势并没停止，明刀暗箭齐上。龙大先生气不过，忽然动了歪念，露出一丝诡异的笑意，道："你们不是要献刀吗？我要是将这刀毁了，你猜会怎样？"

"你……"龙二先生大怒，他也看过这刀的材质，不过是上等的精铁打造，说不上无坚不摧。它的可贵之处，应该是其独特别致的外观。龙大先生不用折断它，只需找几柄利器将它表面划花，它便不再珍贵了。

"老祖宗的圣物你也敢动，枉你还自称贤孝子孙，你这个伪君子！"

"那也是你们逼的！"

……

龙大先生拿住了龙二先生的要害，龙大先生开始咄咄逼人地向南府要吃要喝，还要求给老寿星供应参汁，不然就把重刀损毁。

龙二先生没办法，只得依从。但他也有条件，要求北府派小月儿来取。小月儿心里有点害怕，但她也没迟疑，她觉得自己只是照顾老寿星的一个下人，对方应该不会对她怎么样。

事实上，她错了。大家都知道老寿星平日和小月儿的关系最密切，这时也把争夺小月儿当作争夺老寿星的一个关键。南府虽然给了小月儿人参，却要她回去告诉北府的人，说她感知到老寿星的心意，他老人家是支持南府子弟的观点和做法的，让北府不要负隅顽抗，快快归降。

小月儿瞪大了眼睛，连连摆手，比画了几个手势，意思是老寿星不能行动、不能说话，怎么可能说支持南府？

"叫你说，你就说！你当自己是什么东西？"一名南府子弟上前，狠狠地抽了小月儿两个耳光，啪啪作响。

小月儿捂着红肿的脸庞，依然倔强地表示，她只负责照顾老寿星，北

府和南府的事情，她可管不了！

又有两名南府子弟上来，将她推倒在地拳打脚踢。小月儿咬紧牙关，紧紧地抱着那几根野生人参，依然表示除了照顾老寿星，什么都不会做。

小月儿被打得遍体鳞伤，然后被南府子弟扔到北府大门外。北府子弟害怕当中有诈，不敢开门将她接回去。过了很久，小月儿才恢复了一点力气，艰难地从地上站起来，一瘸一拐地走近北府大门。

小月儿挨打的情景，北府众人在高楼上看得清楚，龙大先生赶忙命人将老寿星推走，以免他伤心难过。

在确认小月儿没有被跟踪后，众人才打开了一条门缝，让她进去，然后又紧紧地关上大门。

北府现在缺少粮食，还要时时刻刻防备南府偷袭，被弄得精疲力竭。那些南府子弟还故意在北府门外大肆架起柴火烤羊、烤鸡，打开陈年老酒，故意让酒香、肉香飘去北府，让痛苦不堪的北府子弟雪上加霜。

老寿星看到伤痕累累的小月儿回来，眼里闪过一丝难过，随后神色愤怒，拒绝了喝小月儿熬好的参汁。小月儿温柔地给老寿星喂食，汁液全都从老寿星的嘴角流出来。小月儿给他比画着手势，告诉他现在参汁稀有，不要浪费。但是老寿星依旧拒绝吞下参汁。

小月儿见浪费了半碗参汁，也生气了，把碗重重地磕在桌上。老寿星心绪渐渐平和，向小月儿投以祈求原谅的神色，再也不敢拒绝小月儿的喂食。

北府和南府的争斗又持续了十来天，不少北府子弟禁不住压力和利诱，半夜翻墙投奔南府而去。北府原来的力量占了龙家近七成，南府占了不到四成，现在的形势发生了逆转。北府子弟逃的逃，死的死，剩下的人数不到原来的三分之一。

北府被破是迟早的事情，但南府却十分焦急，因为离向大齿虎王献刀的时间已所剩无多。

龙二先生写了一封信，派人射进北府给龙大先生。信的意思是说龙家人的走向，应由龙家众人共同决定。兄长固然不怕牺牲，可也该为子孙着想，更应想想，难道让老祖宗也跟着遭殃？建议双方放下成见，再开一次家族大会表决，是降是战，由众人决定。结果无论如何，都是大伙的决定，与兄长无关，兄长也可无愧于列祖列宗。

龙大先生知道大势已去，考虑再三，只得仰天长叹，自己上不能保祖宗，下不能庇子孙，又有何资格继续领导龙家？他命小月儿将老寿星推到大厅，将龙二先生的信给大家看，然后向老寿星三跪九叩，决定接受龙二先生的建议，开门罢战。北府子弟虽然心有不甘，但面对目前形势确实有心无力，不少人私下啜泣，甚是凄惨。

北府终于打开大门，大批南府子弟鱼贯而入，仿佛攻破了一国、一城，很是得意。

按照约定，宗族大会再次召开。虽然龙大先生还是按照资历坐在首座，但是堂上最威风、最引人注意的无疑是坐在次座的龙二先生。会上，龙大先生慷慨陈词，滔滔不绝，从龙家筚路蓝缕讲起，鼓舞龙家子孙奋起一战，否则今后如何立足江湖，如何抬起头做人！龙二先生胸有成竹，也没多说什么，只是简单地说明当下的情形，希望龙家子弟服从内心做出选择，表决将是匿名投票。

表决的结果令龙大先生大吃一惊。原本以为经过这许多波折，北府剩下的这三分之一的子弟应该都是铁血坚贞之士，肯定会支持他，没想到北府和南府加起来支持龙二先生的人数竟然超过了九成五！

树倒猢狲散。

龙大先生思前想后，终究气愤难平，终于在深夜自缢而亡。龙家子弟固然痛哭一场，但大家都知道那不过是看在龙家那块《忠孝传家》的牌匾份上。

龙家的当家人自此变成了龙二先生，而那位曾经被誉为下一任当家人的"大少爷"，也就是龙大先生的长子，竟然投靠了龙二先生，自愿成为"四少爷"的跟班。

生死劫

一个月期满，龙家的残余子弟在龙二先生的带领下，列队走上龙角岭，人人垂头丧气，如丧考妣，就像两行送殡的队伍。老寿星依然坐在四轮小

车上，由小月儿推着前行，隐藏在队伍后面。由于龙角岭山势陡峭，那柄二百多斤重的重刀就挂在车座底下，小月儿力气不够，需要另外四名子弟帮忙推车，才艰难地爬上山顶。

大洪神教也十分重视这次献刀仪式，居然出动了他们至高无上的教主成天空！

大洪神教历任教主都是才智双全之士，这成天空是大洪神教第九任教主。大洪神教有今日的势头，与其出色的才干是分不开的，当今正道之中谁也不敢直撄其锋。

虽然龙家算是大齿虎王打下来的，但是大齿虎王一点都没有居功自傲，而是请教主出来接受这份荣耀。由此可见，这大齿虎王虽然位高权重，但也知道摆正自己的位置，时刻表现出谦恭和对教主的尊崇。

成天空也给足了大齿虎王面子，自己亲临也就罢了，还把其余护教法王全都叫来了。他骑着高大的白象，四大法王骑着骏马分前后左右围绕在白象周围。大齿虎王排第二，处于白象右前腿旁的位置。

大齿虎王对着龙家子弟队伍凌空一抓，只见一名子弟如被无形之手抓到半空，重重地摔到四丈之远的地方。那弟子被摔得全身骨头碎裂，在地上痛苦地挣扎，却又不能动弹。接着，大翼鹰王、大角牛王和大爪熊王依次出手，使用同样的手法从龙家子弟当中抓了一人，摔在地上，刚好前后各两人。

小月儿身边的一名子弟低声说道："小心，噤声！那是他们的受降仪式，名为'踏尸洗足、血溅迎驾'。"话音未落，成天空竟然驱动巨大的白象腾空往前一跨，只听四人齐声惨叫，四人竟然被白象四只巨蹄活活踩死！

白象继续往前，四大法王紧随其后。一行人出现在龙家众人前面，那真是居高临下，冷漠藐视，气势逼人。龙家子弟脸色惨白，不敢抬头直视成天空和四大法王，全都低下头看着地上自己瑟瑟发抖的影子。

成天空冷笑，回头对教众道："看到没有？本教主早就有言在先。正气盟乃一盘散沙，不足为惧，你们看是不是？"

众教徒狂笑不止，龙家子弟的头垂得更低了。

在龙二先生的授意下，两名子弟取出藏在老寿星小车底座里的宝刀，抬到成天空前面，解开刀盒上面的裹布。

成天空凌空一抓，那宝刀便被吸到他手里。他舞了几下，二百多斤的重刀在他手里举重若轻，可见他武功修为之深。他摇摇头："刀身太重，刀柄太短，这种刀不过是戏台上的花架子。或者，找个能工巧匠改为铡刀，还不失为杀人的好刑具。"

他顺手摸了摸刀身，手指顺着龙形图纹摸到了那颗血红的红宝石，若有所思地道："有点意思。这刀不像是正气盟的刀，反倒有点像我神教风格。"

"收下。"他将刀裹好，放回盒子里，扔给旁边两名手下。那二人接住锦盒，一左一右抬着，却见一条瘦小的人影飞速奔来，紧紧地抱住锦盒。

"是小月儿！"龙家众人大惊失色，谁都没有想到这哑女会突然奔了出来，都来不及拦截她。小月儿神情焦急，一手抱着锦盒，一手指着四轮小车上的老寿星，意思是宝刀是老寿星的，谁也不能带走它。

"十四万人齐解甲，更无一个是男儿。"成天空饶有兴趣地看着这一幕，竟然想起了这么一句诗，"正气盟的男儿，还真不如一个丫头有骨气。"他打个眼色，两个手下会意，立刻松开双手。

小月儿抱不动沉重的锦盒，立刻摔了个四仰八叉。但是小月儿不死心，立刻又站起来，去争夺那锦盒。那教徒明明可以一掌将她击飞，但是他也善于察言观色，已从刚才教主的话语中知道教主喜好，有意让小月儿再出洋相，便手中下了暗劲，将她推倒在地。

神教众人哄然大笑。然而，小月儿依然倔强地站起来，快步过来抢锦盒。另一名教徒依葫芦画瓢，用同样的手法将她推倒。但是小月儿不放弃，一次、两次、三次……一连十几次，不断跌倒，不断站起，哪怕是浑身伤痕，还是咬着牙关上前。

两名教徒不断加重手法，让小月儿摔得更重，甚至下了一记狠手，摔断了小月儿两根肋骨，但小月儿居然再一次顽强地站了起来！

渐渐地，神教众人的笑容消失了，错愕、不解、疑惑、惊讶等神色挂在脸上，静静地看着眼前这个诡异的场景。

终于，成天空神色凝重地对小月儿道："此刀已是神教之物，我神教没有白给他人之理。你想要可以，那就用你的性命来交换，你敢吗？"

小月儿有点害怕，但是眼神是坚定的，她将自己伤痕累累的身体压在锦盒上，一手指着老寿星，一手使劲地向龙家众人摆动。龙家众人和她相

处多年，都看得懂她的手势，意思是刀是老寿星的，龙家子弟没理由献，大洪神教也没理由受。

龙二先生脸色一变，喝道："小月儿，你走开！"

成天空望了一眼那躺在小车上面、已是风烛残年的老寿星，瞬间便明白了老寿星与小月儿的关系。

两名教徒本想以小月儿出丑来讨好教主，故一直没有下死手，没想到小月儿竟然锲而不舍，反弄得他们很没面子，心下十分愤怒，正想下重手夺盒，成天空却挥手示意，让他们下去。

小月儿乘机紧紧地抱着锦盒，怎么也不肯放手。

成天空脸上出现极其冷酷的笑，他问小月儿："丫头，我让你做个选择，要么让你带着老寿星和他的刀下山，要么我杀光你们在场所有人。"

龙家子弟闻言，立刻急了，担心一根筋的小月儿会做出不利于他们的选择，纷纷出言制止。

"小月儿别胡来！"

"不就一把刀嘛，犯不着让大家陪葬！"

"没有了我们，你和老寿星又怎能活下去？"

……

小月儿做梦也没想到，自己的一个选择居然关系到整个龙家的生死。她也不知道怎么选择，就做了个摆手的动作，表示自己不会选。

大翼鹰王喝道："大胆，圣教主让你选，你就得选！"

小月儿看着凶神恶煞的鹰王，有点害怕了，抱着锦盒往后拖行，锦盒太重了，她虽然有点力气，终究是拖不利索，倾尽全力才拖行了几步。

成天空冷哼一声，脸上的神色更加阴狠，他冷冷地说出两个字："一半。"

大齿虎王知他心意，从马背上飞跃而出，来到众人前面，声若虎啸："圣教主有令，降者只留一半，杀！"然后，他的铠甲中遽然出现一对黄金虎爪，嗖的一声，虎爪直插入小月儿胸口。

可怜的小月儿，到死都没能喊出声来，只留下一个不甘的眼神，投向远处的四轮小车。

众人发出一阵惊慌之声，乱成一窝蚂蚁。大洪神教阵中突然冲出数十名手持尖长弯刀的黑衣人，直奔龙家子弟而去。

这些是大洪神教的刑士，都是一流高手。在他们眼中，已经受降了的龙家子弟，和他们的阶下囚一样卑贱，可以随意杀戮。

此刻龙家子弟成了惊弓之鸟，若是团结一致，还不至于一溃千里，可是听到魔教说只杀一半的指令，既感到耻辱、愤慨，又觉得惊恐、害怕。每个人都不想自己成为倒霉蛋，都私心发作，只顾躲闪、逃避，并不想恋战。这样一来，大片龙家子弟生生被黑衣刑士杀死。

最后，地上横七竖八躺着许多尸体。一名黑衣刑士点足数后，大叫一声："够了！"那些黑衣刑士才收起了血淋淋的弯刀。

成天空十分满意，他不但武功盖世，谋略也是十分了得。他安排这一场杀戮，相信可将龙家子弟残存的那一丝勇气抹杀掉，今后这些人将完全臣服于他和大洪神教。

他要杀的不是"降"，而是"心"！

他下令回龙角岭总舵，便掉转白象；一行人高奏凯歌，徐徐而归。

龙家活下来的人待他们走远，才发出一阵呼天抢地的哭喊声。这人死了兄弟，那人死了父亲，在经历万分惊恐、紧张等情况后，紧绷的情绪终于一泻千里，哭声十分凄厉。

有人将小月儿的尸体搬了回来，就放在离老寿星不远的地方，等待和其他尸体收拾到一起，再行处理。

"丫头死了。"

"丫头，死了！"

老寿星的目光慢慢地落在小月儿的尸体上，眼角有了泪花，蓦地呼吸急促起来，胸口起伏不定。没人知道，他此刻的内心像被点燃了一般，密密封存的丹田深处的气血在翻滚，逐渐燃烧起熊熊大火；一股仿佛来自盘古开天时的混沌之气直冲胸臆，呼的一声，从口中激扬而出！

一道惊雷狂飙，老寿星周身罡风大起，四轮小车"噼噼啪啪"地被雷电劈成碎片，老寿星被埋在碎木之中，冒起一团白烟。

众人都惊呆了！

"龙，是龙！"有人仿佛看到一条苍老白龙从天而降，张牙舞爪地附在老寿星身上。

"扶……我……起……来。"老寿星忽然从喉头发出苍老而深沉的

声音。

众人更是一惊，几近绝望的他们没想到这会儿竟然可以听见老寿星的声音。两名子弟立刻上前，搬走他身上的碎木，将他扶了起来。

"老祖宗……"他们话没说完，蓦地感受到老寿星身上传来一阵令人毛骨悚然的杀气，顿感窒息。

"啪啪"两声，他们立刻被老寿星身上强大的气劲震得飞出数丈，撞在岩石上脑浆迸裂而死。

老寿星双眼闪闪发亮，迈着颤巍巍的步子，一步一步地走到小月儿的尸体旁。他面无表情地抱起小月儿的尸体，神情如僵尸一般，从地上捡起一条长鞭，将小月儿的身体捆在背上。

老寿星不再理会龙家任何人，独自走开。

众人被这一幕惊呆了，有人激动得热泪盈眶，有人直接跪下，有人大叫："老祖宗显灵，显灵啦！"

突然间，老寿星腾空而起，风驰电掣一般划过地面，直追大洪神教远去的队伍。

大洪神教的队伍已走了一段路程，忽然从队伍后方传来一阵强烈的杀气。

成天空使个眼色，大齿虎王立刻率领所部返回。大齿虎王见追来的竟然是一个形容枯槁、打着赤脚的老人，吃惊不已，一时间搞不清对方是人是鬼。然后，他看到老寿星背后小月儿的尸体，忽然明白过来，是老寿星找他寻仇来了。

"你是什么人？"大齿虎王喝道。

老寿星双眼发光，蓦地伸出如竹子一般的手往虚空一抓，挂在大齿虎王马鞍上的重刀竟然腾空飞出，落到了老寿星枯瘦如柴的手上。

老寿星表情麻木，像一头疑惑的猛兽，用鼻子大力地嗅了嗅刀身上的气味，突然咬破一根手指头，鲜血滴滴答答地从指尖落在刀身的红宝石上，仿佛在进行一场简陋而古老的献祭。

一刹那，月龙狂刀"活"了起来，呜呜作响！

老寿星和重刀如被电光包裹，浑然融为一体，像一块燃烧的陨石冲进大齿虎王的队伍，所过之处，教众如水花一般飞溅，化为朵朵血花。

大齿虎王所部十八人，全是教中的一流好手，可没人能挡住老寿星一击。老寿星的重刀如狂龙乱舞，摧枯拉朽一般直接将人砍成两半，最厉害的一刀拦腰斩断了四人。眨眼之间，十八名高手身首异处，倒在地上。

"你是什么人？"大齿虎王虽然身经百战，此刻却有一种恐惧的感觉。这十八人是他精挑细选的贴身护卫，他很清楚他们的武功底细，若这十八人联手，连自己都不一定是对手。可是他们瞬间竟被老寿星如狂风扫落叶般轻易屠戮殆尽，这老人的武功之高大大超乎他的想象。

老寿星侧着身看着他，大齿虎王却看不清老寿星的眼睛。

大齿虎王的双手在颤抖，杀人无数的黄金虎爪在当当作响。

"老怪物，人是我杀的，报仇就找本王吧！"大齿虎王心想这老头年纪那么老，便想用话语刺激老寿星，希望对方出现破绽。

老寿星受了刺激，果然毛发竖立，目光如炬。

大齿虎王瞧准时机，电光火石之间，伸出双爪直扑老者。

然而，他错了。老寿星并没有任何破绽，就算大齿虎王比他的那些部下强上十倍，在老寿星那里仍是不堪一击。老寿星快如鬼魅地挥出一刀，便齐刷刷地斩断了虎王的双爪，鲜血顷刻洒满了地面。

大齿虎王惨叫一声，没有了爪子的老虎，还不如一只猫、一条狗，他彻底丧失了斗志。惨痛的感觉，反而让他认识到人类根本不可能有这种力量，眼前这个老头可能真的不是人，而是一只彻头彻尾的怪物！

老寿星怪叫一声，直接暴跳三丈，然后骑在大齿虎王雄壮如山的身躯上，抢起大砍刀一刀接一刀地砍下去，倾尽全力为他背后的女孩子报仇。虎王被砍得血肉模糊，到最后，老寿星的身体和小月儿的尸体全都沾满了鲜血。

杀死大齿虎王后，老寿星抱着小月儿的尸体，坐在地上凝视很久，他脸上无喜无悲，整个人就像一具没有灵魂、没有思想，甚至没有感觉的千年干尸。

"我替丫头报仇了。"

"可是我为什么要替她报仇？"

"报了仇后我又该做些什么？"

过了很久，老寿星仿佛都没有找到答案，他又背起小月儿的尸体，流星飞逝般往大洪神教的总舵奔去。

醒梦客

早就有大难不死的教徒，将老寿星砍杀虎王的情景向教主描述，教徒全都吓得目瞪口呆：那可是天下闻名的神教四大护教法王之首啊，怎么像只鸡似的轻易被人斩杀？

教中不乏才智高超之士，霎时便觉察到大事不妙，指出老寿星的武功已超出人类的能力，他就是一个可怕的怪物，为了神教数百年基业，请教主快快撤离！

可是老寿星是从正面杀过来的，龙角岭跟华山一样，只有一条上山之路，周围是悬崖峭壁。如果要避开老寿星的锋芒，大家只能吊根绳子从悬崖滑下去。

但是，谁都知道，这样一逃，颜面尽失，大洪神教怕是再也无法在江湖上立足了。

"拼了！"成天空当机立断，他认为那老寿星武功再高，也不过是一个人，大洪神教此刻在龙角岭上有近千人，蚁多咬死象，总该有人可以逃出生天，延续神教的火种。

成天空临危不乱，瞬间便呈现出一代霸主的气概，原本还十分惊恐的教众，听见教主的命令，马上便有了些许勇气，势要消灭眼前这个老怪物，维护神教数百年的荣光！

成天空立刻布阵，依据地形设置了对付老寿星的关卡。

第一道关卡是弓弩阵。上百名弓箭手、弩机手及暗器高手依据山石、树木等在险要关口埋伏好，待老寿星冲入射击范围，便立刻万箭齐发，将老寿星射成刺猬。

第二道关卡是刀山阵。那老寿星要是冲出弓弩阵，会进入一块相对平缓的地方，那就以刀山阵待之。这刀山阵分为三层，上层为乘坐大象、高马、战车的长刀手，居高临下地劈老寿星的头颅；中层是敏捷的朴刀手，专砍老寿星的腰间；下层是灵活的躺刀手，一手持盾牌，一手拿尖刀，专砍老寿星的腿脚，势将老寿星乱刀分尸。

第三道关卡是火炮阵。老寿星如果经过前面两阵来到这里，那么说明老寿星是真的厉害，寻常的办法恐怕是对付不了他的，那就动用神教从海上截获红毛国的那一批红衣大炮。神教只带了两门大炮到龙角岭，不过用来对付老寿星一人，只要打得准就行了。运用此阵的首要前提是将老寿星困住，哪怕是困住片刻也行。此阵配备了数十名使长鞭的好手，错落有致地分布，可同时出手缠住老寿星，使其不能动弹；藏在远处的红衣大炮立刻发射，定能将老寿星轰成尘埃。

最后一道关卡是总舵，由教主和三位护教法王，以及各堂主、旗主、散人等高手迎战。这里一片空旷，已无法设防，只能倾尽全力与老寿星拼命了。他们相信，经过前面三道关卡，老寿星怎么也得伤痕累累，这里高手如云，定能联手将其制服。

刚布置完，探子就前来禀告，老寿星已经杀上山来！

刚开始，老寿星脑海中只有一个念头——杀光他们，给小月儿报仇。

到后面，他有了一种感觉，仿佛这永无休止的杀戮，能激活自己早已枯竭的脑血管，让自己逐渐想起那些埋没多年的前尘往事。

"他们叫我老寿星。可事实上，我是谁？我从哪里来？我要到哪里去？我一点都不知道。"

"只有这疯狂的杀戮，才能让我一点点找回自己。"

他隐约记得自己一身功力来自独一无二、极其霸道的冥龙神功，自从练成就如有阴间之龙守护，唯有不停地杀戮，疯狂吸食鲜血的气味，才能逐步唤醒体内最强大的那一股力量！

漫天箭雨又如何？当他狂舞巨刀冲过那道关隘的时候，从刀锋直出的光芒，如张牙舞爪的冲天恶龙，将所有箭雨化成齑粉。余芒之下，那些教众藏身射击的地方轰然爆炸，射手们顿时无处遁形，死伤无数，就像被巨人踩死的一片蚂蚁。

就算身上中了好几支箭，老寿星想的却不是冲过去、闯过去，而是杀过去！

无穷无尽的鲜血刺激着老寿星麻木的神经，他双眼发光，追着那些暴露的射手们狂砍。射手们突然发现这个自以为是的局是多么愚蠢，吓破了胆的他们同时往数十个方向逃命。老寿星身形奇快，仿佛同时有数十个化

身在追杀，一瞬间杀光所有人后，才合为一体，再杀向下一道关卡。

"他们叫我老怪物、老不死。可我是谁？我从哪里来？我要到哪里去？我一点都不知道。"

"来吧，尽情杀戮，用无尽的鲜血让我知道我是谁吧！"

老寿星的内心在咆哮，在呐喊！

"长刀也好，短刀也罢，不长不短的刀也无所谓。我就要杀光你们！"

神教众人发现，利用刀山阵对老寿星乱刀分尸的计划根本就无法完成，恶龙卷起的旋风瞬间将阵营瓦解。即使有钢刀劈来，他也懒得闪躲，直接用身体去迎。是的，他早就没有了知觉，干枯的身体里也没剩多少血，他全靠一身诡异无比的冥龙神功在支撑所有行动。

但是，疯狂的杀戮并没有给他带来快感，反使他陷入快要窒息的痛苦之中。

"我是谁……"

这是一场追求"真理"的苦旅，他仿佛是一个上下求索的哲人，他的痛苦、他的愤懑、他的空虚、他的苍白，没有人可以理解，而他要的答案，逐渐浮出水面……

老寿星风卷残垣般摧毁了刀山阵，杀进火炮阵。霎时间，鞭影重重，来自四面八方的长鞭缠住了老寿星的身体。这些长鞭都是使用特殊材质制作，韧性十足，刀剑难断，老寿星果然有那么一时半刻难以动弹。

"轰隆——""轰隆——"

千钧一发之际，两门红衣大炮发出两声震耳欲聋的巨响，老寿星四周扬起的漫天尘土，顿时将老寿星湮没了。

显然，炮手们临危不乱，炮弹准确地命中目标。火炮的威力巨大，好几名长鞭手被炮弹爆炸波及，不死也都折手断脚、肠穿肚烂。

众教徒长长地松了一口气，如此厉害的火炮，哪怕是金刚之躯也该被轰烂了吧。很快，浓尘散去，一个瘦小的身影在尘雾中若隐若现。

"不可能，不可能！"

"怎么可能还活着！"

……

众人大吃一惊：在这"轰天之炮"下还能安然无恙的，恐怕只能是怪物了！

老寿星最先穿透尘雾的还是那一双发光的眼睛，看起来比之前更大更亮了！炮火把老寿星的衣服、皮肤、毛发都烧焦了，他背后那具少女的尸体也被轰得面目全非，但是老寿星依然屹立不倒，他毛发竖起，愤怒地咆哮着，身体散发阵阵惊人杀气！

成天空不愧是天纵奇才，他的反应极快，不等尘雾散尽，便已经出手了！他主攻，大翼鹰王、大爪熊王、大角牛王等人从旁相助。这合神教几大高手之力的一记重击，这世上绝对无人可以抵挡！

果然，老寿星没能避开这巨大的一击，被击飞十几丈远，直撞断两棵三人合抱的大树，又重重地撞上一块大石头，整个人都陷入石头中。

众人惊魂稍定，心想那老寿星毫无遮拦、结结实实地受了这惊天一击，不死也得重伤。

过了一会儿，成天空才命两名教徒前去碎石丛中查看。忽然，天上一阵阵黑云滚滚而来，笼罩在龙角岭上，随之而来的是一阵阵莫名强大的杀气从碎石中源源不断地传来。

众人都没看清老寿星是怎么出手的，那两个教徒已身首异处。

"还没死掉？"众人大惊失色，炮火与重掌，那都是可以杀死一大片敌人的大招，居然还杀不死这枯瘦老人。

老寿星从碎石中蹦了出来，全身闪着炽热的光芒，他索性将重刀扔到一边，腾空而起，御空穿行，伸出枯瘦的双掌，拍向成天空。

成天空大喝一声，三位护教法王，各堂主、旗主、散人等高手会意，全都依次排在教主后面，将一身功力传递给教主。

四手相击，简直毁天灭地，天地一片惨淡……

山上横七竖八地躺满了尸体，成天空身负重伤，鲜血从他嘴里狂喷而出。他将数十年功力聚于此掌，这是玉石俱焚的打法，见识了老寿星的厉害后，他实在不敢奢望活下去。

成天空知道，此掌出去，自己命不久矣。

直到此刻，成天空才看透老寿星其实不是金刚之躯，他已是风烛残年，依仗着冥龙神功护体，犹如回光返照般厮杀到现在，他的体力也到了极限。但是成天空仍然疑惑：主导龙角岭上的这一场有违天道的杀戮，真的是这个百岁老人吗？

临死前，他忽然想到了什么，指着老寿星破口大骂："你不是正气盟

的人，绝对不是！无耻的正气盟，无耻啊！"

老寿星耷拉着脑袋，听了成天空的话后，眼里不再发光，脸上一片茫然。他身上没有一根骨头是完整的，也无法追风逐电了，只能颤巍巍艰难地移动着脚步。

"我是谁？我从哪里来，要到哪里去？"老寿星的嘴角忽然露出一丝得意而诡异的笑意——许多回忆出现在脑海。

"你说我不是正气盟的人？我当然不是！"

残阳如血，西风呜咽。老寿星背着小月儿的尸体向着陡峭的悬崖走去，众人明知道老寿星气数已尽，可还是没人敢上前碰他一下。

老寿星的衣服比夕阳还要红，那是他生命最后的燃烧。他盘膝而坐，用尽最后的力气，将小月儿那血肉模糊的尸体横放在怀里。

山下远处的那座豪宅里，想必已经开始他们的庆功宴了吧。宴会，那是他们这些年做得最多的事情。

什么孝子贤孙，什么仇深似海，全都是假的！

老寿星从来都是天地间特立独行的一个人，一个睥睨天下、不容于世的豪杰，一个逆天生长、"我命由己"的存在！

他嘴角在冷笑。也许是几十年没笑了，他的冷笑看上去有点诡异。山下那些在豪宅里庆祝的人，以为这一切都是因为他们的惊天计划实现了。其实，所有人都没有逃过他的掌心，这一切不过是他卸任后画出的最后、最狠、最绝的一根红线罢了。像他这种拥有不凡力量的人，实在太寂寞了，不弄些惊天动地的事情出来，确实比死还难受。

这一切都是因为寂寞。

因为寂寞，所以疯狂，所以荒唐……

他推算了一下，再过一些日子，他应该有一百五十岁了。这个高寿，应该是凡人的极限了吧。当然，如果他没有画下这一根红线，也许他的寿命还可以超越传说中的彭祖，成为名副其实的寿星。他望着橘红色的天空，感觉非常疲惫，但还是有些得意。

"老天，我说过我命由我不由你，你收不走我的！"

"除非，我自己想走。"

是时候告别了，人生本该大闹一场，然后悄然离去。他紧紧地搂着小月儿，仿佛要将她的血肉融入自己体内，然后在苍茫的暮色中纵身一跃，从此尘归尘、土归土……

尾声

烛影摇动，龙家开完最后一次会议。今天主持会议的不是龙大先生，也不是龙二先生，更不是龙二先生的大儿子"四少爷"，也不是窝囊的"大少爷"，而是龙家一向名不见经传的龙二先生的第四个儿子——孙子辈里排名第九的"九少爷"。

如路人一般的他，才是龙家真正的主宰，正是他主导了这一场大戏的全过程。

龙家是个大戏台，龙大先生是假的，龙二先生也是假的，子子孙孙都是假的，"九少爷"自然也是假的。

会议过后，所有子孙各归原位，他们都是正气盟的精英。经此一役，幸存者便可以回到各门各派、各帮各会。五年了，该回家与亲人团聚了。

"九少爷"最后还要见一见龙大先生和龙二先生，他恭敬地向二人行礼："感谢二位前辈，没有二位前辈的全力襄助，此计万万不成！"

二老连忙回礼，表现出前所未有的客气和钦敬，答道："盟主言重了，盟主智慧过人，见闻广博，为了化解这次危机，才是呕心沥血、功高盖世。我两略尽绵力，何足挂齿！"

"九少爷"最后命人将北府和南府都烧了，看着冲天而起的熊熊大火，他的思绪回到十多年前，正道衰落，魔焰嚣张，正气盟岌岌可危。他临危受命，秘密接了这盟主之位，可他自知不是成天空等人的对手，只有剑走偏锋，才可避免成为后人嘲笑的末代盟主。为了迷惑魔教，他对外声称"龙大先生""龙二先生"是正副盟主，而他则秘而不宣地做着另外一件事。这件事，直接关乎武林的气数。

他在数年前偶然得到了一本奇书。书上隐晦地了描述了一个名叫"月下阁"的神秘组织，阁主被称为"月老"。书中对月下阁和月老只有简单描述，却足以让人深信这个组织的强大，也足以让人深信月老是一位举世

无双、超凡入圣的绝世大高手。他经过反复推敲，终于发现了一个关于三十年前那一任月老的惊天秘密。

这位月老在传位于下一任月老后，便以假死骗过了世人。一直以来，这位月老以一副老弱残躯力抗天命，妄图成为真正的不死之神，终觉人力不支，又不甘璀璨的生命如夏花般枯萎，于是，他萌发了一个离奇的想法。他苦练出一身奇冷无比的寒冰真气，再找一个千年不化的冰窟将自己藏了起来，然后运起神功，让经脉、心神、气血偃旗息鼓，将自己完全冰封，等待千秋万代之后，再苏醒过来大闹一场。

"九少爷"经过千辛万苦，花了十年时间，终于找到了月老藏身的那个冰窟，而这位月老就是老寿星。按照推算，老寿星此刻已是一百四十岁，但老寿星的身躯还保存得很完整，仿佛停留在一百岁之时，只是血色方面差了一点。老寿星静静地躺在冰棺里，仿佛睡熟了一般。冰棺的旁边，还放着那柄月龙狂刀。

书中还记载了如何唤醒老寿星为我所用的办法，虽然太过凶险，但是"九少爷"别无选择，唯有兵行险着，他每天以独特的摄魂之术洗去老寿星的记忆，使之处于混沌无知的状态，然后才将他从冰棺里取出。因为老寿星的功力太过强大，"九少爷"足足用了五年时间，才彻底将老寿星的记忆抹去。他知道，老寿星哪怕还有一丝记忆，后果都不堪设想。

计划接着实施……

沧海桑田，白云苍狗。龙家平地而起，龙家子孙云集。

老寿星醒来后就来到了龙家，就像婴儿出生。没有了记忆的他，根本就不知道自己是谁，身体又处于瘫痪状态，无法动弹。他们建造了偌大的一座龙家府邸，尝试将龙家五代同堂的"记忆"强行注入老寿星脑海，对老寿星软磨硬泡，进行感化。当然，所有人都严守秘密，大家抱团而居，对内的角色是龙家，对外的角色却是正气盟。

书中记载，老寿星体内的冥龙神功霸道无比，就像潜藏在冰层下面的滔滔激流。老寿星被冰封之前，使用了"潜龙诀"，不但将一身功力封存起来，更是将身体的一切活动能力也冻结了。只需在恰当的时机，引诱老寿星启动"潜龙诀"，他便可以"潜龙升天""破茧飞出"！

"九少爷"抹了一把冷汗，长长地舒了一口气，没想到龙家这么多子孙都不能打动老寿星使出"潜龙升天"，反而是那个卑微的丫头可以。

"九少爷"往龙角岭的方向望去，那里曾经是大洪神教耀武扬威的地方，也是他们折戟沉沙的战场。成天空临终前，任命大翼鹰王和大爪熊王为正副教主，率领大洪神教残部退回西域总舵休养生息去了。相信经此惨烈一战，没有三四十年，大洪神教不可能恢复元气。

他突然浑身哆嗦，打了一个喷嚏，隐约想起，书中曾有一个段落盛赞老寿星的智慧超越了时代，仿佛可以隔着时空操控后世之人；感觉自己走的每一步虽然凶险万分，但每次都能逢凶化吉、柳暗花明，如照本宣科一般走来，最终扳倒这个比正气盟强大十数倍的大洪神教，真是不可思议。

他猛地全身一震，忽然产生了一个奇怪的想法：到底是自己在控制老寿星，还是老寿星在遥控自己？

"老寿星真厉害。如果老寿星是神，自己算不算是渎神？记得小时候听老人讲过亵渎神灵会有报应的，自己会有报应吗？"他想不明白，一下子急躁起来，不停咳嗽。

大家都知道，"九少爷"的身体虚弱，盟里神医诊断过后都连连摇头，说他只怕终身都得与药煲为伴了。那是因为他从进入千年冰窟那一刻起，就被一股无形的奇寒之气侵入了身体，不久便得了怪病……

兄弟

鹅毛大雪下了几日几夜，地面上的积雪已有四尺多深。"淮上五凶"的轻身功夫尚没有达到踏雪无痕般的境界，因此每走一步都留下一个深深的脚印，走得有点艰难。

茫茫雪岭，一派荒芜。除了天上虎视眈眈的兀鹰之外，再也见不到别的活物。

洪四海抓起地上的一团雪，狠狠地掷向那几只低飞的兀鹰。只见雪泥飞溅，兀鹰扑腾腾乱飞，只有几根残羽悠悠地飘落下来。

"晦气！"洪四海骂了一句，一向嗜食的他几天没吃过一块肉。

"老四，咱们的干粮也吃不上几天了，能不能走出这片鬼地方也成问题，你还想吃肉？"旁边一名粗豪大汉，眼中闪着异样的寒光道，"嘿嘿，那除非是咱们身上的肉！"

洪四海敬畏他是老大，不敢作声。此行一共五人，号称"淮上五凶"，老大"雾中龙"蒋大川，老二"入云探手雕"沈双涛，老三"射天狼"韩三江，老四"大力金刚熊"洪四海和老五"沙驼"孙小流，都是淮上黑道纵横驰骋、赫赫有名的人物。

五人仿效当年梁山好汉"智取生辰纲"的典故，刚刚把官道驿站里的一位准备进京升迁的大员诱杀，岂料这位大员一身清风，金银未抢到，反而惹得民怨沸腾，使得朝廷颁布了通缉令。这位大员还曾对当今正气盟盟主有过恩惠，盟主闻讯勃然大怒，派出高手追杀这伙亡命之徒。在官兵、正道多方的合围之下，五人别无选择，只得逃去西域，投奔大洪神教。他们一路上如丧家之犬，狼狈不堪，好不容易逃到这荒凉之地，又遇上了这场大雪。

虽然前途未卜，但起码后无追兵了。

众人跟着蒋大川，亦步亦趋，默默地前行。

一口气走了五六里路，雪越下越大，地上铺了厚厚一层，一足下去深陷至膝，实在无法再走下去了。

孙小流从前走过这段山路，知道前面山谷有一个宽大的山洞，可避风雪，便向众人提议到山洞里歇脚。山谷前只有一条狭隘的小道，仅可过人。

进入山谷，更觉群峰高耸，抬头只见巴掌大的一片天，宛然身处井底之中。

找到山洞，那山洞长宽各十三四丈，确实十分宽敞。众人在洞中架起一堆火，围在火边取暖。身上渐渐暖和，连日疲于奔命，众人都有了倦意，便合眼小睡，等雪停了再走。

"咕——咕——"不知谁的肚里传来一阵阵闷响。

沈双涛、韩三江同时紧皱眉头，把头歪向一边。

"咕——咕——"

韩三江忍不住跳了起来，骂道："老四，你他妈的真是一头猪！"

沈双涛也骂："奶奶的，还让不让人睡？"

洪四海面红耳赤，道："俺肚子饿了。"

"谁他妈的肚子不饿！"韩三江大骂。

是的，每天只吃半个馍饼，谁不是处在饥饿状态？可是没有办法，他们五人在官兵、正道的合围之下逃出来已是万幸，哪里顾得上准备充足的干粮！这洪四海天生胃大肠肥，自是最难忍受的。

孙小流从怀中拿出一小块馍饼给他，道："这是我今早省下的馍饼，虽然剩下不到四分之一了，你且拿去充饥一下。"

洪四海正想接过，却听见蒋大川开口："老四，山谷外有只肥羊，你猎来吃了吧。"这荒凉雪野连麻雀也网罗不到，怎么可能会有肥羊？洪四海知道蒋大川也忍受不了他那令人烦躁的肚子，想支开他。这时，洪四海也饿出脾气来了，骂道："好，俺这就去吃肥羊！"随着傻劲发作，他还真的跑出了山洞。

"哎哟！"洪四海刚走出山洞不远，就传来了他的一声惊叫。

"有人！"众人立刻警惕起来，乒乒乓乓，纷纷抽出兵刃，跳出洞口严阵以待。仔细一看，不禁吁了一口气，原来只是洪四海脚下不知道给什么东西绊了一下，差点跌倒而发出叫声。这段逃亡的日子，确实把人变成了惊弓之鸟。众人虚惊一场，正想臭骂他几句，忽听眼利的韩三江惊讶地大喊："好像是个死人！"

良久，地上那人一动不动，僵直如石。

洪四海壮着胆拱下身去，蓦地踢了两脚，见那人依然纹丝不动，骂道："妈的，果真是个死人！"

荒原上见到死人，众人有些好奇，都围了上去。

蒋大川拔开那尸体上的积雪，待看清那人面貌，不禁全身一震！蒋大川人称"雾中龙"，功夫了得，向来以沉着阴冷见称，脸上常年笼罩着一层黑霜，很少有事情会让他动容。他抬起那死人的手腕，将手掌摊开，示意众人来看。只见那手掌阔大平伸，泛着一层淡淡的金色。

蒋大川见大家似乎没有看出所以然来，嘿嘿一笑，忽然抽出弯刀，哚的一声砍在手掌上。他的刀名为"冷月"，出自龙泉名师之手，这一刀出得快、狠、猛，可是除了砍破一些皮肉，却没有把这只手掌砍断！众人大惊，想来这人必定是以修炼掌力为主，竟然将一只手掌练得比石板还要坚硬。对这双肉掌的主人来说，开碑裂石只怕都是等闲之事。

蒋大川侧头问道："你们还不知道这人是谁？"

韩三江惊道："莫非是……"

"不错，"蒋大川心有余悸地道，"是'飞天魔'贺天，贺老大！"对这人，连蒋大川这等人物也称其为"贺老大"，可见其生前是何等威风。贺天周身伤口有十三处，每处伤口大小几乎都一样，应是被同一把利剑所伤，其死前定是经过长久而激烈的苦斗。

沈双涛道："这难道就是失踪多年的'河朔双霸'中的老大贺天？"

蒋大川点点头："你们看见那只手掌了吧？那是贺家的金刚灭绝掌，手掌练得硬如岩石，与人搏斗时可以直迎对方兵刃，霸道无比。十一年前，我师父死在贺天掌下，仅仅是接了他三掌。"蒋大川在五人之中武功最高，据说也只得了其师父的七成真传，可见贺氏兄弟的武功远在他们之上。

只听他继续道："贺天和其胞弟'遁地魔'贺地，合称'飞天遁地，无所不能'。三十年来叱咤风云，俨如黑道霸主，从来没有人敢惹他们。三年前兄弟俩离奇失踪，有人说被厉害的仇家追杀，有人说他们被正气盟高手所杀。如今贺天暴尸荒野，看来传言是真的。只是，谁有这个能耐可以击杀飞天魔？"

蒋大川下意识地看了一下四周，除了皑皑的一片白雪之外，并无任何异样，但多年的江湖经验告诉他，这里一定会有一些邪门的事情发生。

"此地不宜久留，走！"蒋大川催促大家快走，但尚未走出山谷，忽然耳力奇佳的韩三江道："老大，山谷外面有人！"

月光微照，狭隘的山谷口出现了两人，一前一后，前面那人像是被后面那人追赶，风啸中隐隐约约听见前面那人骂了一句娘，然后后面那人拔出了剑。

那一刹那，众人仿佛感到一股杀气冲天而起，风雪和时间立刻凝固，前面那人死命地朝山洞狂奔而来。然后大家看见他那双闪烁着恐惧、怀疑、绝望等各种情绪的眼睛，都不禁一寒！

离山洞还有一丈的地方，那人身体忽然从中间向左右分成两半，颓然倒地。从中剑到倒下，那人足足跑了数丈远，对方的剑实在快得离谱。

众人惶恐不已。洪四海大叫："这人相貌和贺天很像！"众人循声看去，这人虽然身体分成两半，可是身材模样和贺天相差无几，那定是蒋大川所说的"遁地魔"贺地了！

居然有人先后杀了"飞天遁地"！他到底是谁？此人的剑法神异到这种地步，若来杀他们，反抗是毫无用处的，但求生的本能使他们都紧紧地握着兵刃。

良久，那人立在当地不动，呆若木鸡，明月就在他头上，月光隐隐约约照着他那苍白的脸。

他并没有进来的意思，只忽然解下腰间的水袋，拧开塞子，哗啦啦地把那食水统统倒了出来，再把干粮撒在地上，任由风雪掩埋。然后，慢条斯理地把长剑插在身前的地上，背靠山石，身子缓缓躺下，刚好把谷口堵住。

他在干什么？

众人心里都拿不准，只有紧握着兵刃不放。等了好一会儿，那人始终毫无动静，仿佛就躺在那儿睡着了。

又等了一个多时辰，那人还是没有动静。

蒋大川终于打破沉默，叹道："没想到我们竟然遇上了他，真乃命数啊！"

"谁？他是谁？"韩三江的声音微微颤抖。

"戴七。"

"他就是戴七？""天下第一神捕、六扇门第一高手——戴七？""怎么会遇上他？""怪不得'飞天遁地'死在这里，原来他们遇上了戴七。""听说他还是正气盟盟主的莫逆之交，在江湖上交游广阔。""废话，他本来就是从正气盟出去的好汉，盟主之位也是他让给当今盟主的。"……议论七嘴八舌，其实几人心里都已经猜到那人的身份，只是不敢接受这个现实。这个事实从蒋大川口中说出，众人仿佛突然遇到了世界末日，心都

凉了半截。要知道，戴七号称"铁面神捕"，从来没有他抓不到的犯人，而且其心狠手辣。对于犯人，"戴七"这个名字就代表死神。

贺地的尸体躺在地上，众人手执兵刃，目光注视着戴七。众人绷紧神经，从子时等到丑时，又从丑时等到寅时，不觉月影西移，天色渐渐明朗，就这样耗了一宿。而戴七依然静静躺在山路上，就像一尊风化了千百年的石像，丝毫没有移动的意思，让人委实摸不着头脑。

一阵冷风刮过，一只兀鹰从空中下来，扑向贺地的尸体，伸嘴啄咬。

"他妈的，这戴七到底什么意思？要杀要剐，冲进来就是，躺在那里动也不动算什么？""是啊，有种过来和老子厮杀！"……众人骂个不停，但骂归骂，终究没人敢上前靠近他。

蒋大川抬头看天，四面如井，要出山谷只有这一个路口，却已被戴七占着，除了硬冲出去之外，就只有像兀鹰那样飞出山谷了。

众人都看着他，等他决定怎么做。蒋大川凛然吟道："记得当初结义的誓词吗？一拜桃园结义刘关张，二拜梁山一百零八将，三拜瓦岗寨上众儿郎，淮上结义传千古，不求同年同月同日生，但求同年同约同日死！"

"好！大伙一起上，和他来个同归于尽！"洪四海高声叫道。

然而，没人附和，蒋大川沉默不语。

韩三江冷笑："你以为一起上就可以打倒戴七吗？恐怕还没到他身边，我们就一个个倒在地上，死得不明不白。"

"死就死呗，我们结义一场，死在一起又有什么所谓？"

"一眨眼的工夫，就把咱们五条性命交给阎王爷，未免太不划算了！"

"我有个主意。"蒋大川忽然道，"只是不太好意思说。"

"老大你说吧。我们都听你的！"蒋大川一出声，大家顿时鸦雀无声。

"我们结义一场，理应同生共死，但是留得青山在，不怕没柴烧。眼下这情景，咱们'淮上五凶'一起死个干净，实在不划算。若是可以逃出去几个，日后也未尝没有报仇的机会。因此，要牺牲我们其中一位兄弟，这位弟兄要有舍己为人的精神，一会我们冲将过去。其他兄弟掩护，让这位兄弟突然扑上去，将其抱紧或纠缠个一时片刻，其他兄弟趁机往不同的方向逃跑，他想追也无法分身同时追几个人。"

没人回应，沉默了好一会儿，沈双涛道："老大的意思是让谁去缠住戴七？"

"这是我最不忍做的事情啊！"蒋大川脸上露出悲伤的神色，"各位都是骨肉兄弟，折了谁，我都痛不欲生。谁去成全各位兄弟呢？我看，就由老天来决定吧。"他从身上取来四颗红色宝珠和一颗黑色宝珠，形状大小都是一样的，然后再从包袱里取来一个小袋子，把五颗宝珠一起放了进去。

"抽到红珠者生，抽到黑珠者死！"

虽然将众人宝贵的性命交给几颗小小的珠子，未免太过随意，但即使不情愿，也别无法子。五人围在一起，纷纷把手伸进袋子，让冰凉的珠子滑到掌心，五人或是皱眉，或是闭眼，或是绷紧了脸，或是身子发抖，然后各自把颤巍巍的手从袋子里抽出来，紧紧地握成拳头。

到底谁抽中了黑珠？众人你看我，我看你，五个拳头并在一块，蒋大川叫道："打开！"只见五个拳头缓缓展开。

"咦？""奇了，怎么会这样？""黑珠哪里去了？"原来五只手掌上都是一颗红珠！

蒋大川脸上毫无表情，嘴里却发出"嘿嘿"的冷笑。韩三江平静地道："有人抽到黑珠，却把黑珠换成红珠。"

孙小流骂道："妈的，是哪个乌龟王八蛋干的？"这孙小流虽然排名第五，但人长得满头白发，皱纹如干枯的树皮，一副佝偻模样，看上去倒显最老。连平素一团和气的他，此刻也大骂出口，显然换珠者已引起众人的极度不满。

"糟老头子，可记得谁用空空妙手给刘用下药的？"韩三江反问。刘用便是他们在官道驿站上诱杀的那位大员，当时刘用身边有两位大内好手在身旁守护，众人无从下手。孙小流和沈双涛装扮成爷孙俩，装成爷爷的孙小流故意跌倒撞上刘用的桌子，沈双涛去扶的时候，便把迷魂药放进刘用等三人的酒杯里，可以说这次劫杀成功，沈双涛居功至伟。孙小流当时离沈双涛最近，目睹他这一手绝活，心中赞叹不已。

孙小流恍然大悟地看着沈双涛。江湖上都知道，沈双涛之所以有"入云探手雕"这个称号，三只手的功夫自然十分了得。

别看沈双涛平时为人傲慢、桀骜不驯，这时也脸上大变，连忙呵斥韩三江道："老三，你不要冤枉我！"

不等韩三江回答，孙小流一脸怒气地质问："除了你'入云探手雕'

沈双涛，谁还有这种手段？"

沈双涛后退两步，其他人纷纷将他围住。他瞪着蒋大川，希望他来说句公道话。

谁知，蒋大川哼了一声，就把头扭向一边。

沈双涛知他也认定是自己，大喊："瞎扯，为什么是我换走黑珠？难道我可以未卜先知，知道自己会抽到黑珠？"

"你的运气差了点。"韩三江道，"你不知道自己会抽到黑珠，但是以防万一，你就预先准备一颗红珠，在袋中抽珠的时候，便不管三七二十一换成那颗红珠，这样你就保险了。可惜，你换走的偏偏就是黑珠，这样大家手里就一共有五颗红珠了！"

"老二，你如果承认换走黑珠的话，大家也不会为难你，依然当你是兄弟。不然的话，哼哼……"蒋大川眼中已露出凶光。

众人竟然一致认定了沈双涛。沈双涛退后一步，兵刃赫然在手，道："要我当你们的替死鬼，嘿嘿，想也别想！老子宁愿和你们来个鱼死网破，也不想死在戴七剑下！"

众人一听，直把沈双涛的娘骂了一遍又一遍。

沈双涛忽然瞪着洪四海，叫道："老四，你也怀疑是我换了红珠吗？"洪四海平日里和他关系最好，为人也最为敦厚。这时，他看看大家，又看看沈双涛，涨红了脸，摇摇头道："二哥，你就有点勇气嘛……"

"呸！"沈双涛淬了一口，瞪着蒋大川和韩三江。

众人各自手按兵器，等着他发难。

沈双涛忽然上前一步，出人意料地跪下，涕泪齐下："大哥，各位兄弟，我错了！是的，是我换走了黑珠！我是个懦夫，我怕死，你们原谅我吧！"

洪四海见况，便一边上前搀扶，一边好声劝慰他道："人谁无错？在这个节骨眼上一时想不开也难怪，只要你……"

韩三江忽然大叫："小心！"

洪四海一愣，蓦地一股劲风扑面而来，却是沈双涛一弹而起，一只手箍住他的脖子，另一只手用匕首抵住他的胸口。

"不要过来！不然我一刀杀了他！"沈双涛挟着洪四海，疯也似的冲大家咆哮。

"放开他，放开他！"众人齐声吆喝。

"你们不是说义气深重、亲如骨肉吗？好啊，你们这就去和戴七拼，让老子出去，不然老四就死定了！"

看见老二疯狂的样子，众人又陷入一阵奇怪的沉默中。是啊，为了洪四海区区一介莽夫去和戴七拼命，那是千难万难之事。若要因此放过本来该当"替死鬼"的沈双涛，那更是谁都不愿意。

"老二，老四。"一直没有出声的蒋大川忽然开口，"你们的戏不必再演下去了！"

韩三江一愣，倒是最先醒悟过来，问道："老大，你的意思是他们是串通的，老四是故意让老二逮着的？"

蒋大川点点头，道："半年前，老四与老五的老婆通奸，被沈双涛知道后，老四一直都在老二的要挟下做人。为了维护兄弟的情谊，我装作不知。而老四刚刚演的这个戏，假装失手被擒，呵呵，算是报答老二保守秘密的恩德吧。"

孙小流眨眨眼睛，片刻反应过来，蓦地暴跳如雷："洪四海你个这王八蛋，居然给老子戴绿帽子？我要宰了你！"

韩三江也大骂起来："老四这无义之人，老大何必维护他？都杀了吧！"

沈双涛哈哈大笑，反而把洪四海放开了，大声叫道："老四，看到没有？你不想跟我一条船都不行了，是他们逼你的！"洪四海缓缓地拔出腰间那一根二十多斤重的水磨竹节钢鞭，耳根通红，牙齿咬得咯咯作响。

双方剑拔弩张，战斗一触即发。

蒋大川忽然转头对孙小流道："老五，我本来不想提这种陈年旧事，可是看见老二和老四现在那狼狈为奸的样子，我实在是迫不得已……唉，这么多年来，老四一直有愧于你，看在兄弟份上，你就原谅他吧，不要让他继续受老二的威胁了。"

孙小流沉思了一会，忽然长叹一声："罢了，罢了！老大说得对。兄弟如手足，女人如衣服，我们淮上兄弟的情谊，岂能被一个女人破坏掉？"

洪四海脸有喜色，问道："真的？"横在胸前的钢鞭垂至膝下。

"小心！"沈双涛蓦地大喝。

唰的一声，一支利箭快速穿过洪四海的心窝，直透背心。洪四海全身一颤，"啪"地直挺挺倒下。

是韩三江的裂石穿云箭！

原来在他们说话的时候，蒋大川向韩三江使了一个眼色，韩三江便悄悄躲在孙小流背后，取出弓箭偷袭洪四海。"射天狼"韩三江的箭法是江湖一绝，洪四海在蒋大川的好言之下，防范松懈，直接被一击毙命。

"你现在是以一敌三。"蒋大川悠悠地道，"老二。"

若是单打独斗，沈双涛还不是蒋大川的对手，这下孑然一身，更是强弱悬殊。

蒋大川继续劝解："只要你现在去缠住戴七，为兄弟们挡开一条生路，过往的一切，我保证大家既往不咎。你，还是我们心中的好兄弟！"

"去你祖宗的好兄弟！不是你死，就是我亡！"

"你去不去？"

"死也不去！"

沈双涛心中暗骂洪四海"笨蛋"，本来以二敌三，还可以一拼，至少也能让对方投鼠忌器，不敢拼个玉石俱焚。可事已至此，也是无可奈何，群敌环绕之下，蓦地一股悲怆愤慨之气充塞胸臆，他举起匕首，大叫："我跟你们拼了！"

接下来的事情很简单。

三个打一个，人影纵横，刀来剑往，霍霍有声……

沈双涛倒下去的时候，两个眼球几乎爆裂，身上的窟窿、伤痕，如蜂窝、渔网，死得很惨。

韩三江摸摸被沈双涛划伤的地方，怒叫了一声，飞起一脚，将沈双涛的尸体踢得远远的。

尸体正好落在戴七身前三丈的地方。

半晌，一只兀鹰飞下来啄沈双涛的尸体，引得好几只兀鹰也飞了下来。其中两只兀鹰飞向戴七。

众人的心被揪紧。戴七还悠悠然躺在那里，任那兀鹰扑至。那兀鹰伸嘴在他身上摩擦一下，忽然发出一声厉啸，扑腾扑腾地飞向半空。

"火！烧起来啦！"只见兀鹰的翅膀冒起一股浓浓的黑烟，火星四溅，传来一阵阵腐臭。一会儿翅膀便被烧毁，两只兀鹰飞不起来，嗖嗖地钻入雪中。积雪太深，兀鹰陷入里面竟然出不了来。想那戴七虽然一动不动，却能运起内力将兀鹰的羽毛点燃，三人心底更觉冰寒，这是多么精湛的内功！

良久，孙小流试探着问："还抽珠子吗？"

没有人出声。杯弓蛇影啊，沈双涛的死使他们对抽珠子畏之如虎，蒋大川看出他俩脸有难色，发出嘿嘿冷笑。

见众人不回答他的问题，孙小流道："我倒有个主意。"

"说！"

"戴七小看我们，故意躺在那里不动。那好啊，我们也不必冲上去搏杀。我们每人手持一支飞镖，从三个不同方位向他掷去，看他怎么躲避？"

"好主意！"韩三江赞道，"即使他要躲避，也必须跳离那个谷口，我们不就有机会冲出去了吗？"

"好主意！"蒋大川也冷冷地附和，从怀里取出三只飞镖，分给每人一支。每人之间相隔三丈，三人形成一个弧形，缓缓地向戴七推进。

三人在离戴七只有五六丈的时候，不约而同地停住。蒋大川道："我数三声，然后一起发镖！"

二人听着蒋大川的话，目光可不敢离开戴七片刻。

"一！"

三人手指捏着镖尾，摆好架势。

"二！"

三人再把手臂微微抬起，做好发镖的准备。

"三！发镖！"

三人奋力将手臂一挥！

戴七的身子随着呼吸微微起伏，他的头压得很低，眼睛几乎埋在衣领里，仿佛沉睡一般。奇怪的是，他一点事也没有。

再一看，那些飞镖竟然还在三人手里！

原来三人各自心怀鬼胎，居然没有一人把镖发出去，显然，谁都害怕，这一镖发出去会有什么后果？会不会弹回来？弹回来会不会射死自己？发在最先，会不会死在最先？惹怒了他还能活命吗？因此，场面变得十分尴尬。

蒋大川骂道："都是缩头乌龟！"

韩三江呵呵笑道："蛇无头不行，老大贵为老大，何不做个表率，先发镖？"蒋大川稍微变了一下脸色，语气平和："我们兄弟共同进退，再

来一次，这次谁不发就是跟其他两人过不去！"其他人还没有回答，戴七的身子忽然动了一下，三人吓得退后两步。只见戴七翻过身来，侧身卧着，把背露向他们！

那意思就是随便你们发镖，最好还是瞄准他的背来发。

三人心里一紧，手心都捏出汗来。要知道背是人体最软弱、最难防御的地方之一，任何时候都不能毫不设防地袒露给敌人。戴七若非有恃无恐，怎么会做出如此惊人之举，这说明戴七根本就不把他们这些宵小之徒放在眼里啊！

蒋大川喝道："上前两步！"三人如移泰山，艰难地迈出两步。蒋大川额上的青筋条条暴涨，他鼓足力气发出命令："发——镖！"

然而，孙小流的镖软绵绵地射在一丈左右的雪地中；韩三江的镖倒是劲力十足，射入的却是对面山崖；而蒋大川的镖还稳稳当当地停在手掌中。

蒋大川仰天长叹："都是贪生怕死之徒！罢了，罢了，你们不敢发，那就由我来发，我来成全你们！"言罢，捏镖作势，准备发出。

"老大不必如此，啊——"孙小流意欲劝阻，身形一闪之时，肩上忽然多了一支钢镖，鲜血长流，而发镖的人正是蒋大川。若非他身形闪了一下，这一镖就会钉住他的额头。

韩三江脸色大变，把兵刃护在身前，以防暗算。

蒋大川哈哈大笑，蓦地冲出几步，高高跃起，再一头钻入雪中，不见踪影。

"老大，老大！"孙小流高声呼叫，皑皑雪中毫无动静，真不知他潜到哪里去了。

韩三江忽然咬牙切齿地道："老小子，别装了。你难道看不出来蒋大川从头到尾都想把我们全部杀掉吗？"

孙小流一脸茫然，不知所措。

"戴七为什么躺在谷口不进来？他武功高强，原是正气盟的高手，若非自愿谁能让他投身公门？他投身公门是认为江湖中人以武犯禁，目无王法，是真心厌之，才远离正气盟的。如今他身为公门中人，崇尚法度，自然恪守法度，不反抗的人，他是不会把他们干掉的。他就是要等我们冲向谷口啊！只要我们一动手，那就是拒捕，下场就和贺地一样。相反，如果我们乖乖投案，戴七就只能将我们带回衙门。虽然我们犯的都是死罪，到了官衙还是难逃一劫。但我听说今年皇帝老母八十大寿，皇帝有可能大赦天下，算是多一分希望，总比死在这荒山野岭喂鹰强！"

"可是，老大只要说一声，大伙一起投降不就行了啊？"

"我说老家伙，现在你就别装了，咱们都是一条船上的人。别人觉得你傻，我却知道你是装的，你可以把每天少得可怜的半个馍饼再省下半个，你早知老四和你老婆通奸之事却装作不知，还能把半个馍饼赠给他……沙驼，沙驼，沙中之驼，好响亮的绰号！那都是因为你有比常人更强的忍耐能力！你心里清楚得很，戴七为什么把食水、干粮倒掉？那是告诉我们，他不可能一次带走我们五个人！因为，路上需要提防着我们，花费精力；而且，最要命的，是粮食！你看戴七两手空空，从这里到最近的衙门少说也有六百里路，那一点干粮根本就不足以撑到衙门，这里也难于猎食。因此蒋大川要杀光我们，这样他才能活着跟戴七走出这片鬼地方！"

孙小流眼中终于露出惊恐之色，颤声道："这么说老大还会杀掉我们俩？"

"妈的，还装！"韩三江踢了他一脚，"一开始你就知道，老二根本就没有换掉黑珠，黑珠其实就是蒋大川自己换的。是他亲手把珠子放进袋子里的，他就是在这时把黑珠换了！嘿嘿，'偷梁换柱'这种小把戏谁不会？他袖管中藏有一颗红珠，在袋子中用小指勾住黑珠，手腕一抖，红珠就落入袋中了。你深知老二桀骜不羁，不善辩驳。你明明知道蒋大川在陷害老二，还落井下石，一样冤枉他！因为你也怕死，巴不得有个替死鬼！嘿嘿，其实我们统统都怕死得很！"

孙小流目光迷茫，脸上尽是慌张之色："你既然知道老大陷害二哥，为什么还要极力指证他？"

"嘿嘿！"韩三江冷笑道，"沈双涛一直自恃是二把手，从来就没有把我放在眼里，老子受尽他的鸟气！凭什么老子要屈膝其下？我一看见大家手中都是红珠的时候，就立刻明白蒋大川要设局除掉他，我便将计就计，乐得个顺水推舟！至于老四，确实长期为老二所制，被逼投身作人质。只是他不知道，蒋大川从选择拿老二开刀的时候起，就根本不打算让他活在世上了！"

"好个老三！都说老三机警多智，阴狠手辣，果然不差！"蒋大川的声音不知从哪个地方冒了出来，他修习过龟息法，能够在雪中潜藏很长时

间。韩三江、孙小流左右环顾，想寻找他潜藏的位置。但是蒋大川精通腹语，那声音似远似近，难以定位。

"其实老三，从一开始，你和我的心思还不是一样？你也是想杀掉其他人，独自投案罢了！要不我们怎么能如此默契地配合，杀掉老二、老四？只不过你武功不济，对我、对老二都比较顾忌，不敢贸然下手。"

韩三江拈弓搭箭，瞄准前方，就等蒋大川冒出雪面，将其射杀："老大，你也太不讲义气了！再怎么说咱们也是兄弟一场，你就忍心看着所有兄弟死掉？"

"老三，其实我也给你们机会了，只要你们把飞镖射向戴七，那我就不用费心思来杀你们了！"

"呵呵，老大不用自责。现在我们就比一下，看看谁先杀死谁。老大，你在哪儿？"

"是不是在这？"一支响箭"嗖"地射出，直没入厚厚的积雪中。

"还是在这儿？"又是一箭，"嘭"地射中一块岩石，碎石纷飞。

……

韩三江的裂石穿云箭非同小可，一连几发，射得周围雪花、岩屑飞溅。韩三江忽然把箭对准孙小流，喝道："走到空地中央！"

"干什么？"孙小流空洞的眼中充满恐惧，仿佛已经嗅到死亡的气息。

"对不起，我要用你当诱饵，老大不是要杀光我们吗，我就让他出来杀你，我好乘机从旁一箭射死他！"

"不！"孙小流颤声道，"那样我就必死无疑了！"

"你不去现在就得死！"韩三江怒道，"老大的武功是最高的，而且他在暗，我们在明，你我不合作就必死无疑！你应该相信我，凭我的箭法，只要他一出现，我就可以射死他！"

"你杀了他，还不是要来杀我？"孙小流老泪纵横，可怜巴巴地道。

"你没得选择。"韩三江再一次威吓。

孙小流被迫扔掉单刀，举起双手颤巍巍地走到空地中央，用一种几乎哀求的语调喊："老大你在哪？你出来，出来啊！"韩三江背靠安全的位置，弓箭瞄准孙小流周围。

一个时辰过去了，两个时辰也悄悄过去了……

孙小流就像一只受伤的羊，全身散发着诱惑的血腥味，等待着饿狼。

突然，雪地上窸窸窣窣地冒起一条雪柱，迅速地向孙小流延伸。孙小流连连倒退，雪地中忽然伸出两只大手抓住了他的脚！

韩三江狂喜：蒋大川终于出手了，他果然沉不住气了！

孙小流发出撕心裂肺般的惨叫，身子剧烈往下沉……

"嗖——嗖——"两声响起！

连珠箭发出，直插在孙小流脚下的地方。孙小流的身子不再下沉，定在当地，雪地上慢慢沁出血点，片刻染红了一地。

韩三江大喜，快步跑了上来，一把推开孙小流，用弓拨开那堆红雪。一会儿手便触到一个硬硬的物事，赶紧用力把它拉出来。

与此同时，"噗"的一声闷响，一条人影利索地悄悄从韩三江背后的雪中跳了出来，口里咬着弯刀，盯着韩三江。孙小流盯着韩三江，眼里充满可怖之色，尖叫："他，他，他还活着！"

韩三江全身一震，僵硬地回头，仿佛听见自己颈骨在咔咔地响。

一个高大的身影立在眼前，脸如铁铸，正是蒋大川！

韩三江吓得脸无人色，看看手中物事，竟然是那两只扑在戴七身上而被烧光羽毛的兀鹰！

这两只兀鹰的羽毛被戴七的真气烧光，飞不起来，又伤得不轻，陷入雪中，正好被藏在雪中的蒋大川抓住。他故意来到孙小流那儿，引韩三江发箭，千钧一发之际，将那两只又肥又大的兀鹰挡在胸前，正好把两枝利箭挡住。鲜血从兀鹰身上冒出，看上去就好像是蒋大川中了箭一般。然后蒋大川趁韩三江过来检视的时候，马上深入雪地，偷偷转到他的背后，便完全把他控制住了。

蒋大川哈哈大笑："老三，你很聪明，可你永远也算计不过我！"韩三江吓得全身颤抖，连求饶的勇气也没有了，"呼——"韩三江的人头横飞，落在孙小流的脚旁。

孙小流早已软瘫在地，双手撑着身体往后挪移，连声求饶。

蒋大川狞笑着，步步进逼。他是最后的胜利者，这个向来愚钝的孙小流早已吓破了胆，毫无反抗能力。此刻要杀他，真和捏死一只蚁一般。孙小流越是这样力竭声嘶地求他，他就越有一种迫切结束对方生命的快感！

蒋大川此刻全身上下都很放松，脸上甚至露出微笑，频频回头看那躺在山谷的戴七，开始构想一会儿该怎么向他投案，到时语气应该温和而不

含敌意，动作应该恭顺而不含攻击性。然而，他还是清醒的，料到最温纯的狗被逼急了也会咬人，果然，孙小流拼尽全力向他打来一掌。

然而，心都怯了，出手必然软了三分。蒋大川飞脚一踢，正中孙小流心窝。这一脚的力道很猛，孙小流抱着腹部，痛苦地匍匐在地。

蒋大川叹道："少作无谓的反抗吧，老五，这样会少点痛苦……"忽然，他的咽喉被硬物卡住，最终也无法说出一个字。他两目圆睁，舌头伸得长长的，双手抓着喉咙，摸到一件冰冷的物事，他蓦地想起这个老五并不是手无寸铁！

孙小流身上还藏有一支飞镖！更讽刺的是这支飞镖还是蒋大川用来偷袭他，射中他肩膀的那支！辛辛苦苦机关算尽，到头来竟然为他人做嫁衣！这个人一直忍耐到现在，蒋大川的确小看他了！

孙小流慢慢地从地上爬起来，仿佛变了一个人，腰板不再佝偻，眼中神采飞扬，一下子年轻了二十岁，身影变得异常高大，哪里还是那个外表老成、愚钝的孙小流？

"我说老三很蠢，其实你比他更蠢！老三起码还有一点点了解我，不错，长期以来我韬光养晦，不然我也不会活到现在，只是你一直看不出来而已。什么江湖义气，什么兄弟情谊，我呸！那不过是你们为了骗别人为你卖命而编织的谎言罢了！从戴七进来那一刻起，我就知道我们五人之间只能活一个。这一镖物归原主，不知你还听不听得见，告诉你，我还是故意给你射中的！哈哈！"

蒋大川的尸体直挺挺地立着，孙小流伸手在其头上轻轻一推，"啪"的一声，宛如一棵老树倒掉。

"事实证明，"孙小流得意地冷笑："我最聪明。"

看了一下遍地死尸，孙小流忽然三步并作两步朝戴七奔去，离他两丈左右的地方，便猛地跪在地上。"戴神捕，我来投案。蒋大川他们不肯伏法，意图对大人不轨，已经被我杀掉了，望大人开恩！"说罢，叩首触地，头直埋入雪中。

他的语气温和而不含敌意，他的动作恭顺而不含攻击性。

戴七身上依然散发着阵阵热浪，甚是骇人。"跪着。"半晌，才从戴七嘴里跳出两个字，声音低沉而无力。

可是这么两个字对孙小流来说，就如同大赦，起码可以肯定戴七不会杀他。

时间很平静地过去，孙小流就这样一直跪着，也不知过了几个时辰，他始终如一个虔诚的信徒顶礼膜拜着他心中伟大的神。

天上的兀鹰不断地飞下来，扑向山谷中的那些死尸，不用回头，光那股恶心的腥臭味传来，孙小流就可以想象群鹰啄吃尸肉的情形：片刻只剩下一堆堆白骨。那兀鹰好几次把孙小流当成死人，扑到他身上。他只好扭扭腰、翘翘臀，尽力去吓跑它们，但也被咬破了好几处皮肉。

尽管肉痛膝麻，但他心里满是庆幸，还有什么能比活下来更幸运的呢？

"戴大哥，戴大哥！戴大哥果然在这！"

将近傍晚的时候，谷外匆匆忙忙地赶来两名捕快，听声音应该是戴七的属下。"戴大哥，兄弟们听说你独自去追捕贺氏兄弟，都急得不得了，便发散人手追到这雪地里来了。""天可怜见，终于让我们碰着你了！"……他们走过来，一个去扶戴七，一个给孙小流戴上手镣。孙小流抬起头，看着戴七慢慢站起，然后他看到了做梦也想不到的情景！

一丝鲜血竟从戴七口角慢慢流出，这分明是受了极其严重内伤的表现！

戴七面容憔悴，全身乏力，若没人搀扶只怕马上就要倒下，他剧烈地咳嗽了几下，竟喷了几口鲜血，溅在孙小流身上。他几乎不敢相信自己的眼睛，这就是那捕快之神？

"很奇怪吧？"戴七擦掉嘴边的血迹，"你们想必已经看过'飞天遁地'贺氏兄弟的尸体了。'飞天遁地'，何等人物！我虽然击毙他们，可也受了严重的内伤，我看起来可以引燃鹰羽，其实是散功保命。"

"遇到你们纯粹是偶然，拼了最后一击杀掉贺地，我便已油尽灯枯，哪里还能逮捕你们？你们本来有很多机会可以杀掉我，却放弃了。"

孙小流一下子坐在地上，大家原来是害怕一个废人而拼了个你死我活。他实在想不明白，大家到底错在什么地方？一拥而上可以杀戴七，抽到黑珠者可以杀戴七，飞镖发出者可以杀戴七，有那么多的机会啊，为什么都一一错过了呢？

他不禁捶胸大骂："一群没义气的家伙！"他痛恨自己和死掉的四位兄弟一样，都是不折不扣的大笨蛋、大蠢材！

"义气？"戴七冷笑道，"几个干尽伤天害理之事的亡命之徒聚在一

起杀人越货，毫无侠气，哪来义气？"

　　孙小流彻底崩溃，忽然像个孩子似的哇哇大哭，这哭声似乎在念叨什么……

鼠辈

月光掠过陷空岛的层层山峦，斜斜地照进密林深处的飞狐寨后院。密室里烛影摇红，一张八仙台上，三位岛里的大人物正在密谋什么大事。

三人神情肃穆，一言不发，听着浪涛拍岸的声音从远处传来，更衬托出深夜的宁静和诡异。

坐在上位的正是飞狐寨寨主胡石飞，他一脸愤色，终于打破了沉默："卢家庄咄咄逼人，独霸陷空岛之心昭然若揭。是可忍孰不可忍，我们三家与其坐以待毙，还不如点齐人马跟他们拼了！你说是不是，赵帮主？"

赵帮主是个黑瘦汉子，肤如铁铸，他拍桌赞成："对！咱们三家好歹也称雄岛上多年，树大盘根，咱们就不信他卢家庄可以只手遮天，把我们三家豪杰赶尽杀绝！你说呢，范老大？"

范老大没有附和他，只是嘿嘿冷笑。赵帮主脸色一沉，嗔道："有什么可笑的？"

范老大依然冷笑道："卢家庄早已今非昔比，庄主卢方何以变得如此嚣张？大家难道不知道吗？若只有单单一个卢方，大家用得着半夜三更躲在这深山野岭商讨对策吗？"

二人顿时无言以对。这陷空岛绵延百里，人口数万，而且远离官府，是个富得流油的地方。一直以来，岛上只有飞狐寨、白鲸帮、百鸟门三家帮派，呈鼎足三分之势。卢家庄只是一个小小的寻常庄子，人数不过二三十，庄主卢方武功高强，声名在外，虽然看不惯三家帮派在岛上为非作歹，可是他人单势薄，也奈何不了他们。但是，最近卢家庄来了四个卢员外的结义兄弟，这四兄弟个个大名鼎鼎，都是江湖中令人闻风丧胆的一等一高手，而且每个兄弟都带了不少高手。卢家庄一下子人数激增，实力强劲，开始向飞狐寨、白鲸帮、百鸟门三家叫板。他们连挑了三家帮派的几处堂口，给他们写了一封义正词严的信，劝他们改邪归正，不然就对他们不客气。在胡寨主他们看来，这信无疑就是逐客令。三位老大不甘心，可也害怕他们，只好在这里暗暗商量对策。

赵帮主怒道："你害怕了吗？那行，干脆老子关掉所有码头渡口的买卖，胡寨主把妓院、赌档的生意结了，你范老大也别再收保护费了，大伙退出陷空岛，把这快活逍遥的地方让给他们！"

"赵帮主不要动怒。"胡寨主连忙打圆场，"自古正邪不两立，讲和是没有可能的。范老大，如果不跟他们一拼，咱们难道还有更好的办法吗？"

"就是！"赵帮主大声道，"卢方的四位兄弟，我们都是只闻其名。他们的武功到底有多高，我们一点都不知道，也用不着长他人志气灭自己威风。更何况，我们三家帮派的弟兄人数还是远超卢家庄的，拼起来未必没有胜算！"

范老大摇摇头："我不赞成火拼。一来我们不曾见识过这五兄弟的深浅，胜负难料；二来即使火拼之下，我们侥幸获胜，那也必是惨胜、险胜，其结果就是大大削弱我们自身实力。别忘了，外面还有很多人对陷空岛虎视眈眈，一旦我们变弱，他们就会群起而攻之！"

胡寨主和赵帮主闻言，都不作声了。

良久，胡寨主才问："范老大有什么良策？"

"我在想，如果我们找杀手把这五兄弟刺杀掉，卢家庄就不足为惧了。这样我们只是损失银子，于自身实力秋毫无损。"范老大道，"可是上哪里可以找到足够强大的杀手，把五人杀掉？一旦杀他们不成，就会彻底激怒他们，那时想不火拼都不可能了！"

三人一阵沉默，那卢方已是江湖上一等一的高手，能够刺杀他的杀手少之又少，能一口气杀掉他们五兄弟的那更是凤毛麟角了。这样的人，即使不是大洪神教教主这等大高手，那起码也得是大齿虎王、大翼鹰王、大角牛王、大爪熊王四大护教法王这等人物。

"你是什么人？胆敢夜闯飞狐寨？啊，啊！"室外的客厅忽然传来值夜喽啰的呼喝声，紧接着就是两声惨叫，显然是其发现不速之客，马上又遭了毒手。

三人俱是脸色一变，这里是飞狐寨后山比较隐蔽的一处偏院，背靠壁立千仞的山崖，前面有严密布防的重重关卡，是什么人竟然轻易闯到了这里来？

呼喝声、怒骂声、兵刃出鞘声、招呼帮手声，各种声音响成一片，显然那人的行踪已经暴露，飞狐寨以及白鲸帮、百鸟门的高手已将他团团围住。

"我们去看看吧。"胡寨主招呼二人，三步并作两步走，往大厅走去。

他们的密室在二楼,大厅在一楼,只见大厅火光熠熠,三四十名飞狐寨以及白鲸帮、百鸟门的高手剑拔弩张地包围了大厅中的一张饭桌,其余高手也陆续赶来。

饭桌上不知何时坐了一位年约八十、白发苍苍的老者,他手里剥着花生,若有所思,浑然不把这些高手放在眼里。

赵帮主奇道:"这是什么人?难道是卢家庄请来的帮手?"这人神不知鬼不觉就潜入飞狐寨重地,他要是敌方请来的帮手那就麻烦了。三人不约而同停下了脚步,站在楼上观看。

一个头领指着老者破口大骂,直招呼老者的祖宗。"吵死人了!"老者眉头一皱,指上轻轻一弹,一粒花生米哧的一声打向那头领,直打得那厮掉了两颗门牙,满嘴是血,摔倒在地。

"好厉害的指劲!"三人面面相觑,老者这门弹指神功实属罕见,江湖中可以使出这门功夫的人屈指可数,三人均知道今夜来了高人,不由得暗暗提防。

"李头领,李头领!"两名喽啰扶起那个头领,却见他一动不动,竟然已经气绝身亡。"花生米打穿了他的头颅,钉在柱子上!"一名喽啰发现了那头领身亡的原因,惊呼起来。

"什么?"三人瞪大眼睛,也都吓了一跳。能用花生米打断别人门牙,已足见这人内功深厚无比。那花生米竟然余劲一点不衰,还能穿破头颅,钉在柱上,这可比打断门牙强上百倍!

那老者依然不理会众人,慢慢地剥着花生,却又不吃,神情有点恍惚。花生米被他一粒一粒地按进桌面,深深地没入木头里,如镶嵌在木桌中的粉红玉石。

"咦?这老头的打扮咋这么奇怪?"赵帮主指着老者腰间,那里系着一块三岁娃娃才佩戴的鸳鸯锦绣红肚兜。范老大猛然一惊:"难道是他?"

胡、赵二人连忙追问。范老大脸色凝重,一字字地道:"金伯通。"

赵帮主不解,道:"金伯通是谁?"赵帮主原是军官出身,因犯了军规才落草为寇,对那些年代久远的前辈轶事知之不多。

胡寨主醒悟过来,接话道:"这人就是四十年前号称武林史上最强的杀手金伯通?"

范老大点点头道:"四十年前机缘巧合,我见过他一面,这人行为怪异，自称上至正气盟盟主、大洪神教教主，下至地痞流氓，世上没有他杀不了的人，而他也确实一连杀了好几位轰动武林的大人物，而且每一位都杀得很好玩。"

"很好玩？"赵帮主不解地问。

"比如，他杀了人之后，经常在墙上一字不漏、一笔一画地写上他的外号。"

"什么外号？"

"你听着，叫作'大仁大圣大智大勇文武双全神通广大遇神杀神遇魔杀魔威震八荒六合九天十地五湖四海唯我独尊顽童杀手'，一共四十六个字，一般简称'顽童杀手'。"

赵帮主道："这是什么外号？比裹脚布还长！"

范老大冷冷一笑："因为好玩。"胡赵二人不言，赵帮主也不怪他言语中的讥诮之意。确实，一般刺客杀了人，都会迅速逃离现场，更不会再在墙上题名。这金伯通若没有惊天的本领，怎么敢有恃无恐、慢条斯理地写下他的大名？换言之，他贪玩，是因为他玩得起。

赵帮主虽然不甚了解这老者的来龙去脉，但是见了老者之前露的那一手以及听了范老大之言，也确实知道和这老者对抗，无疑是以卵击石。忽然，他全身一震，不禁颤声道："他怎么会出现在这里？难道是卢家庄请他来杀我们的？"

胡寨主脸色一变，如果是真的，只怕这里的人都在劫难逃了。

"我看不会。"范老大很镇定地道。二人舒了一口气，只听范老大又道："顽童杀手极其贪玩，若要杀我们，早就想好了很多稀奇古怪的法子了。我记得他曾经杀一高手，将那高手捉了放，放了又捉，反反复复，像猫抓耗子似的，最后那高手身心崩溃，反过来哭求金伯通杀他，金伯通才勉为其难杀了他；又比他去杀一剑客，交手之后发现那剑客的剑术不过如此，便整整用了一个多月的时间传授那剑客高强的剑招，使之成为一流高手，然后才弃剑用刀将他杀死……你看他坐在那里爱理不理，不像他的作风。"

范老大向二人打个眼色："是福不是祸，是祸躲不过。也许他就是能帮我们杀掉卢家庄五兄弟的那个顶级杀手。"

胡、赵二人一听也觉得别无选择，于是胆气一壮，一起下楼，喝退众人，向着金伯通倒头便拜："后辈胡石飞、赵学夷、范成光参见'大仁大

圣大智大勇文武双全神通广大遇神杀神遇魔杀魔威震八荒六合九天十地五湖四海唯我独尊顽童杀手'金老前辈!"为了讨好金伯通,他们三人故意大声完整地念出他的外号,可是因为这外号实在太长了,三人念完都觉得好像在唱戏文,十分滑稽,强行忍住才不笑出声。

金伯通知道三人在极力讨好他,但他似乎心事重重,不停左顾右盼,只轻轻摆一摆手,道:"我只在这里坐一会儿。"

三人互相对望,都舒缓了一口气,看来金伯通没有敌意,也许真是路过。胡寨主连忙招呼手下,立刻准备上等的酒菜。金伯通闻得酒香,一把拿起酒壶仰天便饮,很快就喝完一壶,根本不担心有人会下毒害他。喝完,金伯通心情稍好,点点头道:"你们这几个小子,倒也孝顺。"

"哪里,哪里!晚辈能见到金老前辈仙颜,是晚辈十世修来的福分。""晚辈一见前辈,便觉浑身有劲,手脚麻利,胜似练功三年。""何止三年,我看十年还差一点点。"三人好歹也是江湖中的一号人物,此时奉承的话肉麻入骨、连绵不断,既是讨好,也是为了保命。他们有些到场稍晚的属下还不知晓老者的厉害,都不明白他们的老大何以突然变得像孙子一样谦卑。

金伯通微微一笑,道:"你们真这么尊敬我?"

"这个当然,我们兄弟三人打心里尊敬您老人家。"范老大见已经打动金伯通,便招呼赵、胡二人齐刷刷地跪下,"在下兄弟三人不怕唐突愿出十万两银子,恳请前辈前往卢家庄诛杀五侠!"

金伯通眉头一皱,并不回应。

范老大从容不迫地道:"我等要杀的这五侠,固然因为他们是我们的死对头,更因为他们平素目中无人,时常以公开嘲弄天下英雄为乐,特别是嘲弄金老前辈您老人家。他们居然说您老人家为了躲避仇家,一躲就是三十年,犹如过街老鼠,算不得英雄好汉!"

"胡说!"金伯通果然大怒,啪的一掌拍在桌上。桌子纹风不动,但是桌子下面的地板却轰的一声深陷下去,地板表面出现一个深深的掌印。

范老大见他又露了一手,先是吓了一跳,然后暗自欢喜起来。他善于察言观色,揣摩这金伯通虽然武功高强,但行事天真,应该极容易上当。他所谓的"金伯通躲避仇家三十年"本是信口胡诌,但看金伯通的表情怕是确有其事,仿佛拿住了金伯通的软肋。范老大继续道:"是啊,我说金老前辈盖世无敌，怎么可能怕了别人，可是他们依然嘲笑前辈，我们又打不过他们，真是无可奈何啊！"

金伯通嗔道："大胆鼠辈，胆敢辱我！"

"前辈隐居多年也许不知，这五侠也不是无能之辈。"范老大口若悬河地道，"这大当家卢方，外号'钻天猿'，内功深厚，轻功了得。曾经单枪匹马追踪一艘从陆上抢掠后离开的倭船，那倭船已抛锚离岸十几丈远，那卢方施展'登萍渡水'的绝顶轻功，在浪尖飞奔直跃上大船，使出三十六路'神风扫叶腿'，将船上十八位东瀛剑道高手全部踢进大海喂鲨鱼，然后独立于八丈高的旗杆之上，从而吓退余寇，威震东南。"

金伯通不以为然，冷冷地道："鼠辈而已。"

"在前辈眼中，卢方自然是鼠辈。"范老大生怕金伯通对"五侠"不感兴趣，所以一开始便绘声绘色，故意夸大卢方的事迹，见金伯通不以为意，便又加重几分力度叙述，"这二当家韩彰，外号'彻地獒'，原是六扇门中的高手，性格坚韧，擅长万里追踪，还懂得机关探雷之术，成名绝技是八八六十四路'奔雷裂石拳'，其拳气势万钧，威不可当。给他咬住不放的人，无论是上天，还是下地，都会被缉拿归案。曾有一个名震江湖的大恶人，异想天开地逃进辽国重兵把守的先皇地宫。韩二爷居然千里追踪而来，直闯入宫，然后破解地宫重重高深莫测的机关，一举生擒大恶人，并拳毙数名辽将，从密密麻麻的大辽禁军中把大恶人带回宋国，朝野内外，莫不震惊。若不是辽国施压要朝廷交人，韩二爷不得不逃离六扇门，当今六扇门最厉害的捕快非他莫属。"

捕快与杀手，本来是一对冤家。范老大故意夸大韩彰之能，以激起金伯通对捕快天生的仇恨。金伯通轻蔑地哼了一声，骂道："鼠辈而已。"

"是，是！"范老大暗自捏了一把汗，看来还得加把劲，一边思忖，一边继续道，"三当家徐庆，外号'穿山獾'，擅长'流星探月手'。徐庆这人身材肥矮，可是双手颀长无比，将刀枪不入的铁手神功练得炉火纯青，可遁地穿山。想当年，盘踞在贺兰山脉黑森林里的蚂蚁群盗，有数万之众，依仗着险峻的地形和茂密的树林，令官府也奈何不了他们。韩三爷豪气干云，带着一千手下攻打黑森林。他身先士卒，充当开路先锋，将黑森林上空的隧洞打通。他运起神功，钻入山崖，顷刻天崩地裂，无数落石滚滚而下，将群贼砸死大半。然后犹如神兵天降，不但聚歼这群贼寇，还

令天堑变通途，当地老百姓至今还把他当作菩萨来拜，歌颂他的功绩。"

　　胡、赵二人听范老大说得逸兴横飞、精彩绝伦，也不知他说的是真是假，都暗自捏了一把汗。谁知，金伯通还是不屑地道："鼠辈而已。"

　　"四当家蒋平，外号'翻江鳘'，能在水中视物，水中闭气换气的功夫举世无双，因为他除了鼻孔，全身的毛孔都可以用来呼吸。太湖群盗神出鬼没，蒋四爷将他们引到水里，太湖群盗水性都很好，可是他们不知道那'泼天排云掌'到了水里，竟然可以威力大增，顿时巨浪排排，几乎所有盗贼都毙命于蒋四爷掌下，只有太湖盗魁侥幸逃掉。他潜在水里，藏身于水草珊瑚之中，心想自己在水里闭气的功夫天下无双，已经潜了两日两夜，蒋四爷怎么也应该走了。他哪里知道蒋四爷可以水里潜伏三日三夜，他才游出几步，即死在蒋四爷掌下。蒋四爷号称'地上武功天下第四，水下武功天下第一'。我说怎么可能，依我说，不管是地上、水下，还是天上，武功天下第一的只能是金老前辈。"

　　"鼠辈，鼠辈。"金伯通反复念叨，目中茫然，却不知他是否生气。

　　"最后一位五当家白玉堂，外号'锦毛雕'，此人内外兼修，年纪最小，也最为俊俏，却是五兄弟中最为犀利狠辣的角色，一手一百零八式'百花迷蝶剑'，变幻无穷，令人难以招架。白玉堂这小子出道才几年，却先后打败昆仑剑圣、西域剑豪、黑山剑魔、草原剑雄等十多位成名几十年的剑道高手，是武林后起之秀中的佼佼者，风头一时无两。这小子曾经大言不惭，称前辈和他相比，必然处处落于下风。论相貌风度，他风流倜傥，玉树临风，而前辈却是老树枯藤；比剑术，十招之内可叫前辈弃剑投降；至于比琴棋书画、诗词歌赋就更不在话下了。这小子狂言若早生三十年，江湖中便没有'顽童杀手'这一名号了！"

　　"鼠辈，全他妈的无耻鼠辈！"金伯通非常生气，叫道，"老子这就去宰了这五只可恶的小老鼠！"说完，离凳就走。三人大喜，谁知金伯通走了两步便站立不动，好像想起什么事情，便又退回来坐了下来，自言自语地道："不行，我还是不去了。"

　　三人本是十分欢喜的，被金伯通这么一糊弄差点摔倒在地，急问："前辈你为什么又不去了？"

　　金伯通没有回答他们，兀自拿起酒壶喝酒，却喝得有点心不在焉，酒水从他嘴角流出来，溅得衣领全都湿了也浑然不觉。他犹自喃喃地道：

"四十年前，我输给了那五只大老鼠，不得不退隐江湖；现在五只大老鼠又各自生了小老鼠，我要是再输给小老鼠，那又得退隐江湖三十年……那可十分不好玩了，不行，不行！"

三人听金伯通"大老鼠、小老鼠"地胡言乱语，都觉得一头雾水。范老大脑子转得快，忽然想起一件事情，顿时吓得魂飞魄散，全身如筛糠一般大抖起来。胡、赵二人连忙扶住他，都感到奇怪，要知道范老大杀人越货，胆大包天，不知是什么事情让他如此害怕起来。

范老大将胡、赵二人拉到一边，沉声道："卢家庄五侠，他们各自有一位师父，这五位师父是结义兄弟！"胡寨主略一思索，便恍然大悟，颤声道："难道……难道当初逼得金老前辈退隐江湖的，竟是五侠的师父们？"回想金伯通进来后的异样表情，显然心事重重，颇有点像被四处追赶的丧家之犬。金伯通刚才将五侠的师父们比喻为"五只大老鼠"，那么五侠就是"小老鼠"，这说明他和五侠很有可能是认识的！

范老大连拍自己几耳光，骂道："我这个笨蛋，居然忽略了两件非常重要的事情：为什么金伯通会出现在陷空岛？卢方的四个结义兄弟之前分布在各个州县，为什么最近会聚在陷空岛？对于小小的陷空岛，这两件事都是大事，这世上哪有这么多巧合，它们必然是有关联的！"胡寨主也颤声道："莫非……莫非……莫非金伯通这么多年来一直隐居在陷空岛，而五侠聚义卢家庄就是冲着金伯通来的？"赵帮主也看出问题来了："看样子，金伯通彷徨狼狈，显然是怕了他的对头们啊！"

三人脸如白纸，他们对五侠的底细不甚了解，可是如果连金伯通都敌不过他们，他们三人更加不是对手了！

这时，一位比较鲁莽的头领来得有点晚，不明就里地喝道："喂，你这么大一个人，怎么连老鼠都害怕？真是胆小如鼠！"三人大惊，想要喝止却来不及。

金伯通果然暴跳如雷，一跃三丈，那人话音刚落，金伯通已瞪眼吹须地贴在那人脸上。那头领惨叫一声，一颗咚咚跳动的心脏竟被他掏了出来！

众人没想到他喜怒无常，说杀人就杀人，身形快如鬼魅，全都吓得纷纷抽取兵刃在手，紧张防范。范老大急忙叫道："前辈息怒，吾等无意冒犯！"

金伯通红着双眼，怒道："敢说老子胆小如鼠。老子杀光你们，再去

抓那五只小老鼠，扒了皮，油炸着吃！"金伯通说完出手如风，转瞬又杀了三人。顿时，场面失控，众人举起兵器齐齐往金伯通身上招呼，范老大三人想阻止都阻止不了。

胡寨主向二人使个眼色，示意跟他离开。他们三人知道金伯通的厉害，此时他已发疯，无法阻止，要保性命还是先行避开为妙。胡寨主将二人带到一处石室躲藏起来，金伯通一连杀了数十人，在大厅内掀起一场腥风血雨。

众人见三位老大都躲了起来，金伯通又厉害无比，都纷纷退避，让他杀出一条血路。金伯通虽然已经失控，但显然对杀光这些小喽啰兴趣不大，见众人躲避也不搜寻，径直冲出后院，往前寨奔去。

飞狐寨依山而建，后院到前寨足足有两三里路。金伯通一边杀将过去，一边撕心裂肺地大叫，黑夜里传来他的怪叫，让人毛骨悚然。这个情景有些恐怖，大家都能从他疯狂的行为、绝望的声音中感到这个老人极其害怕的心理！

三人听声音，知道金伯通已经走了很远，才敢从石室走出来。只见大厅血迹斑斑、尸骸遍地，好生恐怖。今晚在这里商议的全是三家的精英高手，现下死伤殆尽，三家偷鸡不成蚀把米，注定元气大伤。三人惊魂稍定，胡、赵二人开始埋怨范老大，不该招惹这个危险的怪人，范老大则破口大骂二人事后诸葛亮，自己损失更严重。

正争执间，忽然夜空中又传来金伯通凄厉的叫声，叫声越来越近，显然那厮正从前寨向后院这边跑来。三人脸色大变，没想到金伯通竟然杀了个回马枪。三人想要躲避，但是金伯通行动极快，他们都来不及移动半步，金伯通已经闯进了大厅！

"饶命啊！"三人连声求饶。谁知金伯通根本就不搭理他们，一边跑，一边慌慌张张地大叫："该死的，五只小老鼠居然找上门来啦，快逃！"金伯通一直冲出后院，后院的山道没多远就是悬崖。

金伯通慌不择路，对着光滑的悬崖施展"梯云纵"轻功，如星丸跳跃般，几个闪落便越过悬崖，逃也似的消失在月色之中。

三人全都吓呆了，半晌才回过魂来，看样子刚才的情形是，金伯通本已从前寨离开了，但是突然遇到了极其害怕的死对头，才忙不迭地从前寨跑回后院，又从后院冲上悬崖，落荒而逃。

"快探！"胡寨主忙叫哨子去打听，不一会哨子便飞奔前来禀报："不好了，卢家庄五侠带着庄里全部人马，正往山寨这里赶来！"

"真是他们……"三人倒抽一口凉气，原来金伯通在前寨遇到的果然是卢家庄五侠，才吓得逃了回来！

赵帮主还有一丝疑惑，道："这金伯通的武功已是登峰造极，用得着这么害怕他们吗？"

范老大沉思着道："这五人肯定还有非常厉害的武功藏起来没有使用，比如阵法之类的，一旦使出来，威力百倍。金伯通显然和他们的师父们比拼过，而且输得很惨，那些武功肯定非常厉害……唉，我们认输吧。"

胡寨主也叹口气："这飞狐寨，这陷空岛，都不是我们可以待的地方了。后院山道第七棵槐树下有条密道，一直通到海边，赵帮主你在海边还有大船吧？"

"要不我们走海路，远赴西域投奔大洪神教吧？"

"除了神教教主，怕是没什么人可以保护我们了吧？"

"收拾金银珠宝，走吧！"

三人垂头丧气，带着剩下的残兵败将，寻得密道，无声无息地消失在黑夜里。

火光熠熠，卢方等人在飞狐寨外喊话良久，不见有人回应，只见山寨偃旗息鼓，静悄悄一片，似乎在摆"空城计"。

"四弟。"卢方问蒋平，"你不是说飞狐寨、白鲸帮、百鸟门在此聚会，意图不轨吗？怎么好像没有人？"蒋平探听得知，陷空岛三家大帮会聚集人马于飞狐寨，意图对付卢家庄。五兄弟一起商议，都认为与其坐以待毙，还不如自动出击，拼个你死我活，于是连夜赶来。

蒋平皱着眉头道："我也觉得奇怪，即使他们不在今晚密谋，飞狐寨也不至于守卫如此空虚！"赵帮主这人当年带过兵，懂得营寨布防，他的飞狐寨各路哨岗环环相扣，十分严密，使得山寨易守难攻，哪像今天这样不设防？

白玉堂怒道："大哥，四哥，咱们别等了，不如让我杀进去吧！"他按着剑柄，意欲施展轻功，一个箭步冲上山寨，幸亏韩彰和徐庆死死地拉住他。

"不可，小心驶得万年船！"蒋平劝道，"我们再等等。"卢方同意，

其余三人见大哥同意，也只好按捺性子继续等回应。

谁知一直等到天明，飞狐寨还是没有回应，众人都意识到不对劲，便一举冲上山寨。只见沿途都是三家帮会中高手的尸体，死状惨烈。进了后院，大厅里的尸体就更多了，全是由极其厉害的手段致死的，而胡、赵、范等人却像水分蒸发一般不见了。

五侠面面相觑，看众人的死状，显然都死在同一人之手。但是，那是什么样的大高手？五侠都觉得不可思议。

"大哥，你看。"徐庆指着大厅正中那张桌子上面，只见上面被人用极其高明的手法，将一粒粒花生米嵌入桌内。花生米有规律地分布着，似乎是什么图形。

白玉堂大叫："这是一个'鼠'字！"

众人围了过来，议论纷纷。如果大厅这些人都是死在同一位大高手手里，那么这些花生米很可能就是这位大高手留下的。只是大家都不明白，那人杀了人之后，留下的这个"鼠"字是什么意思。是咒骂大厅中的人窝囊无能，都是一群宵小鼠辈，还是这位前辈的姓名或者外号当中，有一个"鼠"字？众人想来想去，也不知道当世有哪位前辈高人和这个"鼠"字有关。

卢方道："不管如何，这位前辈高人仗义出手，替我们料理了强敌，我们兄弟须得感恩戴德，回去勤修苦练，日后匡扶正义，切莫辜负了前辈的美意。"

众兄弟连忙称是。

在一处百花盛开的美丽山谷里，金伯通跪在地上号啕大哭："输了，我又输了！"

在他前面，站着一位得意扬扬的白发婆婆，只见她打个响指，包围住金伯通的五只小老鼠，"嗖嗖"地排成一列，乖乖地伏在老婆婆脚下。

老婆婆笑道："这五只追猎鼠由我从小驯养，本领大得很呢，任你跑到天涯海角，都能找到你。怎样，这次可服了吗？"

"服啦，服啦！"金伯通输得心服口服，"萝妹，你练出来的追猎鼠可真厉害，四十年前我已经败给那老五鼠，没想到三十年后又输给了它们的小崽子，岂能不服？"

老婆婆道："那你得信守诺言，别又往江湖上跑啦！"

金伯通连连应诺，忽然笑嘻嘻地问："萝妹，这五只小老鼠可以送给我吗？"

"拿去呗！"老婆婆爽快地答应。

"太好了！"金伯通兴奋得一把抱起老婆婆，"叭"的一声在她那脸上大力亲了一口。老婆婆虽然一把年纪了，可也像个小姑娘似的感到害羞，娇嗔一声，躲了金伯通怀里。

"咦？通哥，你衣服上咋那么多血呀？"老婆婆关切地问。

"哦，我想起来了！"金伯通漫不经心地回答，"我不是和追猎鼠比试嘛，那天我被你们追得紧，感觉穷途末路了，只好临时躲进了一个寨子里面，一时心烦意乱杀了好些人。你放心，这些家伙面目可憎，都不是什么好人。我正要离开山寨的时候，忽然听见这五只小家伙在草丛里'吱吱'大响，我吓了一跳，怕被它们追到，只好……"

"只好又逃回那个山寨去了。"老婆婆忍不住替他回答。

金伯通想起那时的狼狈情形，只好尴尬一笑："那个寨子里的人认得我，想请我帮他们杀几个人，好像叫什么钻天猴子、翻江大鱼、金毛大雕的鼠辈，我那会光想着如何躲过小老鼠们的追捕，哪有心思去理他们！"

老婆婆笑问："你一点都不想去杀他们吗？你可是大名鼎鼎的'顽童杀手'呢！"

"我不做杀手很多年啦！"金伯通哈哈大笑，将老婆婆紧紧地抱着，"江湖中人不理解我，我外号'顽童杀手'，其实我是个不称职的杀手，我先是顽童，后是杀手。遇上你之后，你总有那么多新奇好玩的东西吸引我，我对做杀手一点兴趣都没有了。"

金伯通看了一眼这个幽美的山谷，然后深情款款地看着怀里的老婆婆道："我啊，这辈子只想乖乖地做你的老顽童！"

陷空岛的江湖势力被重新划分，五侠分别建立韩家、徐家、蒋家、白家四家庄子，分别位于陷空岛东、南、西、北四处，卢家庄居中，互成掎角之势。五兄弟各有擅长，各有分工：韩彰负责治安巡查、维持秩序；徐庆负责排忧解难、定争止纷；蒋平负责码头渡口、海上运输；白玉堂负责对外联络、招揽豪杰；而老大卢方则运筹帷幄，统领全岛。陷空岛在五侠

的治理下，路不拾遗，夜不闭户，从此外安内定，固若金汤，可以说是人间一片乐土。

这一天，五兄弟在庄内饮酒赏花，谈论最近的江湖传闻。据传逃出陷空岛的飞狐寨、白鲸帮、百鸟门三家残余势力，没走出多远就遭遇仇家围剿而全军覆没，一个活口都没有留下，以致那晚到底发生了什么事情，他们遇到了什么人，恐怕永远都不会有人知道了；只是有人隐隐约约地听到他们在说"陷空岛五鼠天下无敌""大慈大悲极乐童子显圣人间"之类的疯话……

五侠听了，都不禁哈哈大笑。

蒋平忽然想到一个主意，道："我们五人义结金兰，何不将外号改一改，以示兄弟齐心？"

众兄弟连忙问："怎么个改法？"

蒋平道："既然他们骂我们是'陷空岛五鼠'，我们索性就将'卢家庄五侠'改为'陷空岛五鼠'吧，反正陷空岛如今都是我们的'地盘'了。"

众兄弟听了，齐声附和。

蒋平见兄弟们颇感兴趣，便娓娓道来："那么，大哥的外号从此就改为'钻天鼠'，二哥改为'彻地鼠'，三哥改为'穿山鼠'，小弟改为'翻江鼠'，五弟就是'锦毛鼠'。这也算是纪念那位留下鼠字的前辈了，大家以为如何？"

众兄弟拍掌大叫："妙极！"

此后，陷空岛五鼠行侠仗义，锄强扶弱，名扬天下。

盟主

一

敬启武林盟主欧阳至尊大人：

你好！见字如面。

我叫龙小马，你可以叫我阿龙或者小马，我今年十五岁，乃盟下猛将堂门下第三代弟子。这会儿我正用刀子架在写字先生老蔡的脖子上逼他帮我写信，没办法，这该死的老家伙替人写信是按字数来算钱的，我没读过书，说话啰唆，一封信下来不知要多少银子！我跟他说一封信一两银子，多了没有。他不肯，我只有动刀子逼他了，我知道这样做有损我们正气盟的威名，但我实在没有办法了。我从一个师兄那里打听到，你是我们的盟主，高高在上，连我们师父都要听你的。那么，我把我的情况统统告诉你，你就能解救我们于水火里！

这么说吧，如果不是在我在十四岁的时候，遇见那个卖冰糖葫芦的大叔，我这辈子都不会知道什么是江湖，尽管我到现在都不十分明白江湖。那是个很偏僻的小村，偏僻得连名字都没有，只知道它在山里面，人口很少，三十来人。山里吃不好，尽管我已经十四岁，可我的样子看上去只有七八岁。那大叔如果知道我有十四岁，一定不会带我走。他将我夹在腋下，翻过了一座又一座山头，那些山头的样子十分相似，在我眼中不断重复，我心里知道糟了。因为我知道，即使那大叔将我放了，我也找不到路回小村了！

那大叔把我带到一个小镇上，说实话，那小镇比我那小村漂亮太多，我打心里喜欢。让我挑，我当然喜欢这小镇，可是那大叔总是怕我逃回原来的小村去。在人多的时候，他押着我；没人的时候，他绑着我。还不时恐吓殴打我，警告我不要逃走。因为我一旦走了，他就得归还人家给的银子。

我听见人家叫他"大眼彪"。我不喜欢这大眼彪，有一晚我趁他喝了点酒大睡，一把扑上去咬住他的脖子。他惊醒，拼命挣扎，却叫不出声来，只能用那双大手掐住我的脖子想掐死我。可是他不知道我的牙齿特别锋利结实，当初在山上，我们跟野狗、豺狼撕咬总是我们赢。大眼彪越是掐我，我越是大力咬他，咬得床上都是血，到最后他一动不动地死了。我咬断绳索，逃了出来，镇上的空气真好，混杂着各种味道，闻着很舒服。

后来我有点累，就在大街的一个角落睡了一宿。待我醒来的时候，感觉脸上有多股热流，原来是十几个臭熏熏的小叫花子往我身上撒尿！

我很生气，跳起来和他们打在一起。他们虽然人多，可他们的身体不禁打，比我怕疼。我挨了他们十几下拳脚都忍得住，他们挨我一下就哇哇大叫不敢上前，十几个回合后，我怒吼一声，他们居然被吓跑了。一个跑在最后的小叫花子被我抓住后领摔翻在地，我打爆他的嘴巴，牙齿随着鲜血吐了一地。他求饶，我正好肚子饿了，要他带我找吃的。可是那小子是个穷光蛋，身上只有几个铜钱，只给我买了几个馒头。我见在他身上捞不到什么油水，便放了他。为了给他一点教训，让他以后别欺负人，我掰起他的大拇指一口咬了下来……喂，蔡老头，你的手干吗发颤，别把字写歪了，小心我扣你的钱！

那些小叫花子走了半个时辰，居然叫了一个高大壮实的中年叫花过来，"那人自称是丐帮"的八袋长老，是个什么分舵的舵主；拿着一根细长的竹杠，说是打狗棒，要来教训老子。打狗棒？那不把老子当狗了吗？我真想一口咬死他，可是他那根令人讨厌的棒子使我靠近不得，我身上白白挨了几下。他奶奶的，我打不过只得落荒而逃，那些小叫花子不敢拦阻我。我气不过，暗里打听到，这中年叫花叫马大平，平日住在城西的破庙。我找到那个破庙，半夜从狗洞钻进去，看见那马大平躺在草堆上睡觉，便扑上去咬住他的咽喉……蔡老头，手别抖！

为了找口饭吃，我流落过许多地方，正好晓风山庄招募家丁。那个山庄优雅别致，又大又阔，给所招家丁的银子又多。当我应招进去的时候，发现周围的人都用异样的眼神看着我，仿佛看着死人一样。

他们把我带到后院，让我饱饱地吃了一顿，给我换了干净的衣服。午后他们把我带到一个操场，操场上有个大大的铁笼，铁笼外面有一张虎皮交椅，上面坐着一个很漂亮的少妇，那眼神好似水波般流转，非常勾人。

那少妇见我看着她，冷笑着示意手下将我推进铁笼。一会儿，吠声大作，只见十几个驯兽师牵着五条足有人那么大的恶犬进来。

那少妇喝了一声："威武将军，上！"驯兽师便将一条恶犬放进铁笼。

我才明白，怪不得没人敢来应招家丁，原来他们将人放进笼子喂狗！

那"威武将军"在地上试探着游走，喉咙发出威慑的低吼。我咬牙切齿，咬得咯咯作响，那畜生一时不敢上前。那少妇不满意了，大叫："威武将军，咬死他！"那畜生闻声，就向我扑过来。他奶奶的，老子自小就是和老虎、豺狼打架长大的，用得着害怕这条畜生？

在它扑过来的一霎，我便四肢着地，一跃而起，像它一样地扑过去。那畜生没想到我会比他扑得更高，让我扑在它身上，"啪"的一声重重坠落在地。我死死地箍住它的脖子，张口一咬，就咬断了它的脖子。不管什么猛兽，咽喉之处都是很柔软的，放血不多久，这畜生就死翘翘了。

笼外四条恶犬全吓得伏在地上，任由驯兽师怎么驱赶都不敢进来。那少妇站了起来，叫人请"大将军"出来，传来阵阵嘶吼声，原来是一只白额吊睛斑斓大老虎。虽然我已经杀了一条恶犬，但一点都不累，当年我就杀过多条大虫，见到这条大虫不由得兴奋起来。我和它在笼里厮杀了片刻，那大虫就被我咬伤了，它变得害怕起来，撒腿就跑。我哪里肯放过它，追着它在笼子里咬，所有人都看呆了！

很快，那大虫就被我咬死了。我杀得性起，索性冲出铁笼，直扑那少妇。其他人都吓跑了，我扑到那少妇身上，那少妇很害怕，全身发抖！

"咬死那个女人！"我脑海里不断有个声音在催我快点动手，不，快点动口！

那少妇不断向我求饶，随后居然吓得晕了过去！

"咬死她！"我脑海中那个声音又在催促我。

这时，一个满身华服的员外跑了出来，求我手下留情，哦，不，嘴下留情。后来我知道，这员外就是晓风山庄的庄主凌晓风，这少妇是他的爱妾。

看着他那又惊又急的表情，我忍不住哈哈大笑，从他那爱妾脸上狠狠地咬下一块血淋淋的肉。

"不！"凌晓风一声惨叫，仿佛眼见一件心爱的玉器被打碎，伤心得眼泪直流。这下子好了，看他以后还宠不宠爱这个破了相的女人。反正她也没什么好心肠，喜欢看猎狗、大虫撕咬无辜的人，她活该有这个下场。

凌晓风大怒，喝令所有手下向我放箭。

我躲过箭雨。这些人虽然武功不怎样，但庄内机关、陷阱以及捕兽的器械不计其数，我被一张巨大的金丝网罩住了！

一阵乱棍暴风雨般打下来，我终于晕了过去。我成了晓风山庄的笼中鸟、阶下囚。

什么？纸不够了？可恶的老蔡……

二

敬启武林盟主欧阳至尊大人：

你好！见字如面。

我是龙小马。刚刚老蔡的稿纸用完了，害得我陪他找了半个时辰，才把纸买回来。我已经把他教训了一顿，下次再这样耽误我的时间，我一定把他宰了……老蔡！你再手抖我就不客气了！

上次说到，我在晓风山庄失手被擒。这些日子，我没少挨他们的皮鞭、闷棍，还不让我吃饭，可想而知，凌晓风对那婆娘的破相有多愤怒。

我本以为必死无疑，谁知道在我奄奄一息的时候，他们将我装上牛车，运到一个暗无天日的神秘地方。后来我知道这个隐蔽的地方是江湖中秘密流传的"人头黑市"。

这黑市拍卖的是人，有用的人。凌晓风将我介绍给黑暗中的买主们，说我是一头厉害无比的"人獒"，猎杀狮子、老虎都是小菜一碟，世间罕有。

我第一次听见"人獒"这词，也不知道自己和普通人有什么不同。现场的人似乎都是行家，听闻之后，却一片哗然。

有人观察了我一阵，说这人獒似乎炼得不太纯正。有人附和说这小子看上去不太听话。凌晓风说，你们还管这些干吗，只要他够厉害就行了，你们都是下蛊、下毒、下降头的行家，难道就没办法控制他吗？

众人哈哈大笑，于是竞价开始。经过数十轮出价，最后我被近十万两的价钱买下。我也想不到自己竟这么值钱。

在人头黑市上，大家都是匿名的，大家都不知道谁参加了竞拍，但我相信盟主大人你应该猜到了。是的，盟主大人，买下我的就是猛将堂堂主

司马猛将。

离开人头黑市，司马猛将将我锁了起来，关在一个地牢里。昏暗的灯光下，我听见他和军师王参议论人獒的事情。我隐隐约约听了个大概，原来他们一直在秘密炼制人獒，但都不成功，都没有我厉害，在探讨哪里出了问题。

王参没有打我，他让我好吃好喝了一顿，和颜悦色地问我，老家在哪里？为什么沦落到这个地步？

我见他人还不错，就产生了好感，并一五一十地告诉他，我原来在一座大山里面的一个小村，有一天给一个叫大眼彪的人抓了，然后流落到江湖。事实上，我对自己的身世也不怎么了解，我说的大山小村，连个名字都没有。天下间这样的山啊村啊，比比皆是，他们不知道如何找到我的老家。而叫大眼彪的人更是多了去，随便一抓一大把。

不过，我相信他们肯定会有办法找到的。王参他骗我喝了一杯绿色的美酒，我以为好喝，后来才知道那是下了蛊的。王参说这蛊毒叫作"千里追魂蛊"，喝了之后，即使我逃到千里之外，只要蛊毒一作法，我就会全身胀痛，不得好死。

我真的好害怕，只好对他们言听计从。他们将我安排在王参身边，佯作他的炼丹童子，他要杀人的时候，就让我暴跳而起，将对手咬死。后来我才知道，由于我的牙齿与野兽无别，别人检查这些人的死因时，会以为他们是给野兽咬死的。

王参时不时会问我一些关于老家的事情，他似乎对我的成长环境十分感兴趣。终于，有一天我说出了离开家的地方有一个写着字的石头。

王参十分兴奋，根据我的描述，找到了那个山村。他让我带路，带着大队人马杀向那个山村。他把全村男女赶了出来，左挑右选，把一些符合要求的十来岁孩童抓走。

王参他们又在村里搜罗出一些书籍、字据、箱子等东西，装上车带走。然后，就将全村男女老少全部杀死，再点起一把火，将村子烧成灰烬。

看着熊熊大火中的村子，我心头涌出一种难以言语的感觉，被杀死的有我的父母兄弟，被烧光的有我的花草房舍，换作以往，我一点感觉都没有。因为有时我也会咬死我的兄弟，或者邻居，这是一个强者为大、适者生存的地方。可是面对此情此景，我竟然有种不舍和留恋的感觉！

司马猛将、王参他们不知道发现了什么，兴奋得大叫，说终于找到了炼制人獒之王的办法！他们要把抓回去的这些孩子进行训练，开辟一个神秘的地方——人獒炼狱！

他们从五湖四海找来各种各样的孩子，要把他们炼成人獒，然后跟我决斗！

从此我每天都要跟许许多多成为人獒的孩子决斗，有时他们还故意刁难我，故意饿我几天，使我手软脚软；或者封锁住我的嘴巴，让我不能扑咬对手；或者将我的一只手或一只脚锁在石柱上，让我跟那些生龙活虎的人獒少年厮杀，而且每次都不少于三个少年！这是多么的不公平！有些狡猾的家伙，看我被锁在柱子上，就故意不上来扑咬，远远地在外面轮流盯着我，等我彻底困倒了，才突然袭击我，让我防不胜防！

欧阳盟主，我实在受不了了，我不想成为什么人獒之王，我只想离开猛将堂！求求你，帮帮我吧！

龙小马泣上

三

关二先生走过曲曲折折的长廊，再拾级而上，来到一处幽深的庭院，这里便是武林盟主欧阳至尊办公的地方。

只有欧阳至尊最信任的人，才允许来到这个地方，一般人只能到山下大殿里等候接见。显然，关二先生是欧阳至尊最信任的人之一，只有他才可以在欧阳至尊的住所自由行走。

他手里捧着今天收到的上百封信件，来到庭院。自从盟主开设"风闻言事"驿站后，盟里盟外各路豪杰以记名或者匿名的形式给盟主反映事情，每天给盟主的信件便如雪花般涌来。

盟主设置了一批风闻专使，分散在山上各个驿站里。作为盟主最信任的人，关二先生就是负责管理"风闻言事"这项工作的，每天从驿站送过来的信件都由他先阅，经过筛选后再向盟主汇报。

他便是盟主唯一的读信人。

这"风闻言事"的关键之处，便是信件的材质与众不同。江湖中人整天打打杀杀，你抢我夺，写一封信或者寄一封信都不是一件安全的事情，信件一旦被人截获，这反而可能成为致命的毒药。

但是欧阳至尊很完美地解决了这个难题。江湖上突然可以买到一种特制的宣纸和一种特制的墨水。用这种墨水写在这种宣纸上的文字，一上纸面，便会马上隐去，看上去就如白纸一张。而欧阳至尊手中还有另外一种特制的药水，只要喷洒一点在纸上，文字又会重新显现出来。

于是，洛阳纸贵了。江湖中人可以肆无忌惮，疯了似的给欧阳至尊写信。

关二先生从信件里抽取一封，忍俊不禁地道："百虎堂的七当家薛灵童写信给你，这小子睡了老大刘大虎的老婆高霓裳，心里极其不安，反而心生歹念，想出卖刘大虎。只是这小子哪里知道，从我们收到的信件来看，他已经是百虎堂里第十二个被高霓裳睡过的男人了。想不到百虎堂的堂主刘大虎体格魁梧，高大威猛，却是一个不能人道的可怜虫，难怪他老婆一个接一个给他戴绿帽子。我们要不要助薛灵童一臂之力，从而也压一压刘大虎？"

"不必理会薛灵童，因为他就快是个死人了。每一个睡过刘大虎老婆的人，都一定会死在刘大虎手上。"

关二先生不由得叹息："这刘大虎也算是性情中人。他到底有多爱高霓裳？可以一次又一次地容忍她的背叛，一次又一次地原谅她。这就导致高霓裳变本加厉，有的时候根本都不藏着掖着，似乎就是故意让刘大虎发现的。你说他们这样做到底是为了什么？"

欧阳至尊若有所思地道："他们都在等待。"

"等待？"

"是的。"欧阳至尊道，"刘大虎没有加害高霓裳，只是一次又一次地杀死他身边的男人，那是在等她回心转意，不再背叛他。只是他不知道，高霓裳的离经叛道、玩世不恭、放浪形骸，也是在等待。"

"她在等什么？"关二先生好奇地问。

"她在等刘大虎杀死她。"欧阳至尊深有体会地道。

"啊？"关二先生惊讶地叫出声来。

"所以我们不必去帮刘大虎。我们若是替他杀了高霓裳，他就没有继续活下去的理由了。爱得越深，恨得越深。这世间的痴男怨女，真是说不清道不明。老夫若非断绝情欲数十年，安能成为盟主？"欧阳至尊感慨道。

关二先生见欧阳至尊似乎在回想往事，不敢打断他，过了一会儿才道："再看看这封，这是大洪神教十大长老之一的葛长老写的。"

关二先生也忍不住笑了，道："'风闻言事'这招比我想象的还厉害，我万万没想到连我们的死对头那边也会有重要人物写信过来。"

"嗯。"欧阳至尊只是点了点头，似乎这封信并没引起他多大的兴趣。

关二先生继续道："葛长老这些年一年不如一年，在教中地位江河日下，当今教主恨不得将他除名。所以，他这次想率其所辖的三个分舵投靠我们正气盟，然后与我盟里应外合，再攻下大洪神教七星分舵等堂口，作为献给我盟的投名状。"

"你的意见如何？"欧阳至尊反问。

"我调查过，这葛长老在教中处境凶险，可谓走投无路，别无选择，基本可以排除诈降的可能性。这葛长老在大洪神教也是颇有威望之人，果真投降我盟，必然能沉重打击大洪神教的嚣张气焰，且极大增强我盟实力，我建议尽快派人接应葛长老，确定万全之策，此乃此消彼长之大计！"

"不，我不打算理会他。"欧阳至尊淡淡地道。

"为什么？"关二先生着实吃了一惊。

欧阳至尊捋须微笑，说："没错，我是一盟之主。这盟主可不是教主、帮主、门主、宗主、寨主、岛主、洞主、香主、旗主、堂主、坛主、舵主……从本质上说，盟主并不是这些'主'们的主人。正气盟只是将多个门派联系在一起，盟主的号令虽然大家都听，但前提是没有触犯他们主人的利益。我打个比喻，各门各派是一盘散沙，只有加水混合到一起才能凝成一团，水去则沙散，而对魔教的仇恨、畏惧、猜疑、愤怒等各种情绪就是这水。换言之，没有了魔教，就没有了正气盟，也就不可能再有我这个盟主了。所以，在正气盟还没有变成一块石头之前，我们只能和魔教保持一种不败不赢的平衡状态，正气盟才能长久存在下去。"

关二先生被他这惊世骇俗的言论惊呆了，张着嘴巴却久久说不出一句话。

"话又说回来。"欧阳至尊道，"我相信每一任盟主最终的目标都是

想消除盟里各门各派的门户之见，真真正正当联盟的主人。我也不例外，我所做所想的任何一件事情，抵御魔教也好，风闻言事也罢，都是为了实现这个目标。经过这几年的努力，我最大的成果就是把盟里各门各派杂七杂八的名字做了统一命名，比如把猛将门改为猛将堂，百虎帮改为百虎堂……当然，还有我的至尊教也改为了至尊堂。虽然这个统一命名没有改变盟里各门各派的实力和根本，但至少在气势上，我是真正压住了他们。"

关二先生承认，各帮派名字虽然稍微改了一下，却着实不容易：往大了说，是数典忘祖、崽卖爷田，不是所有帮派都能接受。然而，欧阳至尊纵横捭阖，拉拢了盟里排名第三、第六、第八、第十四等几个帮派公开支持，说统一改名有利于向敌人展示正气盟上下齐心、同仇敌忾、坚不可摧的气势，让敌人闻风丧胆，知难而退。在他们的推动之下，加上欧阳至尊恩威并施，其余帮派居然都半推半就地改了名字！这下子，作为第九任盟主的欧阳至尊，可比前八任风光多了，盟下各门各派都叫堂，当家人都叫堂主，正气盟看上去就好像是实打实的一个门派，各门各派只是其中的一个分堂而已。

"尽管如此，我的亲兵依然是至尊教，哦，不，该叫至尊堂。葛长老带三个分舵来投，这小利贪不得。如果我以至尊堂接了，又一起攻下魔教的七星分舵，这无疑会激怒了魔教，对方必然大举扑向我的至尊堂，我未免得不偿失。所以，我不会去接应葛长老。他等不到我的消息，便有可能就近去联系猛将堂。"

关二先生恍然大悟，赞道："盟主英明，一下子就把大洪神教的祸水引到猛将堂那里去了！"猛将堂在盟里排名第三，近年来风头正劲，司马猛将励精图治、礼贤下士，被誉为下一任盟主的有力竞争者，所以应该打压打压他。猛将堂若是和大洪神教火拼，即使不被灭门，也必然死伤无数，元气大伤，便不会对盟主构成威胁了。

过了一会儿，关二先生忽然皱了皱眉道："属下有点担心，司马猛将精明果断，如果也像盟主那样不理会葛长老，盟主这借刀杀人之计，岂不落空？"

欧阳至尊对关二先生投来赞赏的目光，道："是的，司马猛将是不会上当的，要迫使他接触葛长老，还得再使一计。"

"什么计？"

"假途伐虢。"欧阳至尊成竹在胸地道，"我会故意不叫猛将堂去接收葛长老，而是叫路途稍远的百虎堂、飞鹰堂前去接应。百虎堂、飞鹰堂去接应葛长老，必然经过猛将堂的辖地，试问司马猛将怎么放心这大批洪水猛兽进入自己的地方？尤其是百虎堂，素来与猛将堂不和，猛将堂对它的防范丝毫不亚于魔教。这里面还有一点鲜为人知的秘密，刘大虎的心头之肉高霓裳，在未嫁给他之前，与司马猛将曾有过一段露水姻缘，刘大虎一直心怀芥蒂。我这道命令下去，司马猛将一定会坐不住，只能向我主动请缨，接纳葛长老。接下去的好戏，便会按照我们的剧本进行了！"

"妙极了！"关二先生拍手称赞。

四

敬启武林盟主欧阳至尊大人：

你好！见字如面。

我是龙小马。这是我第三次给您写信了，那个该死的老蔡不知跑到哪里去了。上次让他写信的一两银子还没有给他，没想到他居然跑了。没办法，我只好抓了老陈前来给您写信。他是个破落秀才，字也写得不好看，你就将就着看吧。

距离上次给您写信，已经有三个月了。没办法，司马猛将把我们看管得很紧，我没办法出来；司马猛将、王参筹备着领我们去跟大洪神教开战，我也是等决战结束了，才伺机逃了出来。我平时是个炼丹童子，所以有机会接触堂里的人，隐隐听到他们说您的坏话，说您这只老狐狸终于忍不住要对猛将堂下手了。我心里明白，您一定是看了我的来信，才仗义出手的。谢天谢地，说明我给您写信是对的，您真不愧是我们的盟主！

他们商量着，大概意思是一定要趁魔教还没有防范的时候，以迅雷不及掩耳之势，拿下七星分舵，才有打退他们的余地。所以猛将堂这次精英尽出，只用了一天一夜的时间，就把七星分舵杀个精光。我看得分明，七星分舵之所以那么快就失败，是被他们自己人害的。我在司马猛将身边，看到在七星分舵背后忽然来了一大批人，从他们的服饰和旗号看得出来，

他们和七星分舵应该是一路人。我还隐隐约约地听到司马猛将、王参他们说什么长老的人终于来了。这批人表面上是来支援七星分舵的，但是一上来就发难，袭击他们的舵主。司马猛将见状马上下令进攻，七星分舵被前后夹攻，这才被轻易剿灭。然而，司马猛将他们都没有来得及分享胜利的喜悦，就紧张兮兮地开始布防。

盟主大人，我对您真是佩服得五体投地！我真不知道您是怎么发动魔教来攻打猛将堂的，我心里一直偷着乐，反正知道司马猛将他们的大麻烦来了！

我跟随他们一起来到战场，那是一个四面环山的山谷谷底，双方都投入了大量的高手，我仿佛闻到了鲜血的气息，不禁亢奋无比！

正当战场上厮杀得难分难解的时候，那个卑鄙的王参，他"咚咚"地擂动一面大鼓，催动我们体内的蛊毒，顿时我们就像发了狂一样，完全失去了理智，只知道将敌人咬死，咬死，咬死！

我们的眼睛充血，我们的鼻孔充满了血腥味，我们随着鼓声像猛虎下山一般杀向敌人。与此同时，我听见敌人阵中也传来阵阵猛兽般的吼叫。我顿时明白，原来魔教阵中也有人獒！

双方投入了上百人獒，在疯狂厮杀。魔教的人獒全是红发利爪，善于撕扯；我方的人獒善于扑咬，但是比较瘦小，整体数量和实力要弱于对方。我方常常两头人獒才能斗对方一头，自然多数被击溃，而魔教的人獒数量超出我们的想象，不断从群山中涌出，加入战场。大战中，我方的人獒不断倒下，攻向我的红发人獒变得越来越多。我负了数处伤，伤口的剧痛反而刺激了我，身体一下子狂长起来，比大虫还大，更厉害的是两颗犬齿也暴长起来，如两柄短剑挂在颚上，我将扑向我的红发人獒连连咬死！

本来我方已处于劣势，可是由于我的突然发威，红发人獒反而不断倒下，在我的身旁垒起了高高的尸堆。

"人獒之王，人獒之王！"魔教中忽然有人惊恐万分地指着我尖叫，然后数名高手不知死活地提刀向我扑来。

我毫不畏惧，迎着他们出手，一下子就咬断了他们几把钢刀。嗯，这可能要感谢司马猛将、王参他们，他们过去用铁链将我铐在柱子上，又让人獒少年攻击我。我被搞得睡又睡不得，吃又吃不香，终于无名火起，使劲咬那铁链、石柱，没想到真让我咬断了它们，从此他们就再也不能用这些招数折磨我了！我也把这些牙齿练得比铁石还要坚硬！

战场上，我又一下子连杀数人。终于，魔教那边撤退了，猛将堂这边也没有乘胜追击，因为他们的损失也是非常大的。但总的来说，司马猛将他们还是非常高兴，说这一仗打出了他们的威风，相信魔教和其他堂主都再也不敢小觑他们了。

大战结束后，王参敲鼓作法，让我体内的蛊毒停止发作。我身上沸腾的热血渐渐冷却下来，头脑也恢复了理智，那对锋利的犬齿也缩回原貌。我坐下来仔细一想，全身一震，忍不住哭了。盟主大人，真的对不起！我辜负了您的好意，破坏了您的妙策。您使魔教来攻打猛将堂，我本应该袖手旁观，或者临阵倒戈才是，可是我却拼尽全力地帮着他们打退了魔教！

而司马猛将经过这一役，仿佛受到了更大的鼓舞。他们对我更加器重，说我就是举世无双的人獒之王，若是能多炼制几只甚至几十只、几百只，那么统一江湖、征服天下都不在话下！

盟主大人，我错了，求您大人不记小人过，再设法帮我一次！我得马上告辞了，再不回去，我怕他们会起疑心。盟主大人，我不想做什么人獒王，我现在只想回到我那个熟悉的山村，做一名普普通通的乡下少年！

龙小马顿首

五

"他奶奶的！"一向儒雅斯文的关二先生忍不住将手上的三封信狠狠地掷在桌上，破口大骂，"驿站之人，办事不力，耽误了信件的送达时间，一定要严惩！"

前两封是两个月前写的，第三封是刚收到的，都是猛将堂一个叫龙小马的手下寄来的，但送到关二先生手上都迟了十天，以致盟主的妙计落空了，还赔了夫人又折兵。如果龙小马的首次来信能够早二十多天收到，知道司马猛将那个阴险的家伙在炼制人獒，也许盟主就不会定下这假途伐虢、借刀杀人之计。确实，在这次猛将堂和魔教的大战中，猛将堂虽然也有

损失，但是总的来说还是利大于弊，毕竟正气盟中能够以一己之力击退大洪神教的帮派，实属罕见。这回偷鸡不成蚀把米，反而壮大了猛将堂的实力和声威，也难怪关二先生会生气。

欧阳至尊没有动怒，反而微微笑道："世间很难有所谓的料事如神，即使我们有'风闻言事'这个优势相助。这些迟到的信件确实让我们失策了，不过提前知道司马猛将的实力，未尝不是一件好事，反而让我们看清楚一些事情。比如，我原来将猛将堂的实力排在盟里第三位，事实证明我可能错了，它应该排在第二位。"

看着盟主胸有成竹的样子，关二先生很快就平静下来，只有他可以准确猜度盟主的意思。盟主的弦外之音是猛将堂可以排在第二位，那么排在第一位的还是盟主的至尊堂，说明猛将堂还没有强大到可以威胁到盟主的时候。既然盟主如此有把握，他自然没有生气的理由。

欧阳至尊仿佛也猜到他在想什么，微笑道："不，我的意思并不是一定要说我的至尊堂比猛将堂强大多少。如果真要说强的话，那是因为我是盟主。你不要以为他们炼成了人獒之王，就可以对付我。实际上，在我看来他们并没有炼成真正的人獒之王。"

关二先生愕然说："大洪神教伤亡在龙小马这小子手下的红发人獒有五十多头，如此厉害，还不算人獒之王？"根据探子汇报，大洪神教若不是及时令所有红发人獒撤退，很有可能全军覆没。

"不算。"欧阳至尊很坚定地道。

"请盟主指教。"

"獒者，狗也。"欧阳至尊反问，"你知道狗最大的特点是什么吗？是忠心，对主人的忠心。你认为这小子对司马猛将忠心吗？"

很显然，从信件内容来看，龙小马对司马猛将、王参他们没有一点儿忠心，只有满腹的怨恨和仇视。

欧阳至尊继续道："司马猛将他们炼制人獒之王的方法肯定出了什么岔子，导致在控制人獒的心性方面出了问题。人獒这种玩意，我在古书上看过记载，按理其越强，对主人应该是越忠诚才对。如果达不到这种效果，放在主人身边就是一件凶险的事情，终有一天会反咬他的主人。"

"可是，我们不能一直等待吧？"

"是的，我们需要激发他一下，让他早点发狂。"欧阳至尊翻了翻桌上数百封信件，"看了这么多信件，总会想到点法子。现在，让我们请出盟里原先实力第二的乞丐堂来！"

乞丐堂就是原来的丐帮，号称天下第一大帮，实力雄厚，帮主石大超也是厉害非常的人物。

"龙小马信上所说，他被拐子佬大眼彪拐到外面，遇上丐帮的八袋长老马大平。呵呵，丐帮最高辈分是十袋长老，马大平在帮里地位不低。更何况，他是帮主石大超唯一的妻弟，也是打小一块成长的兄弟，他们感情十分要好。只要我们略施小计，石大超一定会为他报仇，所以我们有机会看一出'打狗大阵'大战'人獒之王'的好戏！

"石大超与刘大虎都是大字辈，早年有过一段师门渊源，后来刘大虎得到奇遇，学得一身绝学，便脱离丐帮，自成一派。石大超原本和他是尿不到一块去的，但是这世上没有永远的朋友，也没有永远的敌人，只有权衡与取舍之下的利益。与猛将堂的大仇相比，刘大虎当年的小恨，便不值一提。石大超这回兴师问罪，必然会拉上百虎堂，双方也有足够理由放下成见一起夹攻猛将堂。这一番大战，就算司马猛将有真的人獒之王又如何？他一定会输。

"别看司马猛将现在风头正劲，实际上如今的猛将堂将成为四战之地，外有魔教蠢蠢欲动，内有乞丐堂、百虎堂，以及我的至尊堂虎视眈眈，刀锋都架到了脖子上还不知晓。

"对了，还有那个魔教的葛长老，之前我们没有理会他，现在可以派人给他回信，说我们的至尊堂可以接纳他。怎么说？就说信使送迟了，导致我们回信迟了。嗯，随便什么理由都行。这封迟来的回信，相信会让他心生异想，最起码不会再为司马猛将卖命。而魔教注意力已在拥有人獒之王的猛将堂身上，对葛长老便不怎么在意，我们接收他只会有利无弊。"

"这将成为压垮司马猛将的最后一根稻草。"关二先生对欧阳至尊佩服得五体投地：一番话，便打消了他所有的顾虑。他由衷地佩服欧阳至尊的镇定自若、处变不惊和高瞻远瞩。

六

三个月过去，各种信件依然每天像雪花一般飞到正气盟。但是，再也没有龙小马的信件寄来，仿佛上一次那封危急的信件就是他的绝命信。

关二先生真的很想再收到龙小马的来信，他的信件内容虽然啰啰唆唆，但是描述生动，用语直白，读上去如临其境，还真的有趣。他浏览了一遍所有的信件，希望再找一封类似这么有趣的，却暂无所获。

他挑了几封，带着部下送来的前线消息，缓缓地来到欧阳至尊的庭院。他告诉欧阳至尊，龙小马不会再寄信过来了。至于为什么，他告诉盟主，"你猜对了开头，却没有猜到结尾"。

开头如盟主预测的那样，石大超很快就知道龙小马是杀害马大平的凶手，立刻要求司马猛将将龙小马交出来。司马猛将自然不肯，没想到石大超居然派出乞丐堂全部精英，还联合了百虎堂、飞鹰堂、崆峒堂三家一起夹击他。

司马猛将完全没有想到他们会在这个时候攻击他，因为他刚刚击退了魔教大举来犯，可以说是威震江湖，谁不敬畏三分？可是石大超瞧准了他此刻是外强中干，仿佛被高强的剑客击中了弱点，从而乘虚而入。葛长老见况不妙，立刻率所部溜之大吉，所守关隘空空如也，让四家人马长驱直入。关键时刻，魔教又组织人马卷土重来，更是狠狠地打了司马猛将一记闷棍。

最糟糕的是，乞丐堂的打狗阵法真是人獒的克星。这阵法每三人结成一阵，每人持一打狗棒，有的还能持双棒，呈三角形，将人獒困在阵中，绊、劈、缠、戳、挑、引、封、转，直打得人獒满地找牙。而且，这些打狗棒都是改良过的，上面有挠钩、倒刺、尖刀，还有连接机栝的铣孔，里面装有可以喷射而出的毒液、火药、烟雾，非常厉害。阵与阵之间，又能成掎角之势，互相照应，再多的人獒进来，都仿佛陷入天罗地网之中。

猛将堂的人獒所剩本不多，在乞丐堂的打狗阵法前，更是倒下一头又一头。而人獒之王龙小马，也是陷入里三阵、外三阵之中，逃脱不得。龙小马是那种遇强则强的人獒，身上挨了多棒后，鲜血淋漓，刺激之下凶性大发，硬是咬死、咬伤好几位高手，却还是被无数棍棒压了下去。

　　司马猛将早已下令撤退，但是石大超他们刻意要铲除龙小马，导致龙小马左冲右突，却无法突围。

　　忽然，高处传来一阵咯咯的笑声，似乎有人对这种困兽犹斗的情景十分感兴趣，不断地拍手叫好。龙小马抬起头，只见不远处一块凸出的岩石上，刘大超带着几个堂主在那里观看，而那百虎堂刘大虎还把他那位婀娜多姿的夫人高霓裳带了过来，让她饱览这番难得的景象。

　　龙小马身上全是鲜血，他的眼睛充血。随着鲜血的流失，他感觉身上的力量在逐渐流失。他的目光忽然停留在岩石上的那个女人身上，任由棍棒落在身上。依稀中，他想起了当初在晓风山庄遇到那个女人的情景……那是他生平第一次亲密接触美丽的女人，他还记得她身上那股魅惑男人的脂粉香气，突然间好想再闻一次。

　　他大吼一声，猛地将全身所有力气聚集到一处，平地跳起数丈之高，猛扑向在岩石上观看的高霓裳。

　　众人猝不及防，全都吓了一跳，不知道这奄奄一息的人獒，哪里来的这么大的力量，居然一下子扑倒了高霓裳。刘大虎第一个反应过来，猛挥一掌打在龙小马身上。他这一掌用尽全力，大有开山裂石之势，所受之人若换作他人，必早已五脏粉碎，化作一堆肉泥。

　　但是，龙小马只是吐了一口鲜血，身体却纹丝不动，两眼直勾勾地盯着高霓裳，仿佛在欣赏一件精致的玉器，或者一幅生动的画卷。

　　石大超、刘大虎等几位高手同时出手，重重地打击龙小马身体，希望把他震飞，龙小马却更加紧紧地抓住高霓裳的双肩不放。

　　这时候，刚才还有点惊慌的高霓裳不知道为什么，反而不再惊慌，艳丽的面孔上突然出现邪魅一笑。

　　这一笑，可以令人颠倒；

　　这一笑，可以倾国倾城；

　　这一笑，也可以销魂夺魄。

　　龙小马似触电一般，仿佛得到上天的指引，就像上次在晓风山庄那样，一口朝着那张风情万种的脸庞咬了下去！

　　刘大虎一声惨叫，竟不敢看下去……

　　欧阳至尊问道："毁了吗？"

　　"毁了。"关二先生非常惋惜地道，"高霓裳半张脸给撕咬下来，从

此破相。龙小马也成了一个不能说话、不能行动的废人，被刘大虎抓了回去。为此，石大超和刘大虎还发生了一场争执，他们都想把龙小马抓走，再千刀万剐。最后，刘大虎不肯退让，率部撤走了。"

"他走后，石大超他们就很尴尬了。按理，他是打着为妻弟报仇的旗号前来，如今妻弟的仇人已被刘大虎带走，他再去围攻猛将堂就有点假公济私了。可如今若再下一城，就可以彻底打垮猛将堂，他又不愿就此离去。

"正当这时，猛将堂发生了一件大事。"

关二先生瞪大了眼睛，道："军师王参居然带着司马猛将的人头，前来讲和！"

"哦？"欧阳至尊也有点诧异。

"按照王参所说，司马猛将被打败后怒火攻心，竟然做出一个惊人的决定。你猜是什么？他竟然决定带着猛将堂上下转投大洪神教！他这个决定遭到猛将堂众多当家的反对，毕竟盟主从来没有公开下令要铲除猛将堂，他们还是正气盟的人，若是公开投敌，那就给了正气盟彻底铲除他们的理由。这里面带头反对的，连司马猛将也想不到，竟然是他的第一心腹王参。也正因如此，司马猛将怒不可遏，更加坚定要投敌。王参等人苦劝无效，司马猛将一向非常信任王参，可是他也看错了王参。王参与大洪神教有不共戴天之仇，逼他投敌，实则逼他反叛。更何况，王参这人城府很深，他终归不是久居人下之徒，所以隐忍多年的他终于出手了，可怜司马猛将一代枭雄居然死在他们的毒药和联手之下。盟主，这是王参给您的信件，信中说明他们献出司马猛将的人头后，又割让了一些地盘，就与石大超他们顺利讲和。为了表示他对正气盟的一片丹心，以及猛将堂再无称雄之心，他已将猛将堂改为'参将堂'。愿世世代代为盟主镇守一方，效犬马之劳，别无异心。"

欧阳至尊微微一笑，目光炯炯地看着关二先生，别有深意地道："真想不到是王参。"王参是司马猛将最信任的人，也是猛将堂的二号人物，将来继承猛将堂衣钵几乎是铁板钉钉的事情，谁也想不到他会杀了司马猛将。司马猛将的死因疑点重重，他是否要转投魔教，是否死于王参之手，是被谋杀还是他自愿赴死从而扶正王参，都只有他自己知道了。但司马猛将死了是铁打的事实，这无疑卸下欧阳至尊心中的一块大石，盟主之位又少了一个威胁。当然，这个王参也不是省油的灯，但他至少还需要好几年才能成气候。

忽然，关二先生冷汗涔涔。是的，司马猛将之于王参，就像欧阳至尊之于关二先生，两对关系，如出一辙，此刻欧阳至尊的目光里仿佛有一层别有深意的异彩。关二先生失声叫道："盟主，我……"他想向欧阳至尊表示忠心，在任何恶劣环境下都绝不会反叛他，可是拿什么来保证？顿时，他吓得汗水湿透了衣背。

欧阳至尊呵呵一笑，抚慰道："你当然不可能是王参，因为我更加不是司马猛将。"

"多谢盟主。"关二先生连忙跪倒叩谢。

"龙小马的结局如何了？"欧阳至尊对此人十分感兴趣。

"他没死，但成了废人一个，每天灌以人参汤汁来延续性命。"关二先生提到龙小马，先前的恐惧感便立刻消失，整个人都变得兴奋起来，"这个故事最精彩的就是龙小马的结局了，简直就是神来之笔！起初，我以为刘大虎会杀了他，或者施以酷刑，因为他破坏了那张令刘大虎神魂颠倒的容颜！

"可是，我万万想不到，高霓裳破相之后，竟然从此修身养性，再也没有欲望去勾搭男人了。当然，她这副尊容估计也没有男人看得上了。"

"她每日以纱巾蒙面，老老实实待在刘大虎身边。刘大虎一点都不嫌弃她，反而高兴万分、宠爱有加地将她留在身边！由此可见，刘大虎对高霓裳那可是天日可鉴的一片真心！

"盟主，你可能也想不到，高霓裳这一破相，二人之间的死结反而解开了！高霓裳再也不会给他戴绿帽，意图激怒他来杀死自己；刘大虎也不用绞尽脑汁杀掉她身边一个又一个男人。这对可怜的夫妇互相折磨对方多年，如今意想不到地得成正果，以这种相濡以沫的方式相处下去。所以，刘大虎、高霓裳不但没有仇恨龙小马，反而视他为上天派来拯救他们的天使，每天以上等的人参汤汁吊住他的生命。甚至，石大超要他们交出龙小马为妻弟报仇，刘大虎夫妇都坚决不肯，宁愿彻底把石大超得罪了。"

欧阳至尊点点头："我们可以继续留意一下，乞丐堂和百虎堂从此将展开一段新的惊奇故事。"

关二先生也点点头："想必十分精彩。"

七

"还有什么有趣的信件没？"欧阳至尊问。

"有。"关二先生恭敬地答道。

"给我说说。"

"有人举报青城堂的赤松道长师徒在狂雷暴雨之夜，以黑蟒、锦雉杂交炼制妖蛟。其时，黑蟒盘踞老树之上，赤松长老放出锦雉，锦雉振翅一跳，跳到黑蟒的头顶，远远望去就像戴在蟒头上的一顶富丽堂皇的花冠！片刻，一道紫电从地上朝天劈出，地上的锦雉和黑蟒已经腹烂而死，身边留下一摊乌黑的精血，蛟蛋已然炼成，深藏于地底，山上顿时冒出连雨水都打不破的水泡……三年之后，妖蛟出世，方圆百里成泽国，遗祸苍生。这赤松道长野心勃勃，妖蛟若是为他所用，必定对江湖产生极大的影响，对正邪两道形成莫大的威胁。"

"荒诞不经，管它什么蛇蛋、鸟蛋，不必理会。"

"这一封信说江湖上有一个神秘的门派叫作'附影门'，它神秘、卑鄙、贪婪，人数不多，居无定处，不以扬名立万、扩充势力立派为本，而是花尽心思去代替他人！他们会根据自己人的特点，譬如相貌、身高、年龄等，专门在江湖中寻找那些有名望、有实力的帮派领袖，发现和自己人长得相像的，便像影子般地长时间在暗中刻意模仿他，然后设法取而代之，无声无息，谁也察觉不了。他们不劳而获、坐享其成，就像一群在黑暗中寄生人体的蠹虫！目前排教教主'萧风澜'、蝎尾帮女匪首'冯七娘'、十二连环寨寨主'石千钧'等，都是他们输出的假货。来信人建议盟主彻查这个门派，为江湖除害。"

"子虚乌有，管他什么真货、假货，不必理会。"

"这封信上说前任盟主金开山还有一名遗孤，自小托养在农家，如今已经二十来岁，刚成了亲。这小子骨骼清奇，被大洪神教的童长老看上并收入门下，秘密传授技艺，等其羽翼丰满，不是与我盟为敌，就是助其子承父业，争夺下一任盟主，让其为大洪神教所用。大家都知道，二十多年前金开山与大洪神教决战时遭遇暗算，不仅自身殒命，连其族人都被他们屠戮殆尽。我记得当年正是盟主您率领群雄击退大洪神教大军，手刃暗算主谋，为金开山一家报了仇，才在大家的推举之下当上盟主的。金开山一门虽然凋零，但是江湖上的旧部还有一些，倘若此子出现必然激起一些浪花，童长老此举居心叵测，不可小视。"

"来日方长，管他什么儿子、孙子，不必理会。"

……

关二先生一连读了十几封信，尽管他已经尽力挑出最有价值、最为迫切甚至最有趣味的来跟欧阳至尊讲说，但似乎都没能引起欧阳至尊的兴趣，他已经出现了疲态，打起了哈欠。

关二先生忽然想到了什么，停止了读信。

欧阳至尊笑了，问道："你想说什么？"

"是。"关二先生恭敬地道，"属下忽然猜想盟主设下这个'风闻言事'的目的高深莫测，可能……"

"但说无妨。"

"是。"关夫子鼓起勇气说下去，"属下刚刚心里盘算了一下，这'风闻言事'设下一年以来，盟主差使我们的事情反而比没设置前一年要少好几倍。不是万不得已，盟主都不会出手，就是出手也只是轻描淡写，轻轻拨弄一下。属下有点不理解，按理设下'风闻言事'之后，各种密信情报纷至沓来，使我们可以洞悉先机，未雨绸缪，从而运筹帷幄，决胜千里之外，而盟主往往一句'不必理会'，便把战机抹去。所以属下斗胆猜想，盟主设置'风闻言事'的目的，并不是为了作为，而是不为。"

"你猜得极对！"欧阳至尊对这个聪明的部下投去极度赞许的目光，"那你又能否猜到老夫为何这么做？"

"属下衷心聆听盟主教诲。"关二先生非常诚心地道。

"做得越多，错得越多。"欧阳至尊道，"在我几十年的江湖生涯里，我不断思考这江湖之道。所谓的江湖，说白了就是一个打打杀杀的地方，在打打杀杀中生存，在打打杀杀中灭亡，周而复始，亘古不休。未当盟主之前，我勇字当头，冲锋在前，势不可挡，世间如我这般的高手，寥寥可数，亦数次险里逃生，几乎丧命。当了盟主之后，我才勘破这一切。我想前无古人、后无来者的绝世高超之士，决不会大开大合、大悲大喜，而是在不动中消灭敌人，在不变中壮大自己。江湖上没有绝对的是与非，也没有绝对的正与邪，有的只是利益的多与少，权力的大与小。葛长老世代

受魔教恩宠，司马猛将更是正气盟板上钉钉的接班人，关键时候也可以背叛而去。

"我之前说过，盟主不是教主、帮主，不需要又当爹又当娘。江湖上每天的事情多如牛毛，你想理也理不尽、顺也顺不完，最好的境界就是在此山居坐拥天下最强大的力量，俯瞰众生、翻云覆雨，闲看庭前花开花落，宠辱不惊，等候水到渠成。小关，只有经历死亡与痛苦、黑暗与绝望的人，才能体会盟主之道都包含在五个字里，那就是——等待与希望。"

关二先生忘记自己是如何告别盟主的，他诚惶诚恐、战战兢兢，不知道是崇敬、膜拜，还是恐惧、不安，他跌跌撞撞地走了一段小路，一抹额头，竟然是湿漉漉的，身体也止不住地颤抖起来。

他原先只是盟下一个小帮派的头目，要不是盟主慧眼识珠，把他从小帮派里挖掘过来，他大概还在默默无闻地"插科打诨"。盟主相中他的一个主要原因，就是相传他是关王爷的第十七代传人，关王爷是什么人？那可是千古的忠义之士，他的后人岂能不是忠字当头？关二先生原先也不知道自己有那么显赫的祖宗，不过查阅盟主使人带过来的族谱后，他不再怀疑，从此以后时时、处处、事事以先人为楷模，严于律己，发愤图强，不敢辱及家门。来到至尊堂后，他力争上游，积功而上，经过盟主多次破格提拔，最终在不惑之年升到这个一人之下、万人之上的位置。而他学富五车、武功高强、雍容大度，也是备受众人尊崇。他绝非阿谀奉承、拍马溜须之徒，但他感激盟主的知遇之恩，对盟主的忠心表露无遗，路人皆知。他为盟主挨过刀、试过毒、解过围，只要可以为盟主做的，他可以连命都不顾。这样的人，不成为盟主臂膀，不位居盟里高位，是说不过去的。

他回到自己的别院，用特制的纸、墨写道："欧阳其人，高深莫测，乃我神教心腹大患，切不可再轻举妄动，当不变应万变，静待时机，除非……"

写完，他小心翼翼地打开窗，窗的对面是一处山崖，山崖不见天日，下面是深不见底的水潭。山崖后面是连成片的树林和山头，只有迷失方向的小鸟才有可能扑腾到这个地方来。

"噼噼啪啪"，一只长着小髭须的小山鹰飞了进来，像只鸽子般温驯地让关二先生捧在手里。小山鹰当然不是鸽子，但经过特殊的训练，也可以像鸽子一样做某些事情。在防卫严密的正气盟，不可能有信鸽飞得进来，但是这种常见的、桀骜难训的山鹰却没人理会。

关二先生将写好的信笺揉成黄豆般大小的纸团，再用蜡丸包裹住，从小山鹰的嘴里塞进它的肚子里，再把它从窗外放飞。

永别了，小山鹰！

这种小山鹰执行一次任务后，就会被开膛破肚取出蜡丸。为了防止小山鹰被认出，他决不会允许一只小山鹰在这个山崖边出现第二次。只有小心谨慎，才可以长久地在盟里生存下去。

看着关二先生离去的背影，欧阳至尊很惬意地喝了两杯上好的龙井茶，然后起身走入一条幽深的曲径。盟主之道是一门大学问，小关虽然聪慧，没十年八载也别想捉摸得透。

他边走边想，别说小关啊，自己又何尝不是在上下求索？他的眼睛是雪亮的，头脑是清醒的，他清楚自己在做什么，也知道别人在做什么。

他信步来到一处隐秘的山崖，有一个人隐藏在山崖的黑暗处，这是一个暗中监视"风闻言事"的人，全盟上下只有他知道这个人，当然这个人也只会听从他的命令。

所以，他知道，他的驿使是不会迟到的。

他低声向那人交代了几句，那人便像蒸发掉的水分一样，在空气中消失得无影无踪。

龙小马从小所处的那个小村，其实是大洪神教失落数百年的一处秘密基地。神教物色了一批高手伪装成平常的村民，就是为了专心炼制人獒之王。"村民"恪守禁令，没有教主的命令决不会与村外有任何联络。几次正邪大战后，知悉这个小村的人逐渐死去，小村便与神教失去了联系。久而久之，连小村的后代都不知道自己的身份，只是按照前人创造的方式自生自灭。

他当上盟主后，发现了这个秘密。关二先生不知道，其实除了"风闻言事"外，他还有许多其他获知秘密的方法。偷取龙小马的拐子佬大眼彪其实是他安排的。当然，这种安排是非常巧妙的，连大眼彪自己都不知道真正的雇主是什么人。

龙小马的结局看似神来之笔，但其实也是精心安排的。没有在晓风山庄咬伤那个少妇的经历，龙小马又怎么会咬下高霓裳那张明艳动人的脸？

只要遇上高明的驯兽师，不管多威猛凶恶的野兽也能登台表演、取悦观众。同样，没有他的安排，司马猛将又怎么能从人头黑市买到龙小马？他还采用许多特殊而隐秘的办法来下达他的指令，从而串珠成链，影响时局的走势。这才是盟主的厉害之处，武功或者武器从来不是盟主的左臂右膀。

"人獒风波"已告一段落，但是江湖不可能永远平静。所以，小关不会知道，那场筹划多年的"猎鹰计划"即将无声登场……

（完）

后 记

一

老子的《道德经》第一章开篇即言"道可道，非常道"，最早提出"道"这个概念。道法自然，道无常态，"道"可以是一种只可意会不可言传的物事，也可以是"一千个人眼中有一千个哈姆雷特"的东西，这正是"道"的魅力所在。武侠小说包罗万象，很适合以此探寻这"非常道"。

《非常道》基本上以"正气盟"与"大洪神教"一代又一代的恩怨纠缠为隐线贯穿全部的故事。

这是一个江湖版的非常道，一个属于我的非常道。

二

我写过许多武侠小说，很喜欢聚焦小人物，通过以小见大，直剖人性，探索各种主题。

但是《非常道》写的是大人物。

这世间，有人渴望平凡，有人追求不凡。

《非常道》写的都是后者。

他们坐在绝顶之上，俯瞰众生，仰视苍穹……

武侠小说之所以魅力无穷，其中一个重要原因便是小说里面存在一些厉害得让我们难以想象、难以理解的大人物。

然而，真正的大人物，并不容易被人理解，因为他们的高度常人难以

企及。

所以，他们是寂寞的。

细雨闲花皆寂寞，文人英雄亦如是。

这些年我坚持写武侠小说，也许正是源于这份寂寞的魅力。

三

"非常道"故事最初主要发表在《武侠故事》上，后来又在《传奇·传记文学选刊》《今古传奇·故事版》《传奇故事·推理》《故事世界》等刊物上出现，创作时间为 2010 年前后，共有《药王》《毒怪》《剑圣》《刀魔》《月老》《寿星》《兄弟》《鼠辈》《盟主》九部。

有意思的是，原先这个系列还有一部《箭侠》，只是写着写着，竟然越写越多，渐渐又自立门户成为一个更为宏大的"箭在弦"系列；还有一部《虫师》，写着写着，竟然又与"箭在弦"系列合为一体，再也分割不出来了。

计划总是赶不上变化，写作也是。灵感这种东西，经常是一道烟花未放完，发现又有一道烟花升起，左顾右盼，应接不暇，徒添美丽的烦恼。

然而，写作之所以没有成为一件痛苦的事情，不正是因为有这些不可预测的惊喜吗？

幸而，几年下来，"非常道"系列能够付梓成册。

这个系列也许会有写不完的故事，就像"江湖词话"系列一样。写多少，那真是看作者本事了。当然，个人觉得"非常道"系列的整体水平，要比"江湖词话"系列高。对于它们，今天暂告一个段落，未来有机会，有可能继续写。

毕竟，分离不是忘记，是为了更好地相聚。

华发生

2024 年 1 月 13 日